西西

西西

哀悼乳房

广西师范大学出版社
·桂林·

著作权登记图字:20－2009－237 号

图书在版编目(CIP)数据

哀悼乳房/西西著.—桂林:广西师范大学出版社,
2010.1(2010.2 重印)
ISBN 978－7－5633－9352－7

I. 哀⋯　Ⅱ. 西⋯　　Ⅲ. 长篇小说－中国－当代
Ⅳ. I247.5

中国版本图书馆 CIP 数据核字(2009)第 238806 号

广西师范大学出版社出版发行
(桂林市中华路 22 号　邮政编码:541001)
　网址:www. bbtpress. com
出 版 人:何林夏
全国新华书店经销
发行热线:010－64284815
山东人民印刷厂印刷
(山东省莱芜市嬴牟西大街 28 号　邮政编码:271100)
开本:880mm×1230mm　1/32
印张:10.75　字数:160 千字　图片:13 幅
2010 年 1 月第 1 版　2010 年 2 月第 2 次印刷
印数:10 001~30 000　定价:29.00 元

如发现印装质量问题,影响阅读,请与印刷厂联系调换。

目　录

序

西西

尊贵的读者，打开这本书的时候，你是站在书店里么？今天你到书店来，想瞄瞄有什么合自己心意的书吧。你见到了《哀悼乳房》，咦，是本讲什么的书？左右没有什么人，你随手拿起书来。芸芸书本中，你竟然翻起《哀悼乳房》，是"乳房"这两个字吸引了你，而表面上你又有点抗拒？关于乳房，此刻你的脑子里想起些什么？

这是一本有关乳房，以乳房作为主题的书，但内容可能与你心目中联念、臆测的不同。三十多个月之前，一个晴丽的夏日，当叙事者快快乐乐地游泳后，站在泳场浴室淋浴，发现自己的乳房上长出了小小的硬块，不过如花生米大小的硬块罢了，不久就验定是乳癌。书本所说的，是失去乳房的事，没有哀艳离奇角色与情节，如果这不是你想找的书，还是继续你探索的旅程吧，并祝你幸运。不过，我还不打算失去你这位读者，你何妨也买一本《哀悼乳房》，因为它和你的关系，在许多方面来说，其实相当密切。你是一位女子么？今年贵庚？请原谅我的冒昧。且不管你的年龄，既然你能阅读上述的文字，那就是说，你已足以身陷发现乳癌的处境。可以这样说吧，你和书里的叙事者一样，在这个世界上活得自由愉快，有许多事想做、等着做，对前途充满憧憬，但并不觉察一个小小的异类正在体内聚结成形，想喧宾夺主，要把我们吞噬，那就是癌魔了。

二十世纪已经进入尾声，在这科技发达的时代，癌症却愈来愈猖獗，患上癌症的人不断递增，而且病龄下降到令人惊畏的数字。你会是个正在求学的青少年么？你说：我才十六岁，担心什么呵。告诉你好了，去年我知道的一名乳癌病人，只有十二岁。乳癌是难以预测的病，发觉的时候，多半已形成肿瘤，我们女性珍之重之的乳房，就不得不割爱，而且从此走不出死亡的阴影。不过，乳癌仍是癌症里不幸中之大幸，因为它有明显的征象，可以割治，也可以预防。小心饮食对我们大有裨益，先进的医学也可以拯救我们，使我们得以继续存活相当长的时间。《哀悼乳房》要说的是这方面的事，是为了帮助你而写的：不是从一个专家的角度，而是以病人的身份，写她治疗的过程、病后的种种反省。早些时，一位久没联络的朋友看到这书断断续续发表的篇章，开始检查自己的身体，竟也因此发现了乳癌。幸好发现得早，这种病，时间是治疗的关键。如果读者读了这本书，也开始关心健康，留心身体发出的种种信号，那么，这本书就有了动笔的理由。

当然，希望你不会生病，即使生老病死是每个人必经的历程，可也不要跟癌病打交道。但在这人口渐趋老化，地球日显丑化的年代，我们必须先做好最坏的心理准备。你年老的祖母、母亲、姊妹，或者是你的朋友、同事，她们都可能患上癌症，不幸而言中，你能做些什么呢？害怕，和她们绝交？还是面对磨难，伸出援手？《哀悼乳房》也讲这些。病人绝不需要你的怜悯，然而你的关怀和协助，令她们会得到精神上的抚安，因而也是对抗疾病的支援。

从另一面看，把疾病揭露，也是病人自我治疗的一种方法。中国人从来就是一个讳疾忌医的民族，总把疾病，尤其是这种病，隐瞒起来，当成一种禁忌，到头来，有病的不单是肉体，还是灵魂。精神病的医师治病的方法是把病者无意识的心结转化为意识，然后面对它、化解它。作者把疾病公开描画，不敢说是打破禁忌，却不失为个人自救的努力。所谓"哀悼"，其实含有往者不谏，来者可追，而期望重生的意思。

又或者，站在书店里的你是一位男子，你会笑着说：乳癌是女人的事，和我有什么相干呀。对不起，你弄错了，乳癌一如太阳，既临照女性，也临照男性；而且一旦发现，还相对的要严重些。人不是孤岛，你这位男子，当然会有母亲、姊妹，还会有妻子，或者恋人，如果你的另一半患了乳癌，你将怎样呢？你的态度表现了你个人的情操、水平，但我想，我们对癌症感到恐惧、逃避，主要是由于我们的无知。坚持无知，也是一种无可救药的疾病。

但毕竟这是一本通过种种文学手法写成的书，有的朋友当是小说，有的，当是文集。我想，尊贵的读者喜欢怎样分类就怎样分类吧；这次，随你的意。只是现代人生活忙碌、工作繁重，空闲时正该到郊野、海滨去散步，呼吸清新空气，游泳，打球，小心照顾自己的身体。花太多时间通读这本书也许会得不偿失，最好是随便翻几段，选自己认为有趣的就行。如果你要知道的是癌病的情况，看《医生说话》、《血滴子》等七、八段就够了，我在书中适当的地方都作了提示，以免浪费你宝贵的光阴。如果你是男子汉，专注你自己，那就翻看《须眉》一段已足。如果你是医生，就试试《大夫第》怎么样？如果你不喜欢文字，只爱看图画，干脆翻到书末的几页，这里本来只有图片，加上文字，由于我想到，只看图像会导致新文盲。你会是长期伏案工作，喜爱坐在家中读书的人么？《皮囊语言》是为你写的，我们太重智慧，总把躯体忽略了。皮囊不存，灵魂如何安顿呢。你是四十左右的年纪了么？或者，《数学时间》是为你写的，人一旦成年，就该为自己的健康负责了。你的胃仍常常隐隐作痛么，你是否又胖了些，老觉疲倦，工作过多？请珍惜身体，注意饮食。

也许，翻开这本书的时候，你是坐在家里，你会是我的朋友么？你打开书本，不是想看故事，而是惦念我的近况，你想知道这两年来我怎样了。尊贵的朋友，感谢你的关怀，我其实是个幸福的人，这两年多的生活，真如一部魔幻写实的小说，一切似幻似真，魔魅附身，整个人仿佛是轻飘飘的虚构，而城市、街道，以及这里面的朋友却真实。可我比瘫痪在床上、植物人、患上艾滋病者，岂不幸运。我仍能散步，到大街上去看风景，看点儿书，写些字，精神饱满的日子，甚至可以去短途的旅行，既不愁一日之粮，又不用上班，还能苛求些什么。这

哀悼乳房

些日子里，我发现朋友远比我记得的多，待我更好，对我的关怀和各方面的支援，令我感动。的确是因为朋友，使我舍不得离开这个世界。我原是十分窝囊的人，并不比任何人勇敢；谢谢朋友，让我重建信心，我会好好活下去。

一九九二年六月

泳衣

　　把泳衣轻轻卷起来，仿佛还听见淅淅沥沥的水声。这件泳衣，今年已经穿了许多次，打从五月开始，我就朝泳场跑，每星期三数次，常常独去独来，转眼九月，日光那么地晒呀晒呀，泳衣的轮廓蚀在我的身上了。整个夏天，无论日夜，在什么地方，我其实仍像穿着泳衣，白白的肩带，窄窄的筒脚，随着我的肌肤晃动。

　　上百货公司闲逛，想去看泳衣，春寒的三月天，我就听到泳衣用品部的浪涛声，急急追寻，新到的泳衣是什么模样的？紧身的、显露的、保守的、开放的？物色一袭合身舒服的泳衣是多么艰难呵：必须适当地在这里那里护围自己，又得穿起来拥有最大的活动自由。我选择色彩，只有高超的泳手才敢穿着素色，没入水去就失去影迹，像艺高的黑衣夜行人；我习惯以花枝招展的颜色引起拯溺员的注意，使他们时时刻刻感觉我的存在。

我的泳术拙劣，甚至糟透了。在泳池里，我站的时候比泳的时候多，休息喘气的分秒比滑行前进的分秒长。朋友们总是说：得常常来才行，得多钻入水中才好。和朋友一起去游泳总是兴高采烈的，他们给我信心和鼓励，加以指引。去年，我还像企鹅那样老贴近池边，水一漫上嘴巴就惊惶失措。一年下来，情况好多了，我已经能够在池的这边游去另一边，横着游、直着游，努力游到对岸。

朋友并非天天有空，他们得上班工作，我于是自己前往。独自一人，我就不敢游到深水的地方，老像一团浮漂的垃圾，挨近池畔，没氧就靠岸。我一直游得极慢，别人一划手一踢脚，配合得天衣无缝，我则踢一次脚之后，浮在水面好一阵子，才仰起头吸一口气。这种游法，慵懒得像水族箱中的神仙鱼。游了几个月，我仍在喊：没有气，没有气。

我常常喊没有气，也许是这样，家庭医生对我说：你需要运动，多运动，带氧的运动。平日我只散散步、做做柔软体操、跳一阵子健康舞、踩三五分钟室内自行车，这些运动能够展舒一下我的筋骨，并不带给我大量的氧气。对于我来说，打壁球、爬山又太剧烈了，清晨的缓步跑，我因贪睡放弃了，何况家居附近根本没有空气清新的林木区。我决定游泳。

五月的阳光已经十分猛烈，我必须等到傍晚的时候才上泳场。通往泳场的是一条荒僻的马路，太阳下山的时候，路上的行人也相继多起来，三三两两，男男女女，老老少少，都是上泳场的人。有的背着书包、旅行袋，有的提个塑料袋，就上

　　　　　　　　　　　　　　哀悼乳房

路了。衣服都是随意的背心、汗衫、短裤，踩一双运动鞋或拖鞋。泳场门口新近摆出两个小食摊，一摊卖猪红萝卜，一摊煎煎炸炸些辣椒、豆腐、茄子，倒也常常围满人。

撑一把尼龙伞在赴泳场的路上彳亍而行的人，大概只有我一个吧，因为别的人都冒着阳光，没有人像我这样喜欢游泳，又怕晒太阳，从公共汽车下来，我得走一哩路，沿途没有遮篷和露台可躲，整条马路暴赤在炽热的日阳下。那些科学杂志不是指出过：太阳晒多了会患皮肤癌？这一阵，太阳黑子又特别活跃。我怕阳光，所以我打伞。

我喜欢携带尼龙背袋去游泳，它很好，可以挂在肩上，袋身又分两层，大的一层，我放大毛巾、泳衣和一件替换的衬衫、一套内衣裤；小的一层，我放肥皂、洗头水和眼镜盒子。我通常穿汗衫、短裤、休闲鞋上泳场，每次在路上和泳池中花同样多的时间，一来一回，大约两个多小时。

泳场今年涨价了，涨了两块钱，这两块钱还是值得的，因为泳场内容有了改善。所谓内容，指的是更衣室。一直以来，更衣室内有三数名女职员管理，一进门是换衣服的格间，衣物都交管理员，放在铁篮子里，取回一块铁牌挂在颈脖上，那铁篮子，她们搁在柜台内一列巨大的架上。因为有柜台，更衣室两边分割，并不相通，得依次序和步骤从一个地方走向另一个地方。

那样的更衣室如今改装了，柜台、铁篮子和巨大的铁架都不见了，封闭式的间隔变成开放式的大室，本来是铁架的地方，现在装了好几列颜色鲜亮的储物箱，一切都是自助，再没有管理员把铁篮子搬来搬去，泳客自己把衣物锁进一格格的储物箱，把钥匙随身携带。管理员的工作只督促大家不要乱扔垃圾，别满身水到处跑。

最令我惊讶的还是浴帘，更衣室内从来没有浴帘，不管是更衣部还是淋浴部，一字儿排开的小室，既没有门，也没有任何遮掩，所有人都赤身露体，女孩子们脸就红了。三几个朋友帮忙，扯起一幅大毛巾，守在室门口，让里面的女子安心淋浴；然后一一轮替，扯大毛巾的手都酸了。

我老是想，泳场的更衣室是什么人设计的呢？好的建筑物，从来不是外表漂亮这么简单，重要的是内部空间，在里面活动的人的感受：安全吗、舒服吗、自在吗？设计更衣室的人可能没想到这些，也许设计师是男性，没有想到女子和女子，也不便肉袒相见。

莲蓬头的水淅淅沥沥地洒下来，女子们在身上搽肥皂，发出"咕叽咕叽"的声音。不知道什么人带来杏仁香味的洗头水，扬散一室杏仁的芬芳。年轻的女孩子躲躲闪闪，中年的妇女一无所惧；在这个地方，触目可见白白的屁股、小小的乳房。阳光下的肌肤黑白分明，松弛的、结实的躯体一览无遗，身段美丽的女子并不常见。

我常常一个人来，既没有人帮我扯起毛巾，也没有别的方法遮藏自己，只好背对身后的世界，把自己当作鸵鸟算了。然而不久也就习惯，清清白白一个身躯，又不是见不得人的，更衣室内又清一色都是女子。我在花洒底下迅速淋浴，然后裹着大毛巾出来。有了大毛巾，自尊心也就踏实了许多，可以从从

　　　　　　　　　　　　　　哀悼乳房

容容穿上衣服。

涨了价的泳场更衣室出现了浴帘，所有的女孩子都欣喜欲狂吧，很简陋的塑料浴帘，垂在淋浴格间门口的横铁上，帘上印着香艳的花朵，缤纷七彩，每一道浴帘的色彩和颜色都不一样，有那么俗艳就那么俗艳，可女孩子都说：哎呀，有浴帘哩。难看的浴帘护卫了多少女子娇羞的身体。大家高高兴兴站进浴帘里去了，水声哗哗泻满一地，打在隐蔽的女子的肌肤上。许多笑声弥漫一屋子。

墙上还装了吹发机，大伙儿就站在那里梳理自己的头发，旁边又镶了面镜子。当她们从泳场出来，仿佛刚才根本没有游泳，只不过上咖啡馆喝过一次下午茶，如今衣饰面貌仍然无懈可击，而且容光焕发，立刻可以去参加什么园游会了。

更衣室内的浴帘只挂了两个星期，大半破裂了，另外的一些全给拆下来。于是，游泳回来的女子又回复以前的样子，遮遮掩掩，躲躲闪闪；有时，几个几个一组，又扯起一幅大毛巾。尊严，好像又被褫夺了。许多人又看见了许多人白白的黑黑的混色的躯体，都一声不响，既不赞叹，也不惊讶，只说：浴帘怎么了？

我不知道这阵子泳场更衣室内的浴帘怎样了，都破裂了拆了下来，还是挂上了一批新的？有人投诉吗？整整一个多月，我没有游泳过。没有浴帘的更衣室，如果今天我在里面赤裸地走动，人们看见我会大吃一惊么？即使我仍可以裹一幅巨大的毛巾从花洒底下走出来，人们会注意到什么地方出了错么？

我的耳边响起淅淅沥沥的水声，仿佛听见女子们的肥皂在

泳衣

肌肤上"咕叽咕叽"的声音。柔肌、水、肥皂的芬芳。什么时候能够再去游泳呢？我不知道。命运是我无法猜测、明白、探索、预知的。我脑子里充满问号，对这些问题的答案，都是"不知道"三个字。

把泳衣轻轻卷起来，放在衣橱的抽屉里。衣橱内原来还有两件新泳衣，不知道去年为什么买了那么多，其中一件，满布热带森林的图案。也许我喜欢的不仅仅是泳衣本身，还包括上面的图画，它使我想起大溪地，以及和大溪地有关的画家。

一共三件泳衣，可不知道什么时候能再去游泳，一个月来的变化多么大呀，买泳衣的时候，怎么想得到。怔怔地看着泳衣，母亲说：天气凉了，不能够再去游泳了吧。是的，我说，天气凉了，今年不去游泳了。母亲说：明年再游吧。我说，嗯，明年再游吧。

　　　　　　　　　　　　　　　　　　　　哀悼乳房

医生说话

○和家庭医生的谈话

林医生，午安。

午安，是你呀。这一阵怎么样？

很好。

很好就好。昨天你的哥哥也来过。

他这一阵身体也很好。

你妈妈呢？她怎样？

还是老样子，噜噜苏苏。

人老了都是那样。

我们不敢告诉她你移民的事。

暂时别说。

也许，你会回来？

看看再说。来，替你量量血压。

是星期六晚上的班机吧。

血压很正常，上面一百三十，底下七十五。

药是不是照吃？

不用吃。

超过九十才吃，是不是？

看看你的脚。有没有肿？

没有。如果肿，是什么原因？

缺乏钾，就肿了。

缺乏钾，怎么办？

吃橙子补充好了。

可我想去旅行，没有橙子怎么办？

这次又到哪里旅行呀？

想上五台山去。

可以吃西瓜。

为什么一直叫我吃橙子，不叫我吃西瓜？

并非一年四季都有西瓜。

除了橙子和西瓜，什么水果也多钾？

香蕉。

干吗不叫我吃香蕉？

香蕉吃多了，你就会胖哩。

○与一位女医生的对话

觉得怎么样？

整个人都不对劲。

很疲倦、到处酸疼？

早两个月，照过肺做过心电图。

为什么做心电图？

觉得心乱跳。

报告怎么说？

没事。

躺到床上替你检查一下。

我常常自己检查的。

是这里酸疼？

会不会是心脏病？

心脏病不是这样的。

是怎样的？

部位也不符。

老是觉得透不过气。

你这样的年龄，会的。

忽然一阵子潮热。

冒汗？

嗯，有时头晕，手指发麻。

你这种年龄的综合症。

肩膊很重，是风湿吗？

综合症。

○听另一位医生的说话

可以怎样帮助你呢？

哦，胸前有一个硬块。

发现三天了。

也许是荷尔蒙的影响。

过几天大概会消散。

这样吧，过两个星期再来。

两个星期不会有影响。

○听同一位医生的第二次说话

嗯，两个星期过去了。

觉得怎么样？

硬块还在那里。

是的，没有消散。

这样吧，我推荐你看另一位医生，好么？

○答一位外科医生的问话

发现几天了？

开始的时候是三天，如今十七天了。

最初是三天。

嗯。医生叫我过两个星期再来。

确定是三天吗？

以前一直没发现。

是自己发现的么？

是的。

怎样发现的？

哀悼乳房

洗澡的时候。书本叫我们自己检查。

以前没有。

早几个星期，还看过女医生，检查过。

暂时不能确定是什么。

那么？

最好割出来检查。

好的，割出来检查。

最好全身麻醉。

全身？

肿块虽小，但深。

好的，全身麻醉。

* * *

星期五的早上，我对母亲说，要到朋友家去玩耍，如果晚了，度宿一宵，明天回来。又告诉她，妹妹下班很快就赶回来，煮饭给她吃，一切都不用担忧。我打开平日游泳携带的尼龙书包，把大毛巾换了小毛巾，取出泳衣、洗头水，放进一罐牛奶、一卷厕纸，另外塞进一架随身听、几盒录音带，还有四本书。四本都是《包法利夫人》，却是不同的译本。

到快餐店买了个饭盒回来，匆匆吃了，填饱肚子，喝了一大杯开水。没吃水果，不想食物消化得太快。正午十二时开始我不能进食和喝水，这是医生的嘱咐。平常有一点胃痛，常常肚子饿，不知道能不能一口气挨六个小时不吃一点儿东西。不能挨也得挨，难道怀着一肚皮食物和水进手术室哗哗地冒出来？

从家里到医院的路途不远，但没有公共汽车直达，只好乘搭计程车，我总觉得乘搭计程车太奢侈，又不是赶时间，但也没有办法了。我对医院并不陌生，半年前母亲入院割除白内障，我陪她进来，对二楼的环境很熟。整整的二楼近一百名病人，都是做手术的。

以为自己不缺什么，结果还是漏了一项：金钱。把医生交给我的信递进接待室，填报好个人资料，职员的第一句话是：一千元保证金。我可把保证金的事忘了。我只好说：忘了。职员也爽快，接着说：好吧，出院一起缴。既然把我的身份证登记了，还怕我跑掉么？

运气不算太坏，编在二楼最末的一室，只有四张病床，其他的三人很安静，互不打扰，各自休息。女工替我冲热水瓶，问：你是教师吗？我的样子像，是不是？她说：看看像。我说，是的，我以前教书，现在退休了。我把背包里的厕纸取出来，放在小茶几上，把罐头牛奶、眼镜盒子、铅笔、拍纸簿，放进小抽屉里。一条毛巾，挂在茶几背后的横栏上。

医院一定挤满人了，连入院检查的手续也扩展到走廊上来。我就到走廊上办登记的事情。循例磅重、留小便，手上戴条名带。骤眼一看，仿佛戴了两只手表。名带并不报时，只报告我的身份和病历，它不能当礼物馈赠，也不可舍弃遗失。我告诉护士早几个月照过肺，肺没事，不用再照。她同意了，也许，本来就不用照，是我自己的提议。

我一个人进院，所以，做手术的同意书就由我自己签名。

　　　　　　　　　　　　　　　哀悼乳房

自己的生命就由自己承担。我是我生命的最佳掌握者、唯一的掌握者么？要进手术室的时候，许多人的生命，就由别的人来掌握了，父母、子女、姐妹，他们都为患病的人签同意书，病者常常是被动的。

护士带我进入工作室，替我清理腋下的毛发，我说不用剃，常常游泳的人，绝不会毛茸茸的。她交给我一套医院的制服，叫我手术前一个半小时换上，又叮嘱我不可进食和喝水。回到病室来，才十二点半，还有六个小时才做手术，漫长的时间，困在医院内，能做些什么呢？看书吧。

我把《包法利夫人》一本一本摊在床上，自己坐在靠背摇椅上。我所以带四本福楼拜的同一小说，因为宽阔的床上允许我展放书本；因为我有六个小时的空闲；因为我想比较一下原文和译文之间的差别。我常常比较译本，我是个业余喜爱译点小说的人。

我一共带了四本《包法利夫人》进医院，一本是原著，一本英译，两本中译。首先，我注意的是原著中的斜体字。福楼拜是现代小说之父，他能够赢得这个称号，原因之一是他的小说出现新创的艺术形式，尤其是《包法利夫人》，比如说，全书出现了一百多个斜体字。

好好的一篇小说，叙说者哗啦哗啦说话就行了，文字也一律正体字就可以，干么加上斜体字呢？许多斜体字都可以理解，像书的名字，歌剧的名字，拉丁文等外语、别号，这些都比较普通，此外，书本的副题叫"外省风俗"，所以，很多地区性的语言，也用斜体字来显示，故意标示陈腔滥调，这样就可以分别出与原作者的文字不一样。但福楼拜运用斜体字最深的用意还在悄悄地转移叙述者的角色，不靠标点符号来明写。

只要打开书本第一部第一章就可以看出译本的高下来。这一章写十五岁的包法利上学读书。出现的斜体字有：新生、高年级、规矩、查包法芮、我要、是可笑、实业、生利、年轻人、阿纳喀尔席斯。在这群字中，查包法芮是别号，我要、是可笑是拉丁文，阿纳喀尔席斯是游记，其他是地区语言。

英译最奇怪，完全把斜体字当作透明的，全部视而不见，当正体字译。所以，读英译的时候，根本不知道法文原著有斜体字这回事，把福楼拜的苦心置诸脑后。英译里面也用了斜体字，却是"阿纳喀尔席斯游记"的书名，加上"游记"二字解释；"我要"的前面，加上海神说话的注解。"查包法芮"照搬。"教堂神父"一字，找不到适合的英文字，也把法文字照搬。

甲本中译，比英译稍好些，对斜体字加上了" "的引号，新生就以"新生"的面貌出现。但规矩、高年级、实业、生利都不管了，海神说的"我要"没译出来。奇怪的是，原文没有引号的文字，都给译者加上引号，变成"太太"、"老爷"。

乙本中译最好，凡斜体字，一律在字底下加标点，一个不漏。拉丁文用原文，另外附注解。至于文字的准确，也见功力。单是第一章文字后的注解就有一百零一条，资料详尽，典故出处清楚，增加读者不少边缘知识。

第一章中，有几行文字，很考译者的功夫，那是包法利

哀悼乳房

父母对儿子的培育，母亲费尽心思，父亲则毫无幻想。原文中一共出现了两句斜体字，一句是"不值得"，一句是"一个人只要蛮干，总会得意的"。"可是包法利先生不重视文学，见她这样做，就说不值得。难道他们有钱让他上公家学校，给他顶进一个事务所，或者盘进一家店面？再说，一个人只要蛮干，总会得意的。包法利夫人咬住嘴唇，孩子在村里流浪着。"

这一段文字看似简单，其实隐含了不同的叙事者，短短几行文字，叙事者竟换了五次。斜体字的两次，是包法利的说话，后一句引用成语；其他三句是隐蔽的叙事者的话。这种写法，用的是间接自由的风格来描写人物之间的对白。放弃了一贯行与行的对白排列，由开引号、关引号来标明。

英译循例不理，只在"总会得意的"后面加上……的符号，这种译法，现代读者没有问题，对原著就有欠忠诚了。甲本没译"不值得"，后一句则加上"　"，也算把引话的意思表达出来。乙本则两句斜体字都用上"　"的引号，最尽责。

——还在看书呀？

我连忙把书本一一合起来，堆在床尾的活动茶几上。医生来看看我的情况，替我检查了一下，仍是胸前一颗花生米般大小的肿块。待会儿替你做手术吧，他说。悄悄地来，悄悄地走了。医生老穿白衬衫，炭灰色的西装裤，打一条印着喷火兽图案的领带，我想这是他学校的领带，英国的医学院吧。医生我也见过一些，有的像商贾，有的像屠夫，这打英国学校领带的医生，很书卷气的样子，仿佛他不是医生，而是大学的教授。

我继续打开四本《包法利夫人》，这次不看第一章了，翻到最著名的第八章"农业展览会"去，福楼拜在十九世纪的五十年代已经有交替剪接的手法了哪，这边是一对情人喁喁细语，那边是农业展览会在颁奖。福楼拜把对白都交织在一起，也不交代他说、她说，但他还是照顾读者的思路，用不同的标点符号分别显示出哪一句是哪一个人的声音，农业会主席的声音用《　》，情人则用——。这一组细心策划的导引，不论中译、英译都落空了。

　　医生的确打扰了我的思路，不能集中继续看书，于是我把书本都合起来，放回背包里。这个时候，母亲在家里做什么呢？朋友们又在做什么呢？上班的忙于工作，放暑假的也许在逛书店。昨天晚上喝咖啡的时候，我说，明天我没空，有约会。朋友们说好，明天不找你出来。朋友们没问我什么约会，他们当然不会问，但会感到奇怪么？我从来把一切告诉朋友，如果没有空，也会说，是姑母的生日，是表妹的婚礼，是旧同学的聚餐，但这次，我什么也没说。

　　还是告诉朋友的好。我走到二楼的大堂，拨电话给一位朋友。喂喂，是我呀。怎么样，今天不和你们喝咖啡了。我们知道，你已经说过。我很想和你们一起喝咖啡。那么出来好了。但不能。为什么？因为我现在在医院里。什么？在哪里？在医院里。什么事？做一点儿小手术。什么医院？什么医院我没说，做一点儿小手术，不能劳烦朋友来探病。我在电话里说，待会儿六点半做手术，半小时就行，晚上再打电话，不然的话，明天见，明天就出院了。小手术，朋友也不坚持。

　　　　　　　　　　　　　　　　　　哀悼乳房

我在走廊上散步，看护士给新来的病人办入院手续，看女工把病人推进手术室，看探病的亲人坐在长廊的沙发上说话。时间好像过得很慢，一分一秒仿佛不值钱，可医院里的一分一秒都和生命的脉搏相连。五点钟，我换上了医院的制服。过一阵子，护士来了，看见我就笑：衣服反穿了，带子结在背后。我很尴尬，拉上布帘，把上衣掉转方向穿过。护士替我注射一针，叫我别再到处走动，我这才第一次躺在医院的床上。躺在床上，我才想起我是来做手术的，一生从没住过医院，也没做过手术，看电影和新闻片，手术室多么可怕呀，人人戴口罩，剪刀、钳子都闪闪亮。护士替我注射的是什么？邻床的病者说，镇静剂而已，让你别紧张。

　　果然不紧张，而且，我尽量不去想手术室的事，还是想《包法利夫人》吧，中国人还是幸运的，有好的翻译家，译文极好。可翻译家从来少得到文学奖，总是小说呀、诗歌呀、散文呀、戏剧呀、文学评论呀，就是翻译没有。翻译实在是一件非常艰难的工作，好的翻译更加难得。外国是有翻译奖的，那个拉柏沙，译加西亚·马尔克斯的《族长的秋天》就得了一九七七年美国笔会颁发的翻译奖，非常复杂的段落，译得大概很辛苦。

　　中国翻译家没有奖。近年来又有一群拉美文学的翻译家，看他们的译作多了，谈起文学什么的，根本没人提起他们的名字。《包法利夫人》的英译糟透了，把故事译通顺就算，这个阿伦·罗素是谁？马克思的女儿爱琳娜·马克思·艾威林也译过福楼拜这部名著，还自己写了导言。可惜我找不到她的书。

出医院后，可以去找找杰赖德·霍普金斯的英译，再找找还有什么别的译本。

两名女工推着一张有轮子的床来了，我从睡床爬上推床，躺好，女工把我推出走廊，沿途上给我戴上一顶浴帽式的帽子，并且问我一连串问题：叫什么名字／做什么手术／哪一位医生／几点钟做手术／什么时候起没吃过东西／内衣裤都解脱了么／手表、项链都解下了么。这一串问题，手术室里的护士又重复问了一遍。

门楣上写着"手术室"三个字的大室并不是做手术的地方，而是通往手术室的大堂。我到早了，他们把我推到墙侧等。我看见墙上一个钟指着六点整，我听见护士们聊天，说今天晚上什么人请吃饭；我听见电话铃响，医务所的医生拨电话来订手术室，护士说：哎呀，星期六都满了。

他们把我推进手术室去了，我只能看见天花板，看见穿逾的门楣。门楣上挂着一个十字架，一盏飞碟似的水银灯出现在我头顶正中。我看见医生，他戴上了帽子，使他的学者面貌有了改变，显得有点喜剧的味道。护士给我解开衣背的结带，褪下袖管，在我的腿上不知贴上什么。麻醉师也来了，也是问我什么名字，做什么手术，医生是谁。他说：我是麻醉师，替你注射一针，你睡一会儿吧。我说：谢谢你。

我看见水红色的布幔，听见声音说：醒了，醒了。我听见医生说：你醒了，好好休息吧。我伸伸手脚，都能动，水红色的布幔，当然，我已经回到病房来了。刚才不是麻醉师说，睡一会儿么？我按按前胸，贴着些纱布什么的东西。啊，手术已经完成，我一点儿也不知道，完全没有感觉，彻头彻尾一片空白，我伸出左手，拉开床前小几的抽屉，摸到眼镜盒子，里面是我的手表，我看表，七时十五分。真准确，麻醉一小时，我一生中空白的一小时，没有知觉，没有梦。

妹妹来看我了，带给我晚餐，有我最爱的鸡腿。可是我并不饥饿，事实上也不可进食。稍后，弟弟也来看我了，带给我水果，我暂时也不可吃水果。他们问：觉得怎么样？我说，很好，于是约好第二天出院的事，谁来接，打电话给谁，等等。虽然是私家医院，九点以后就不欢迎探病，病房的灯光一到九点就暗下来。

手术后六小时可以进食，弟弟和妹妹说，鸡腿留着吧，半夜两点时肚子饿了起来吃。我没有半夜起来，九点多就睡了，一睡睡到天亮。精神很好，我起来洗脸、漱口、刷牙，请护士替我把牛奶罐拔开，喝掉整罐的牛奶，足够我三、四小时的营养。

八点钟，应该是女工来换床单的时刻，可护士长下了命令，要清洁病房，于是一室四个病者都走到长廊上坐着，眼看一张张病床，一个个活动的茶几、小茶几，摇摇晃晃从房间推出来，茶几上的瓶花哐啷哐啷地响。我不喜欢医院的制服，穿回自己的衣衫，拿着随身听，听西班牙音乐。法雅的《三角帽》挺热闹，充满民族色彩，那些响铃"沙沙沙"、"沙沙沙"，大概也可以用来配响尾蛇的音响效果。雷斯庇基的《巴西风采》里，一段描写《布坦坦爬虫馆》，不就是那种声音么？

那次西班牙国家芭蕾舞团来表演，演得最好的节目是拉威尔的《波莱罗》，采用群舞的方式，布景是新艺术风格的镜子，舞姿变化多端，民族服装的色调明亮，好极了，本来只是一场热闹的舞曲，好像忽然提升了层次；下半场的重点项目《三角帽》却糟透了，和唱片的效果完全不一样，精彩的独唱没有了，只剩下背景音乐，毕加索的布景和服装设计都无补于事，结果是胡闹收场。

医生又出现了，医生，早安。医生说：咦，坐在走廊上。医生又说：啊，竟换上自己的衣衫了。我精神奕奕，问医生是否可以出院。他说，好吧，下星期上医务所来拆线吧。我兴高采烈拨电话给妹妹，请她来替我付医药费。原来医院接受电子货币卡，早知这样，我自己就可以下楼去结账，不必劳烦任何人。

回到家里，母亲看见我回来，问道：玩得开心吗？妹妹说，不是到朋友家去玩耍，是进医院去做手术，怕你担心。母亲说：哎呀，做手术么？什么事呀？我很害怕。天呀，今天晚上，我一定睡不着觉了。

○和外科医生的对话

报告昨天出来，所以我立刻打电话给你。

我立刻赶来了。

报告证实，是瘤。

是瘤。

恶性的瘤。

恶性的瘤。

　　　　　　　　　　　　　　　　　哀悼乳房

家里的长辈，有没有这种瘤？

我的祖母，患子宫瘤。

子宫和乳房不一样。

别的亲人呢？

我的妹妹。

她也患过？

良性的纤维瘤，十年多前的事了。

恶性的乳瘤，在外国，十八名妇女就有一名。

中国人很少？

不，愈来愈多。

原因？

不清楚。遗传有很大的可能。

我没有结过婚，又到了这样的年龄。

机会比较高。

怎么办呢？

怕会扩散、转移，必须割除。

什么时候做手术？

当然是愈快愈好。

立刻做吧。

我替你看看医院的手术室有没有空。

好，明天下午三点半。

全身麻醉？

当然要全身麻醉。

一个星期两次全身麻醉？

没有问题。

就这样办。

明天一早九点钟进院。

如果你的亲友忽然发现乳房有肿块，应该怎么办？请告诉她不要重蹈第八一页上《傻事》的覆辙。

哀悼乳房

可能的事

可能致癌的外在环境因素：

烟囱喷出来的黑烟

汽车放出来的废气

工业废料污染的河水

食水中的氟、铅、镉、铍

香烟、二手烟

厨房中煎炒时冒出来的油烟

把食物染成红色的苋红素

把食物染成蓝色的鲜蓝素

把食物染成黑色的靛黑素

把食物染成黄色的日落黄素

把肉类腌制的亚硝胺

花生霉烂发生的黄曲霉素

注射了抗生素的猪、牛、羊

注射了雌激素的家禽

人造糖精、微波炉

夜光钟、染发剂

空气清新剂、蚊香

杀虫水、消毒水

保鲜纸、香味卡

磁漆、天拿水

蔗渣板做的家具

人工纤维地毡

焚烧垃圾产生的毒气

绘花烧制的陶瓷碗碟

石磨蓝牛仔裤

蔬果上的农药

水果表层的蜡质

装鲜牛奶的纸盒

低硫的煤炭

含铅的石油

电视、电脑、电离辐射

过量的X光、紫外光

酒精

可能致乳腺癌的外在因素：

高脂肪饮食

含多元不饱和脂肪的食油

吃了含过量雌激素的家禽

哀悼乳房

服用含雌激素的特效药

长期使用染发剂

可能致乳腺癌的内在因素：

体内免疫系统破损

可能致乳腺癌的遗传因素：

家族有乳腺癌的病史

外祖母或祖母曾患乳腺癌

母亲曾患乳腺癌

姊妹曾患乳腺癌

可能致乳腺癌的内分泌因素：

没有结过婚

即使结过婚

没有生过孩子

即使生过孩子

过了四十岁才生第一胎

生了孩子自己不授乳

流产

荷尔蒙代谢不平衡

服食避孕丸

更年期变化

身型像苹果

可能的事

可能致乳腺癌的病毒因素：

不明显

可能致乳腺癌的心理因素：

工作压力

忧虑

愤怒

妒忌

如果你并非女性，想知道一点
关于男子乳腺癌的事，请翻阅
第二○三页看《须眉》。

血滴子

　　床边那个倒吊悬挂的瓶子不知道是装盐水还是装葡萄糖，一条胶管垂下来搭在我的手腕附近。因为这瓶瓶管管的牵绊，我只能躺在床上，既不可以离床走动，也不能上厕所去。手术后的第二天下午，倒吊的瓶子终于从我的床边移走了，我松了一口气，因为老是躺在床上小便，一则不习惯，主要的还是必需麻烦别人。

　　可以自由起床下地走路多么利落呀，于是我掀开盖着的毛毡，一脚跨下床来，哪知从我身上忽然掉下一件实塌塌的东西，因为连接一条胶管，并没有"噗"的一声跌在地上，而是在床前摆荡。我着实吃了一惊，不知道发生了什么事，连忙伸手把那物体抢在手里，放回被窝，坐在床沿，好久不敢动弹。

　　是什么东西呢？从手术室出来，它竟一直和我在一起，同一被窝，睡了许多小时，居然不知道。坐在床上，定了定神，悄悄看看这被窝中的东西，原来是软塑料制的容器，圆形，旁边有两三道风琴褶，因此可以伸缩折叠，仿佛中秋节的纸花灯笼。我摸摸，十分温暖，移动它的时候，发出叮叮咚咚的水声。里面有水，红色。顶上有一条小管，另一端延伸到我胸腹部，给胶布遮住了。

在手术室里，我依稀记得听见医生提到"滴盘"，大概就是它了。我的伤口部分有许多血水，得让水慢慢地滴出来。我看看"滴盘"，里面五分之一的溶液是我身上流出来的血水。不是血，只是血水，溶液不稠，颜色也不深。早上五点钟，护士循例到病房来工作，替我们量血压，许多人还在睡梦中，我在迷迷糊糊中听到她倒水的声音，一定是打开了"滴盘"的盖子，把血水倒掉。

我给"滴盘"取了个名字，叫它做"血滴子"。第一次见到它，心里十分害怕，渐渐也就习惯了。身体转动的时候，走路的时候，血水在里面晃荡，水少时叮咚叮咚，水多时泼泼潺潺，倒像个音乐盒子。不过，血水红艳，看来不宜公开演奏。于是每次起床，就把它挤扁，塞在裤腰的橡筋带上，大衬衫一罩，就成为自己的秘密。

上洗手间，当然要小心，得先把它拿在手中才行，有一次疏忽，它就"噗"一声掉在地上，幸好是塑料制造，不会跌碎。上浴室的时候，我就端一把折椅进去。衣服可以脱下，可血滴子不能，就把它搁在椅上，当我移动身体，它就在椅上轻轻地各各碰响，和淋浴的水合奏起协奏曲来，我一面淋浴，它一面和我共舞。在浴室中，我把它的管道细细追溯了一番，它像一条河，汇接无数小溪，通向我的伤口，更细的管道在厚厚的膏布、纱布底下，看不见了。真像《红楼梦》中描述贾宝玉的发辫，由许多小辫合编成一条总辫。

血滴子整整伴我三天三夜，我和它一起睡，步行的时候得小心翼翼携带它。它常常使我想起一个叫做圣地亚哥的小说人物，故事的结尾时，抱着一段从自己肚皮里掉出来的肠子。走廊上有个妇人来回不停地走，她也带着个血滴子，却把它托在手中，仿佛那是一个月饼。走廊上另有一名女工老在拖地，不知什么人得罪了她，受了谁的气，一面拖地一面阴声细语咒诅：但愿你肠穿肚烂，肠穿肚烂。我听得心惊胆战，仿佛遇见清代雍正年间的杀手，祭起取人首级的"血滴子"，不知道会落在谁的头顶。

*　*　*

每天早上，病房里穿梭不停，有不同的人往来，最初当然是护士，给病人量血压、量体温，清除病人滴盘、滴袋中的血水或小便，这时候，不过是清晨的五点钟。然后，病人醒来，起床梳洗、上厕所，护士分派药物，病人吃早餐。忙乱了一阵之后，女工们来换床单枕套，这时，爱走动的人都坐到长廊上的沙发上去。坐着坐着，就看见医生来巡病房了。

不同的病人有不同的医生，因为这是私家医院。五号病人共有三个医生，有时一个一个来，有时两个一起来。医生一来，病人就到床上躺下，护士拉上了粉红色的幛幔，于是，里面仿佛充满了秘密，有的人瞪着眼看，有的人倾耳听。不久，幛幔拉开，医生离去，病人兴高采烈地宣报：可以出院了。

今天有三个人可以出院，都去打电话通知亲人来接，然后回来收拾抽屉里的东西，准备出院。她们的化验报告出来，都是良性的瘤，因此很高兴。在医院里相处了大约一个星期，好几个人都熟悉了，说话也投契，就交换了电话，等得亲人一到，交了医药费，和大家说了一声"茶楼见"，愉快地走了。在医院里，和监牢一样，人们从来不说"再见"。

病房里一共十个病人，化验报告回来，都证实是良性瘤，她们是应该欢喜快乐的，而我，身上的肿瘤是恶性的。坐在长廊的沙发上，看见医生和一个人一起走来，神情严肃，那个人是化验师。外科医生一直没有什么笑容，我不知道他是天生如此还是由于我的病情，也许这是他的职业病，手术做多了，笑容减少了。

帏幔外面的那些耳朵听到医生对我说的话么？他说割了四个淋巴结，其中一个有一点儿感染，虽然不一定需要，但建议我接受放射治疗。这些话，除了我和护士，还有谁听见？也许没有人，因为几个人忙着收拾出院，几个人正在纷纷扬扬地说起化验报告，其中六号病人并没有化验报告，她在医院里已经住了一个星期。

我们都在谈论化验报告的时候，一名护士走到六号病人面前来，问她讨标本。病房里的每一个人都呆了一阵，因为标本不见了。六号病人说，手术后那天，是交过一个塑料袋给她，放在几桌上。割下来那么难看的东西，就像拔下的腐齿，以为

　　　　　　　　　　　　　　　哀悼乳房

留着没有意思，就由来探病的婶娘扔进废物箱去。如今过了一个星期，护士才来追讨，废物箱的垃圾怕也早进了焚化炉了。

没有标本，如何化验？不化验，又怎么知道患了什么病？病人说：我怎么知道呀，又没有告诉我要留着。从来没有进过医院，一切都不懂。只见医生走来了，护士走来了，来了又去，不知道会怎么办。只听得六号说，是我自己不好呀，没有知识。连连埋怨自己。这件事，既然没有人追究，大概就不了了之了。

手术后的第二天早上，我的标本也送来了，塑料袋子里一团破絮似的浮游物体，这就是我的乳房了。《聊斋》小说里的书生，遇见了绝色美女，一宿欢乐，第二天才发现抱着一具白骨。真是色即是空。我家附近的一条街上，原来住了一个患精神病的变态色魔，是个计程车司机，遇到单身女子上车，把车开到偏僻的地方，用哥罗芳把女子迷昏，带回家去。就在家里，用手术刀把女子的乳房呀、下体呀割下来，浸在酒精里。如果不是把女子的躯体拍了照拿去冲晒，恐怕还不会让人发觉，竟已剖杀了四个人，满屋子都是一瓶一瓶的标本。那些乳房还是一个个完整的乳房么？还是一团团破絮似的物体？每次经过那条街，我总觉得阴惨惨的。

* * *

我住的病房在二楼，是医院的西翼，整层住的都是等候做手术的妇女。手术室在长廊的末端，长廊两边，是七八个病室,大的病室可以住十人,小的则住四人。其中一间病室,住些年纪老迈的妇人,有专门的护士日夜班照顾,由病人合资雇用,每天收费一百元。病人呢,大多做的是割除白内障手术;半年前,母亲就在这里住了一天。医生的手术漂亮极了,七十九岁的老人,双眼一起接受手术,晚上六点做,第二天早上九点拆开纱布,眼睛看得清清楚楚,立刻就出院了。医学发达,怎不令人惊叹。

和我同一病房的人,患的都是腹腔里的毛病,不是胆就是胃,不是子宫就是肠子,最年轻的少女大概十五岁,患盲肠炎,带了学校的课本来温习,两天就出院了,并没有说什么话。另外一个三十多岁的女子,也是患盲肠炎,却又哭又啼,把陪伴她的母亲骂了半天,不断发脾气,向医院租来一部电视,搁在窗前,一个人看到深夜一点,要护士来干涉才罢休。

从窗子看出去,对面是医院的东翼,隔得相当远,是产房,那里可是喜气洋溢,充满了生之悦乐的地方吧。第一次当父亲的年轻男子,紧张而兴奋,带着年迈的母亲,以及手足姊妹,来看产妇了,生了一个男孩吗?真好,女孩吗?同样喜欢。然而我们这一边,愁眉苦脸的人多,呻吟声、牢骚语、亲朋们忧郁的脸,在病房中晃荡。我们都是怀孕的人,东翼的女子怀的是小天使,我们这边怀的却是魔鬼。

妹妹每天给我送饭来,因为医院并不供应食物,只能叫女工去买,不外是一般餐馆的货色,肉类多青菜少。亲戚们都来看我了,大家都说:快些好起来吧。没有人真正知道肿瘤的病况,只能希望,只能祝福。妈妈也来了,她说:原来你真的

　　　　　　　　　　　　　哀悼乳房

在医院里。这次瞒不住她了。能够有亲人来探病是好的，说一阵，聊一阵，时间可以过得很快，脑子也不用胡乱想东西。

我的朋友当然也来看我了，他们有的单独来，有的几个一起来，而且来了许多次，小朋友素素还送我布娃娃。这一阵，他们可忙坏了，既要来看我，又得去看阿田。和我一样，阿田也病了，也是生了肿瘤。如果她不是去应征新的工作而要检查体格，根本不知道自己体内长了瘤，医生问了她七个问题，就说她子宫里有瘤。果然，割下碗大的一个瘤来，大瘤的旁边还连着两个小的，大瘤上又长出疱子。尽管如此，阿田的情况很好，是良性瘤，不久出院，一个月后可以上班。我呢，不久也可以出院，但癌症没有痊愈这回事，只能控制，身体慢慢康复，却永远不会痊愈。一旦生癌，一生一世就和癌打上了交道，怀着不可预测的异形魔怪，不知道它什么时候发作，把你吞噬。

一群朋友，去探望阿田，然后来看我，已经过了九点钟的探病时间，病房内的灯暗了，我就和朋友们坐在长廊的沙发上聊天。真希望这是我们以前常呆的咖啡馆，我们又可以海阔天空地谈天。这阵子有什么好看的书呀、订了的新书寄来了么？然而，一分一秒过去，时间跑得飞快，朋友们不得不走了，真是依依不舍啊，朋友是世界上最珍贵的。嗯，明儿见，明儿咖啡馆见。

人们把花瓶拿到门口，放在走廊上。朋友送我的一个花篮，太大了，放在走廊会阻碍交通，就放在床底下，免得睡熟时不小心把它踢倒。朋友走了，我并没有睡意，还是翻翻妹妹

血滴子

从家里带来新寄到的杂志吧，里面竟有湖南作家纪念朋友的特辑，去世的是癌病人，其中一篇文章记述他癌细胞转移入脑，要开脑割除。病者居然请朋友为他拍摄开脑的过程，描述的文字是：白布之下，一刀割去，血如泉涌。我只读得背脊冰冷，再也读不下去了。

＊　＊　＊

医院并没有花园，因为这里不是疗养院，病人进来，主要是做手术，一个星期或者三两天就出院，花园并不是他们需要的地方；他们需要的是手术室。手术之后的病人，许多都可以起床，我在第二天中午已经可以走来走去了。病房内有空气调节，这是私家医院的好处，当然，收费自然也相应提高。在空调的病房内休息很舒服，可整天躺在床上也不是办法。除了早上一段换床单的时间，病人坐在走廊的沙发上聊聊天，其他的时候，病人大都坐在床上，很少活动。

到哪里去走走呢？我必需舒展筋骨。唯一的去处是走廊。于是我从走廊的这一端步行到走廊的另一端，又从另一端走回来。走廊不长，起首的那边，有两部电梯，面对手术室；走廊的两边，是病房，中间有一个护士的工作室，里面相当宽阔，墙上有时钟，经过的时候，我总看看那钟。从走廊上来回一次，根本用不了三分钟，真有点度日如年。于是我走得很慢，把每一间病房门口的名字牌仔细看过一遍。病房里十个病人，名字都贴在门口的插格里，名字前面是床号的数目，名字后面是医生的名字。同一个医生的名字出现了三次，啊，他可是生意滔滔呀。我的医生只有我一个病人，他每天上医院只来看我。一个医生的名字我很熟悉，是替我母亲做白内障手术的，他的病人并不少。

除了看名字，经过病房的时候，我也看看里面的花，花束其实不多，几桌上放的是食物和水果，瓶瓶罐罐的一大堆。走廊的末端是一个小一点的护士工作室，然后是厕所。和走廊垂直的地方有一个大堂，连接一条通路，可以到对面的建筑物去。大堂里有电话，所以这里常常聚了几个打电话的人。大堂的一角，摆了座比人还高的圣母像，四周高高矮矮摆放鲜花，白天里也点缀了灯盏，仿佛永远是圣诞节。

圣诞到底是怎么一回事呢？玛利亚没有结婚，又不曾和男子肌肤之亲，肚子却渐渐隆了起来。如果是别的女子，那只能是肿瘤了。但玛利亚生的不是魔鬼，而是救主。小说《蜀山剑侠传》里有一个未婚女子，误吃了一种花朵，挨在石头上休息了一会儿，竟然奇异地怀了孕，过了二十一年，生下一个孩子，因此取名叫石生。但那只是小说的情节。

有些医学研究说，四十至六十岁的妇女最易生乳腺癌，尤其是那些没有结过婚的女子。我正是这样的例子。我说有些，因为总有这样那样的研究，而没有定论。波普尔告诉我们，不管我们已经看到多少白天鹅，也不能证明所有天鹅都是白的。对人体其实也有各种不同的诠释，大家的体内就怀着这样那样不为人知的物事。对神秘的力量又敬又畏，是人类存留最久的心理共性，尤其是当这种力量依附在人体里。随着社会演化，这种力量渐渐照世俗习惯区别开来：她怀的原来是小天使，我怀的是可怕的小魔鬼。小天使十个月后离开母体，诞生下来，一天一天长大，成为独立自由的生命个体；小魔鬼则拒绝离开母体，它永不凋谢，留在母体内，也一天一天长大，十个月，也许十年，最后喧宾夺主，直至母体死亡。它是寄生的菌、攀缠的藤蔓，直至附托的植物枯萎。

当玛利亚知道自己怀了孕，就很害怕，但天使加百列对她说：玛利亚，不要怕。世界上有无数令人害怕的事物，可谁来对你说不要怕？医生在电话中只说：是恶性的瘤。严肃的医生不说多余的话。我只觉得脑子里像灌满了水，又像一块凝结的冰。玛利亚说：我没有出嫁，怎么有这事呢？我呢，我又不抽烟，不喝酒，不吃烧烤、罐头的食物，为什么长肿瘤呢？

天使在哪里？谁来对我说不要怕？我终于遇到我生命中的加百列了，半个月后，我在电话中听见阿坚的声音，她并不长翅膀，头上也没有光环，她只是我同病的姊妹，她对我说的第一句话是：不要怕。

* * *

大病房里一共有十个病人，最年轻的一个大约十五岁，进来割盲肠，她是二号。四号是个还没有结婚的女子，患了甲状腺，在喉咙的位置，是良性的瘤，常常来陪伴的是她的母亲和年轻的未婚夫。五号也是个未婚的女子，每天只听见她发脾气，骂母亲。其他的人，除了我，都是结了婚的人，老妇人占了

　　　　　　　　　　　　　　　哀悼乳房

大半。西蒙·波伏娃笔下的第二性，除了儿童，这里都齐了。

十五岁的少女，脑子里想些什么？会不会被受孕的焦虑和难产的恐惧所萦绕？西蒙·波伏娃说，有些小女孩对自己身体内部充满焦虑，以致渴望接受手术，尤其是割盲肠。年轻女孩以这种方式显示她们对强奸、怀孕与生育的种种迷思。她们感觉身体内部有某种模糊的威胁，埋伏在内，而不知名，于是希望外科医生能将她们从危险中拯救。

当我看看左侧床上躺着的少女，她显得异常宁静，这五尺的躯体，令她受窘还是受苦？她的父母曾否对她说：小心男人哪。晚上不许她外出，监视她的电话、信件、朋友，尽心尽力培养她成为"有教养的少女"？这一切，从表面上是看不出来的，她只在看书，都是学校里的课本，大概不久要测验或者考试，此刻，她把一片心思都放在学业上面。

当我坐在床上摊开了一堆书本，总能听见邻床的喁喁细语，那是四号的年轻女子和未婚夫的恋人絮语，那些话相信不外是一个模式，彼此都沉醉其中。西蒙·波伏娃说，婚姻，是传统社会指派给女人的命运。即使在人口过剩的二十世纪，人们还认为女子天赋必须为社会生育子女，这是她们被迫结婚的理由。不结婚，就是不正常；或者那是因她貌丑、败德，被男人的世界遗弃了。于是，一如我的母亲那样，不是寄生在父亲家里，便是到另一个家族里去屈居卑微的一隅。她要和过去切断，加入丈夫主宰的银河系，完全没有走向宇宙、自我发光的权利。

如今是否已经没有这样的问题？恋人们在我的身边细语，

她的婚姻，必是没有掺杂了计算、厌恶，或者委曲求全。这是现代女子的幸福。他们不久将结婚了吧，在她的心目中，结婚是怎么一回事？这个男人和这个女人，将在仪式和鲜花的遮掩之下，进行非常隐私的经验。啊，多少的新娘子在新婚之夜逃走，又有多少新娘子新婚之夜遭退回娘家。

对于病房中的其他病人，这些都成为历史，她们记挂的是丈夫的升职、孩子的学业，以及目前自己最需面对的健康？也许成为家庭的终身奴仆、长期劳工，渐渐已成习惯，而且认为人生正应该这样子。那么就每天为丈夫和孩子们买菜煮饭洗衣裳，永远在一个小小的空间和灰尘作战。

病房中的大部分妇女，都处于或过了波伏娃所指的"危险年龄"，她们既欢迎月经的消逝，可又因害怕衰老而心绪不宁。她们似乎失去了性别，却成为完整的人；获得自由的时刻，也正是不能运用这份自由的时刻。"危险年龄"的女性可以做些什么？丈夫的经济基础稳固了，孩子们长大各自飞翔了，再也没有怀孕和生育的疑虑了，她们可以去学钢琴、唱戏、旅行、种花、看歌剧。真是前所没有的自由。然而疾病也以全速四方八面袭来了。

西蒙·波伏娃没有提到癌症。如果在我的病床两旁躺着的女子患上乳腺癌，将怎样呢？十五岁，离癌症的发病率还远得很吧，不，最近这里的一宗乳癌，患者只有十二岁。患甲状腺的女子，如果患的是乳癌又如何？她的未婚夫还会和她结婚么？爱情中人总爱说"白头偕老，至死不渝"，没有经历过磨难的爱情，奢谈罢了。大小的疾病就是磨难。

西蒙·波伏娃没有提到癌症，提到癌症的是《疾病的隐喻》的苏珊·桑塔格。十九世纪的病是肺痨，二十世纪则转为癌症，它们都罩着神秘的面纱出现。起始的时候，没有人知道成病的原因，因此也找不到治疗的方法。然后渐渐地，肺痨的成因找出来了，医学界也研究出对付它的办法，于是，到了二十世纪，肺痨不再成为可怕的杀手。而正是这个时候，癌症出现，病情阴险，成因模糊，仿佛有遗传的基因，又像是环境的影响，不过，研究的情况显著进步，到了二十一世纪，癌症也将和肺痨一样，谈论它们的人就像提到伤风和感冒。而就在这个时候，艾滋病君临。

肺痨和癌症的起没，有不少相似的地方，可两者之间却有几乎完全相反的面目。肺痨的毛病只在肺部，病人充满各种征象，咳嗽啦、气喘啦、吐痰啦、呕血啦，清清楚楚，用X光一照，身子是透明的；可癌症呢，一般并无迹象，不声不响，十分隐蔽，用超音波一扫，器官竟是黑墨墨实塌塌的斑块。患肺病的人总是因病到处旅行，阳光、空气，对他们的健康有益，于是，那些济慈、雪莱都从一个地方漫游到另一个地方。意大利、南太平洋、地中海，也全因他们变得浪漫起来了。癌症？没有什么环境可以改变癌病的处境，再好的阳光和空气都起不了作用。

十九世纪的病真是一种浪漫病，抒情的诗人或钢琴家既要清秀，又要清瘦，最好是穷，要固穷，没有比生肺痨更适合他们了。小说家则不妨又肥又胖，像巴尔扎克，这才令读者信服，他的肚皮里如果没有整个法国，至少有一个巴黎。然而，看看肖邦、戈蒂耶这些艺术家，总带着水仙花似的模样和病容，好像非如此不能增加作品的凄美。小说家自己孔武健硕，可笔下的人物，却呈现肺痨者的情态，柔弱得叫人心痛。嗳，茶花女哪。嗳，林黛玉哪。你完全不能想象茶花女和林黛玉患乳癌会怎么样，那是没有人要看的小说。患肺痨的女主角，可以写的材料可多极了，她总是非常美丽的，加上了病，脸色粉白，因为发低热，又显得像搽了胭脂。一个身子，微风也吹得起，完全是我见犹怜的形象。可她会弹琴，喜欢鲜花和月亮，常常写诗，悲秋伤春，她总会邂逅一个非常爱她的年轻男子，他虽然穷，但英俊；如果富有，却孝顺顽固的父母。然而，这一切注定救不了她，因为作者和读者都不肯救她，她死定了，而且死在恋人的怀中。这些情景，拍成电影，搬上舞台，多少人一面看一面流泪，可怜的女子，缠绵的爱情，忧郁的病症。

可没有什么电影描写癌病人是浪漫的，如果有，那是在病发之前。患癌症的女主角写诗？这类的电影仿佛狂风雨暴雷电，因为癌症的出现不像肺痨那般，是幽灵式的，飘飘荡荡的，而是霹雳，是狙击，是忽然袭来，没有任何浪漫的过程。所以，二十世纪将接近尾声，我们没有什么深刻的癌症小说，除了索尔仁尼琴的《癌症病室》；也没有什么令我们怀念的癌症电影，除了黑泽明的《留芳颂》。

一部《红楼梦》，是石头讲的故事，这石头没有出现在任何一个角色体内。大观园中芸芸女子，没有一个患乳癌。她们没有患上，也许是因为实在太年轻。也许有吧，但谁知道呢，乳房的病是非常隐私的，既不能让人见，也不好说，遂默默无闻了。这俨如一种只有意指，而没有意符的疾病。直到二十世纪，癌症还是受隐瞒，在日本，病症是不能告诉病者的。一切都保守秘密，因为那是和"罪行"一样受谴责的名字……

你患上癌症，仿佛有罪，你且听听，交通阻塞，人们说：这是道路的癌症。学生不好好读书，母语教学得不到广大市民的支持，人们说：这是教育的癌症。还有社会的癌症，国家的癌症，一切的难题，不能解决的事、麻烦、忧虑、愁苦、困境，全部一下子都叫做癌症，而真正患上癌症的人，就悄悄地保守自己的秘密，以免千夫所指。

* * *

再次进医院，我就考虑带什么译本看才好，陀思妥耶夫斯基的《罪与罚》吧，可书拿在手上太重了；巴尔萨姆的《城市》？可我暂时不想看巴尔萨姆，因为他患血癌逝世了。那么，看李黎译的《美丽新世界》吧，结果仍把书放下，因为赫胥黎的妻子玛利亚患了乳腺癌，许多年后，赫胥黎自己也患了舌癌，三年内四次复发，没法治好。

一九五二年的时候，乳腺癌是没法医治的病么？还是，玛利亚发现肿瘤时已经太迟？三年之后，癌细胞蔓延全身，用超音波治疗无效，肝部开始恶化，再也看不到丈夫后来的长篇小说《岛》了。患了乳腺癌的玛利亚心中想的是什么？她原来悄悄把一个女子介绍给丈夫。为丈夫安排了接班妻子，一如安排奇情的小说。

这些书我全没带到医院去，我结果带了更厚重的《巨人传》。在这个时刻，我想看些轻松愉快的小说。高康大这个巨人原来是从耳朵里诞生出来的；其实，我就一直觉得，《圣经》里的玛利亚，是透过耳朵怀孕的。那些十五世纪文艺复兴的壁画，画了许多天使报讯的情景，我常常看那些画，其中一幅，天使不是把这消息从口中一直传到玛利亚的耳中么，画中明明出现了一道金色的光线，那就是圣灵哩。

高康大最初的时候，读了三十多年书，愈读愈笨，结果换了位老师，拉伯雷理想的法国青少年的教育呈现出来了，高康大要学的事物真是太多了，十八般文武艺无不学习，文学、数学、天文、音乐都是功课，下午则学骑马、打猎、游泳、耍剑、走钢线等等的运动。至于下雨天，得在家里捆积草、劈木柴、锯木料，到仓库去打麦穗，研究绘画雕刻。除了在家里，也到外面去看冶金、铸炮、纺织、印刷、洗染、造币、校钟、制镜、金、石、化炼等手艺。老师又带他去听演讲、大庭广众中的辩论、律师们的演说实习、朗诵、开庭辩论、传教士讲经。下雨天当然不到户外采集植物标本，而是去参观药材行和药铺，仔细观看各种树叶、果实、树根、草根、油胶、种子和外邦的香料及其炼制的方法。又去看戏法、杂技、魔术等等卖艺人的动作、手法和筋斗功夫。

像高康大那样子读书，可不令人羡慕？范围又广，又有

哀悼乳房

趣，而且每天有三个小时由伴读的年轻书童读书给他听。最奇怪的是上厕所的时候，并非自己带一本书去看，竟由老师陪伴在侧，把他读过的功课重温一遍，并且解释晦涩难通的地方。

看《巨人传》只是愉快的事情。两个中译的版本，各有优点，甲的译本注释详细，比如黑藜芦草，他的注释是当时治疗神经系统疾病的特效药，贺拉斯的《诗艺》、普林尼乌斯的《自然史纲》都有提及；而乙的注释只是，古人认为这草有医治疯癫的功效，并译为毛茛草。毛茛草的这一段文字，提到一个人名，叫提摩太，乙的注释是：古希腊著名诗人兼音乐家。但甲的注释还有下文。干提理安在《论教育》里说，音乐家提摩太对于在别处学过音乐的学生，一律加倍收费，因为他要纠正他们过去的错误，多费工夫，他甚至叫这些学生吞服黑藜芦草。

常常听见音乐家不肯收学过音乐的学生，因为纠正学生的错误多费周章，而且往往由于先入为主，难以改正，原来出自提摩太的典故，竟是两千多年前的事情。高康大为什么要吃黑藜芦草？因为他以前跟了垃圾老师，愈学愈笨，新的老师要把以前不良的习惯和方式改变，把他脑筋里的疾病和恶习统统泻掉。

看不同的译本会看到不同的译法，十分有趣。比如说，饭后的甜点，一个译"蜜饯木瓜"，一个译"木瓜果酱"，饭后大概不会吃果酱的吧，那就该是蜜饯的木瓜了。至于乐器，一个译"他学习弹古瑟、小风琴、竖琴、九孔德国笛、大提琴、唢呐"。一个译"高康大学习古琴、键琴、竖琴、德国九孔笛、七弦琴及喇叭"。唱歌也不同，一译"唱四五节乐章，或一整段歌词"，一译"一起唱四部或五部的大合唱，再不然就随心所欲地唱唱歌曲"。这些译文，来自一个文本，竟变得那么不相同。

高康大的游戏，共有二百一十七种，拉伯雷罗列了各种牌名、棋名、猜谜、斗巧、角力等户内外游戏名字；甲译全删去了，注释说，这里作者罗列了二百一十七种游戏，大致可分四类：纸牌、棋类、斗智、猜谜，另外还有若干户外游戏；这些游戏，有的涉及赌博，有的意思不够明确，故删去。

看了这一段文字，我只能叹一声"唉"，竟把邻床的女子惊醒了。高康大的游戏，当然就是文艺复兴时期法国少年的游戏，其中的踢毽子、争交椅、下围棋、踩高跷、掷骰子、弹贝壳、罗马纸牌，不正是我们现在还玩的游戏么，有的还在布莱克的图画中一一呈现在我们的眼前哩。

你只想知道治疗乳腺癌的事，那么别浪费时间，跳到第一一一页去看《黛莫式酚》。

哀悼乳房

阿
坚

○和阿坚第一次通电话

喂，是阿坚吗？

我是阿坚，刚才和田谈了几十分钟，谈起你。

她告诉我，和你直接谈谈。

你的情况怎么样？

刚出院。

做了手术，是吗？

做了。

做了就好。不用怕，想开一点，你看我。

你和我一样？

一样。

怎么发现的。

洗澡啰，发现一个肿块，有枇杷果那么大。

也是不痛的?

完全不痛，有点发痒。

切除手术?

立刻就去切除，这样才彻底。

淋巴结呢?

有两颗已受感染，你呢?

其中一颗有一点儿迹象。

早发现，立刻医，不用担心，可以控制。

你现在觉得怎样?

受到控制了，已经过了五年。

五年。

当时我才三十五岁。

那么年轻。

是呀，简直不能适应。

才三十多岁。

我的大孩子五岁，小女儿只有一岁半。

年纪都小。

当时真不知怎样办，结果还是活下来了。

五年了。

所以，你不用太担忧，放开怀抱，乐观些。

谢谢你，你真好，安慰我。

我们这种情况，其实是最轻微的。科学又昌明。

是最轻微的么。

我认识一些朋友，也和我们一样，都活下来了。

　　　　　　　　　　　　　　　　　　　　哀悼乳房

你使我安心多了。

欢迎你随时打电话给我，想知道什么都可以谈谈。

谢谢你，阿坚。

○和阿坚第二次通电话

阿坚？

喂，我是阿坚，你好。最近怎么样？

刚拆了线。

肌肉像海绵一样，是吗？

一点感觉也没有。

好像不是自己的皮肤。

要维持多久？

几个月吧，别担心，起初是这样子的。

将来就没事了？

嗯，现在吃药吗？

每天吃药，你呢？

起初也吃药，后来不吃。

为什么不吃？

你知道，吃那种药是绝经的，可我没绝。

不吃药怎么办？

要去治理卵巢的部位，还是要绝经，不能生孩子。

你才三十多岁。

我已经有两个孩子，也够了。

两个孩子，就不必再生育了。

需要接受放射治疗吗？

医生说，由我决定。

应该去才好。

我也这么想。

应该去。就像买保险。我认识一些朋友……

她们呢？

接受的都好，不接受的，不好。

那我决定接受。

介意我问问你的职业？

以前教书，现在退休了。

那好，不用工作，多休息。

只在家里照顾妈妈。

放疗会花你许多时间。

多少时间？

每次两个小时吧。

次数呢？

我的疗程是六个星期。

每天去？

起初先见医生，检查、绘图，要排期。

等很久吗？

人多的话，排的队伍长些。预备三个月的时间吧。

一共要三个月才完毕。

你不用上班工作，那很好。

你工作吗？

　　　　　　　　　　　　　　哀悼乳房

本来在医务所当姑娘，后来当然不做了。

现在一直休息？

没有，每天买菜、煮饭，照顾孩子，看功课。

什么时候比较空闲？

下午，孩子们上学去，我就有空。

想请问你一下，该吃些什么才好？

多吃水果、蔬菜；多喝汤水。别吃煎炒熏炸。

好的。

吃胡萝卜最好。我身体不好，受不了。不能生吃。

胡萝卜要生吃？

最好生吃。做果汁也行，我连喝果汁也反胃。

那怎么办？

做汤，常常喝胡萝卜汤，鱼汤也行，一起煮。

我能喝胡萝卜汁，刚试过。

那就好，绝对不能吃鹅鸭虾蟹。

哦，好的。

鸡也别吃。有人说可以，我看还是免了。

别吃鸡。

鸡和鸡蛋，我一戒戒了三年。别吃生鱼。

不能吃生鱼。

古老一辈的人以为好，其实并不。

不是帮助伤口缝合么？

缝合得太厉害，肌肉都起丘陵，变成火山口。

不应该吃。

阿坚

还有，暂时不要吃生草药。

谢谢你，谢谢你。

○和阿坚第三次通电话

我又打电话来了，阿坚。

欢迎你随时打电话来，这一阵怎样？

我要到专科部门去了。

约了时间见医生吧？

约了。要注意些什么？

暂时先检查、做素描这些。

然后才做放射治疗。

是的。确定治疗的位置后，在你身上画区域。

画在身上。

嗯，又红又蓝，地图一样，回家不要洗掉。

不能洗。

放疗后也别洗。

不能洗澡了。

我那时很辛苦，是夏天呢，七、八月。

现在天气凉了。

我的妹妹洗了，哪知治疗的部分起了小泡泡。

哎呀。

好像开水烫出来的一般。结果医了一星期。

你的妹妹也患病么？

和我们的一样。

哀悼乳房

好像很多人都是这种病。

愈来愈像西方的妇女。

真是灾难。

啊，颜色有时涂到颈上，很难看。

别人都看见了。

就是，所以我穿上高领的衣服。

要特别去买，对吗？

天冷好一点，可以穿瓶子领的毛衣。

裹一条围巾也可以。

带一壶水去喝。放疗后，你会喉咙干燥，很疲倦。

很厉害吗？

根本不想吃东西。有人一下子瘦二十磅。

你呢？

我瘦了十磅。还有，手臂不灵活。

要过多久才恢复？

我是整整两年。因为我的麻烦比较多。

能恢复就好。

我的姐姐才精神哩。两个月后，就上班去了。

你的姐姐？

是的，和你一样年纪。

她也病过？

也是我们这种病。

你的妹妹？

还有我的姊姊。

阿坚

你们三姊妹？

都是一样的病。

如果你的亲友也患了乳腺癌，却并不认识一位像阿坚这样的女子，怎么办？请翻到第二三七页看《知道的事》。

哀悼乳房

浴室

　　整整半个月没有好好地洗过澡了。幸而这已经是九月，天气又渐渐凉下来。我无法像平日那样洗澡，只能淋半身浴，腰部以上的躯干用湿毛巾抹抹就算。

　　手术后从医院出来，过了一个星期，上诊所见外科医生拆线。不知道为什么他不用渔丝式的线替我缝伤口，那是不用拆的，线段留在伤口，日久慢慢消失。对于病人来说，许多事情我们并不清楚，也没有人让我们选择，总之像一头羔羊就是。外科医生用的也许是羊肠，粗而且黑，我觉得像牛筋。仰卧在病床上，感觉到医生撕开胸前的大幅膏布，用剪刀拆线，声音清清楚楚，一下一下，发出干净利落的"恻、恻"声。

　　一共缝了多少针？我问。

　　二十五针。他答。

　　二十五针，那就是一条很长的蜈蚣了。记得小时候在学校里跌破头，由校医替我立即止血缝伤口，母亲赶到学校来，我的头已经包扎得像个印度人。那次我血流披面，休息了一个月才回校，脑后不过缝了三针。如今却是二十五针，简直不敢想。

伤口长，拆线得分两次进行，第一次隔一针剪一刀，短短的线段像一截截蚯蚓的断肢。其实，伤口已经复合，皮肤和皮肤之间的组织已经连接，即使一次把线全部拆掉，伤口也不会裂开。然而医生是小心的，也让我感到更安心吧。

第二次上诊所拆线，又隔了几天，仍是把大膏布撕开，一刀一刀剪余下的线段，仿佛我是一只皮鞋，医生是鞋匠。所有的线都拆掉了，这次，医生不再用宽阔的大膏布贴在伤口上，而改用一条一条细窄的膏贴，交叉形沿着伤口贴，就像我的伤口是两扉的大门，遭官家抄封，给贴上了封条。是在这个时候，医生告诉我，回家可以淋浴了，伤口上的小封条会随着水自然松脱，不必费劲去撕。

终于可以淋浴了，可以整个人站在莲蓬头底下哗哗地洗澡，最轻松的还是洗头发，再也不用弯着腰、把头埋在洗脸盆里，事实上我的右手，并不能够轻易举到头顶以上的位置，所以也不能给自己剪发。回家淋浴了几次，小膏贴居然没有松脱，我也由它们留着，直到再过几天，它们——像树上的黄叶般落下，我伤口上的束缚从此完全解除。

我极爱家里的浴室，这是我们一家人最疼爱的地方。房子是分期付款的，因为并不富裕，只能选个小单位，只有一间大室、一间厨房和一间厕所。厕所像电梯厢，里面仅有座厕和一个极小的洗脸盆。至于洗澡,得利用挂在墙上的花洒。每次洗澡都发愁,干衣裳没处放,连厕纸也得藏起来,花洒流出来的当然是冷水。淋浴之后,座厕、脸盆、墙壁和门板都是湿的,地上的水来不及流泻,全满溢到门外的地方。洗一次澡,接下来是疲劳不堪的清理,抹墙、抹门、抹厕板、拖地,真是苦役一场。如果说洗澡把自己清洁了一番,浴后的劳动又把自己变成满身臭汗。天气冷的时候,得烧开水洗澡,提着水锅也没落脚处,像这样子的浴室,谁还可以在里面唱歌?

你家里也没有浴缸吗?她问。

我家里也没有浴缸。我说。

和一位爱猫的朋友通电话,无所不谈,说起浴缸,大家都没有,唯有兴叹,我的确有不少贫友。过了半年,她拨电话来告诉我,家里有浴缸了,方法是穷则变,变则通。改。把厕所和厨房相连的墙移动一下就行。我立刻明白过来。

我家的厨房恰恰是厕所的二倍,能放下冰箱和桌面式缝纫机,我实在不需要如此宽阔的厨房。于是拿把尺,左量右量,画了一个星期的图样,请泥水匠来改。拆墙、建墙、凿下水道、铺电线、敷水管,满屋子飞沙走石,终于盖出一间浴室来。小小的厨房,似乎比以前的还好,因为装上整齐的橱柜,杂物都放进厨里,灶台上只剩下电饭锅、石油气炉和水锅这些厨具。当然,冰箱是移到客饭厅去了,古老的缝纫机早已陈旧,干脆送给邻舍。

没想到改建后的浴室这么称心满意。一套三件的浴室洁具,象牙色的,异常悦目,地上铺了工字形的茶褐色防火砖,

浴室

墙上铺方格子白色暗纹砖，一直从地面砌上天花。浴缸低矮宽阔，装上储水式电热水炉，洗澡真的成为享受了。

不过是一个星期的灰尘和敲敲打打，不过是有两天要借用邻居的厕所，一切的扰乱和嘈杂都已过去。浴室里不但可以放进洗衣机，还可以摆手提收音机。毛巾挂在壁砖上，巨大的镜子贴在洗脸盆上，一扇百叶门，两扇大窗，还有壁橱，什么药瓶、化妆品、洗头水、肥皂都藏进去了。朋友来见了，都唬一跳，啊，好漂亮的浴室。它所以漂亮，是因为它和整层楼房的比例不相配，就像乡间破陋的草房，就该配一座茅厕似的。可是，一个人最需要、最舒服的生活场所，难道不该是浴室么？

拨电话给爱猫爱花生漫画的朋友，对她说：我家里也有浴缸了。我们都感到无比的幸福，她居然特地到我家来，参观一番，事实上，我也到她家去考察过，这种婆婆妈妈的事，想不到全发生在我们的身上。奇怪的是，浴室宽阔了一倍，厨房并不见小，三几个人站进去，也不见挤，于是就站在那里咧开了嘴巴笑。

喜欢浴室，所以，常常端了小矮凳进去看书，听第四台的古典音乐。忽然兴起，漫一缸芬芳的泡泡水，浸在里面，这的确是舒展洁净我的躯体的黄金时代。躺在浴缸里多舒服呢，莫扎特的钢琴协奏曲珠子一般流动，海马的浴盐冒起波涛的气味，一本古老的旧书，讲述着褪色的遥远的故事。

所有浴室里的欢乐都过去了。如今，我对浴室竟然充满排斥的感情，再也不浸泡泡浴了，也不呆在里面看书、听音乐，每次洗澡，不过是站在花洒底下匆匆淋浴一阵，抹干身体，穿

　　　　　　　　　　　　　　　哀悼乳房

上衣服，逃兵一般远离战场。浴室成为我的战场，我挣扎着，逃避自己的躯体仿佛逃避可怕的鬼魅。

终于要面对现实，封条式的小膏贴松脱下来，伤口的形式就显露无遗了。低下头来，看见胸前一条长长的疤痕，仿佛乡间田野上一条蜿蜒的铁道，我伸手比比，刚好是一巴掌的长度。忽然想起以前缝衣服，为一条裙子配条拉链，就这么长。

电视新闻上访问过一名男子，他是我们听见的患上乳房肿瘤的男性，年纪已经五十多岁，也许因为是男子汉，所以裸露了胸膛对着摄影镜头，只见他的胸前增添了一道横切的伤口。其他的一切并没有什么不同。这情形和看见别人因割盲肠、剖腹产子留下的疤差不多，并没有令我感到震惊。男子并没有隆起的乳房，他给我的印象，就像是上过战场的伤兵。

我以为我的情况和电视上的男子一样，不过是一道长如拉链的伤口，不，不是那样子。我身上的刀疤是斜割的，从侧肋一直倾斜四十五度到胸前，大概要跨好几条肋骨。整个乳房不见了。整个乳房，包括乳蒂、乳晕、乳腺、大量的脂肪和结缔组织。

人们把乳房的中腺组织结构单位比作一株三月里的桃树。由腺组织构成的囊状小叶，叶乳腺小叶，就像一簇簇盛开的桃花，腺细胞就像一片片花瓣，是产生乳汁的场地。乳汁由一朵朵桃花似的腺组织汇集到一束束树枝似的乳腺导管，再由导管汇集到树干似的输乳管，最后由每一条输乳管通往乳头。每个乳房有十五至二十个囊状小叶，有相应数目的输乳管，在乳头中心的位置呈辐状排列。

浴室

桃树一般的腺组织当然是乳房的主体结构，但在整个乳房的体积上，只占很小的比例，构成乳房轮廓的基础主要是很多的脂肪和结缔组织，包括乳房悬纽带。这株我身上的桃树，连同它附近的泥土都不见了。如果我的右胸曾是一座山，如今是下陷的谷；如果它曾是一碟盛载了粉嫩的饱点的美食，如今剩下的只是一个空碟子。我赶忙穿上衣服逃离浴室。

十八世纪法国的一个伯爵名叫布封的怎么说呢？人和妖怪的分别是：第一类是器官过多而形成的妖怪；第二类是器官欠缺而形成的妖怪；第三类是各器官颠倒或错置形成的妖怪。

世界上的妖怪可多哪，那些九头鸟、两头蛇、三眼华光、千手如来，都是妖怪。翻开《山海经》、《封神榜》、《西游记》，里面充满各式各样的妖怪。

* * *

《楚辞·天问》里说：雄虺九首，億忽焉在？虺是一条大蛇，有九个头，这是器官过多而形成的妖怪。

《论衡·说日》里说：日中有三足鸟。后羿射日，射下九个太阳，于是死掉了九头三足鸟。太阳里的神鸟，有三只脚，这是器官过多而形成的妖怪。

《山海经·海外西经》里说：一臂国在三身国北，一臂、一目、一鼻孔。这个国家的人只有一条手臂、一只眼睛、一个

哀悼乳房

鼻孔，是器官欠缺而形成的妖怪。

《异苑·卷六》里面说：元嘉中，颍川宋寂，昼忽有一足鬼，长三尺。人有一足人，鬼当然有一足鬼，一只脚的鬼，是器官缺欠而形成的妖怪。

《史记·补三皇本纪》里面说：蛇身人首，有圣德。据说伏羲是雷神之子，学蜘蛛结网，能建造天梯登天。人头蛇身的伏羲，当然是器官颠倒错置形成的妖怪。

《山海经·海内西经》里面说：刑天与帝争神，帝断其首，葬之常羊之山，乃以乳为目，以脐为口，操干戚以舞。这个没有了头的刑天，是器官缺欠，又颠倒错置而形成的妖怪。

紫禁城里的太监，都是器官欠缺而形成的妖怪。司马迁是会写《史记》的妖怪。我是妖怪，我失去一个乳房，也是器官欠缺而形成的妖怪。

* * *

不再喜欢浴室是一件事，是不是妖怪是另一回事，但我每天还是必需进浴室，而且必需淋浴。坐在浴缸里，起初对伤口有点担心，怕它会裂开来，其实这是多余的，伤口缝得极好，肉芽都长满了，从来没见过这么紧密扣锁无缝无隙的拉链。谁是最早的外科医生？把人的皮肤切开，然后缝起来，又是什么人的主意？简直像缝衣服。

在人的身上缝皮肤，和缝衣服看似相同，实则不一样。只有原始人做衣裳才和缝皮肤一样。原始人的衣服是树叶和兽皮，树叶也许是不必缝的，在身上缠绕搭挂也能护体，过两天枯萎就得废弃。兽皮衣才是真正的衣裳，也是人类缝纫的开始。两块兽皮，在边缘上穿孔，然后用筋条连接起来，皮与皮之间虽然连起，却有一道空隙，这模样就像我们如今给运动鞋结鞋带。

古代的金缕衣，秦代战士的铁衣，用的也是缝兽皮同一的方法，所不同的是，连接的是四个角落，然后用缕丝缠扣。可缝衣服不能这样，衣服不可以到处都是缝隙，得密密缝得成为城墙一般坚固，天衣无缝。如今的衣料和兽皮不一样，柔软多了，即使是兽皮，也可以变得天衣无缝。衣料可以折叠，留下布边，在反面叠齐，缝好后反过正面，用熨斗熨平，光滑整齐，因此就剩下玉石、铁皮、硬皮革不能折叠，得穿孔引线缝接，皮肤也是这样。

皮肤不是布，不可以在反面缝好翻转来，幸而神只造人，奇异无比，缝在一起的皮肤，有血管有神经，有表皮有真皮，有毛囊有汗腺，却能自行调节生长，皮与皮连在一起，不久就复合了。人的身体，才是真正的天衣，没有缝。做手术的躯体，有的只是一道疤，滴水不漏。生命如此奇异，半截蚯蚓可以重生，星鱼永远能复原，鸡只可以装上鸭的翅膀，猪的肾可以换到人身上。

哀悼乳房

我那爱猫爱花生漫画爱特吕弗电影的朋友，还爱她的浴室吧。当她坐在浴缸里，想些什么呢？缝接的问题？啊，这是很可能的，她想起的缝接，必定不是关于衣服和皮肤，而是电影，缝接，就成为剪接。她会想起《祖与占》、《四百击》、《第三类接触》、《野孩子》等等。电影其实就是一件流动的金缕玉衣吧，也是由一方一方的碎片连接起来的。

电影缝接的工作，我和爱猫爱花生漫画爱特吕弗电影爱莫扎特音乐的朋友早十多二十年的时候都沉迷过，那时候，我们每星期总上"第一影室"几次，像上课，看安东尼奥尼、维斯康蒂、费里尼，看戈达尔、特吕弗、路易·马勒，看黑泽明、沟口健二、小林正树，以及许多陌生导演的作品。看着看着，就自己想做实验电影了。

节衣缩食，买部八厘米的摄影机，买些胶卷，自己编剧本，就到大街小巷去取景。手提机，拍出来的效果，画面颠颠簸簸，跳荡不已，只能说是极写实。朋友们都把影片拍出来，十多二十分钟，已经很高兴，也真的开过实验电影展。我没有上街拍，脑子里老在编一组溶接的镜头，钟摆／摇篮／木马／秋千，来来回回摇晃，但我抬不动拍摄机，太重了。自编自导自摄的梦幻于是消失。

没有拍实验电影，并不等于不构思，脑子里一组一组镜头冒现。爱森斯坦《波坦金战舰》里的"奥德赛石阶"，真是经典的剪接；三头狮子依不同次序的先后排列，又会产生完全不同的意义。一部电影里该选择雷诺阿的单镜头场面调度还是爱森斯坦式的蒙太奇剪接？我想的是那些问题。

储蓄了一点钱，也去买了一架十六厘米放映机，和一座小小的剪接机，这种家庭式剪接机真的很小，仿佛打圆孔的机器，体积不超过傻瓜照相机。捡起胶卷，自己动手剪接，这一段不要，"铆"的一声，小机器倒锋利，像锄陈世美的包龙图那闸刀，利落爽快，胶卷一刀两段了。破坏是最容易的事，建设可难了。要把两格胶片连接起来，却叫小小的剪接机为难了，涂上特制的胶水在胶片的边缘，叠在一起，黏牢了，压紧了，似乎妥当了，可到放映的时候，忽然又断裂。这缝接法既非原始人的缝兽皮式，也不是现代人的缝衣料式，不用针，不穿孔，没缝没线，只是黏，的确是第三类接触。我交给实验电影展的"作品"，完全由废片剪接而成，共有数十片段，放映的时候，一会儿就断片，接起来，不久又断了。幸而来看影展的人心中有数，又有耐心，并不埋怨，不像午夜场电影的观众，早把电影院的坐椅都割破了。

我的爱猫爱花生漫画爱特吕弗电影爱莫扎特音乐的朋友，躺在浴缸中不一定想起电影吧，《第三类接触》里的宇宙生物和地球人类，是一种什么样的剪接？用的是音乐。绳、线、骨、针、胶水，都用不着了，文字也起不了作用，当代人和古代人能够借文字符号缝接，和外太空的生物却要靠音波的符号了。

麻珠是爱猫朋友的猫，通体麻色，最爱吃塑胶袋，朋友总要小心把家里的塑胶袋藏起来，不然碰上麻珠就变成美食。它吃啊吃啊，不明白塑胶袋有什么味道和吸引力，直吃得消化不良为止，竟要劳烦主人把胶袋从尾巴那端扯出来。麻珠像婴孩一般顽皮，我的朋友把麻珠当作自己的孩子。

据专家的研究，人体除毛发及指甲外，身体任何部分都会生肿瘤；生物世界无论植物和动物，都会生癌。牛、羊、狗、猫、鱼、虾、蟹、龟，无一例外。不知道猫会患什么癌。雄猫是肠、胃、肝、鼻咽癌？雌猫是子宫、乳腺癌？当猫患了恶性肿瘤，肯定是无法挽救了，谁去替猫做割除的外科手术呢，哪里有医院让猫去接受放射治疗呢。

麻珠如果患了癌，我的爱猫的朋友不知怎么办。我想，她将可能是第一个争取为猫接受放疗的人，或者，如今联同一位名叫迈也爱猫的朋友，以及迈的一位也许爱猫的名叫扬的朋友，以及和扬他们常常一起喝铁观音茶的一位名叫玮的爱鸟的朋友，加上他们号召前来的一群人，组织一个动物防癌会。

但愿我的爱猫朋友和麻珠身体健康、心情愉快，舒服地躺在椅子上听莫扎特。啊，莫扎特，文化中心开幕了，建筑的外貌似乎不得好评，人们对它的意见是：面海而没有窗子，浪费了大好的海景；形状古怪，不够宏伟；缺乏东方色彩，没有艺术气氛；颜色过淡。我的爱猫的朋友在电话里发表了她的看法：糟透了，简直像一间浴室。在不同的时间，不同的地方，我们对浴室都有不同的感受。

浴室

秋千

　　清晨六点多，通往海滨泳池的路上几乎没有行人，和午后阳光炽热的景况完全相反。天气渐渐凉了，这么早，谁去游泳呢？这个时候，我坐进计程车，对司机先生说：上大环山泳池。这么早去游泳么？司机问，我说不，只是去体操，因为泳池的旁边就是海滨运动场。计程车经过的是一条荒凉的道路，两旁是新建筑的工厂楼房，呈现一片没有人烟的灰沙泥石，路面还没有铺上柏油，泥地的边缘长满乱草和野花。这条路我是熟悉的，早两个月还一个星期走过二、三次，背着一个书包，里面放着泳衣。但现在我两手空空，没带任何提袋，口袋里只塞了钱包和门匙。

　　九月以来，我没有再去游泳了，心里一直惦念着泳池的梯级和救生员的大阳伞，可是我如今无法游泳，甚至连淋浴也不得不小心翼翼。从医院出来，胸前还贴着胶布，胁侧的背面部分一直肿得厚厚的，仿佛一块巨大的橡皮糖。做过手术，医生对我的忠告是必需移动手臂，我连躺在床上时，手臂也像钟摆一般摆动，并且向护士多讨一个枕头，垫在臂侧，把手臂的位置抬高。

《诗经》第一首《关雎》里那个男子，思念窈窕淑女，认为是自己的好配偶，晚上睡不着，辗转反侧，大概是很痛苦。但我觉得他比我舒服多了，能够辗转反侧原来是福气，至少整个身体还由得你自由辗来转去。做过手术后，我并不能够辗转反侧，躯体只能直直地躺着，要转吗，可以略略转向左，右边是不能转过去的，那个部位又厚，而且完全没有知觉，仿佛医生在我背后绑了一块猪肉。七号病床的妇人，服了一粒治理胆脏的药，医生嘱咐她躺在床上两个小时不能转动，这才真是苦刑，她躺了一个钟头就诉苦。唉，多么羡慕能够辗转反侧的人。

泳池旁边的运动场一早就有不少人在里面做体操，他们是打从另一条干净的柏油路走来的，那边是一列列漂亮的高楼大厦。运动场树木不多，可是因为濒海，空气特别清新，地方也宽广，既有大足球场，两个篮球场，还设有石凳石桌的休憩园地，沿海是一条长廊，人们就在那里散步、做早操。这运动场和别的运动场可有些不同，因为在海边，所以多了一群游泳健将，他们不论春夏秋冬，都到这里来游泳。进游泳池每次收费十元，这里可是免费，而且运动场的看台背后有更衣室、厕所，有淡水可以冲身。再说，在海里游泳当然比泳池海阔天空，海水也没有池水的化学药味。当然，在这个地方游泳，泳术就不能马虎了。

　　我总在海边看人们游泳，看他们游到很远的地方，爬上礁石，或者停靠在附近伸出海去的小码头梯级上。我看看他们有的跑到更衣室取水，挽来一桶水跑过足球场，到海边冲洗身体。他们总是说不冷不冷，观看的人却觉得早上的风很清凉。男子当然不穿泳衣，穿的是泳裤，如果患过乳腺癌的男子，做过手术，胸前一条长疤痕，会不会穿件二十年代的全身泳衣？说不定会掀起怀旧的时装新潮。海泳健将中也有女子，穿着紧身的泳衣，整个人伶俐健康，令我十分羡慕。那泳衣底下的躯体是完好无瑕的吧，没有缺憾、没有瘢痕，这样的幸福也许是她自己不为意的。女子的泳衣是一丛密集的花朵，由许多颜色汇聚，用淡水冲身之后，她只用毛巾揩抹湿肢，穿上运动衣，提着空水桶离去。回家之后，她当然会脱下泳衣，换过别的衣衫。我呢？如今穿上一件永远不用脱下的奇异新衣，很波普艺术味道，大概是达利那样的画家设计的，裁缝当然是外科医生了。

　　从医院出来，我的精神一直很好，仿佛没有做过手术一般，别人说做过手术的伤口痛，晚上无法入眠，我却完全没有这种病征，从进医院到出院，我根本不知道什么叫做痛。起初自己也以为要挨苦，哪知没有。在我人生过往的历程中，受过的最大的躯体痛楚，只是青少年时拔掉一颗不按秩序胡乱生长的叠牙，和几次吃错东西拉肚子。做手术而不用挨苦，那么我是非常幸运的人。痛苦没有，做过手术，有的只是不方便，比如洗澡时右手无法弯到背后，睡眠时不能转到患病的一侧。其他方面一点没变，我仍可以逛街散步看书吃东西，当然，精神状态毕竟不一样了，我是一个癌症病人哪，表面看看健康，说不准什么地方有毛病哩。这样想想，的确令人沮丧，而且还要面对那使许多人心惊胆战的放射治疗，心里也有点畏惧。

从医院出来，我好像从病床上捡到了自己的身体带了回家，这躯体如今该由我来打理了，而以前，我的确是从来不知道自己是有躯体的。虽然看了一些书，书本着重的是叫我们如何关心自己的灵魂，结果，躯体给完全搁置在一边，而灵魂显然并无寸进，躯体则在暗地里败坏了。躯体是很奇怪的，它不发生问题，不给你那么地痛一下，不给你若干刺激，你根本不注意它。啊，我有一个躯体，它到底发生了什么事？为什么长了肿瘤？癌症的成因众多，有的是环境污染引致，有的是遗传因子的缘故，有的是食物中的毒质造成。环境是我无法控制的，这得靠社会上每一个人的努力；遗传因子也不是我能力的范围，如果我的父母先辈有那样的因子，我只能认命。事实上，我的外祖母、祖母、母亲，都没有乳腺癌的记录，祖母患子宫瘤而死，会是癌么？数十年前的事，已不可稽考。我的表姊妹们都没有癌症，大概遗传因子的影响不大。

那么，该是食物了。对，我看是食物使我致癌。我当然知道饮食影响健康，比如肥腻的东西会导致心脏病、高血压，喝咖啡刺激精神这些，都是非常小儿科的常识。所以，我不喝酒、咖啡，不吸烟，也不喝汽水。煎炒油炸的食物我也一概避免。既然这样，怎么又长肿瘤了？我想我找到一个原因，我喜欢甜食。我最爱吃甜品了，家里过年过节的巧克力、糖莲子、八宝饭，都是我吃得最多；什么人生日，那生日蛋糕结果由我一人独自包办；出外吃自助餐，别的吃很少，蛋糕吃一大堆；平日吃的甜品还要多，近年不用出外工作，在家里空闲时就吃红豆粥、糯米糕、芝麻糊、豆腐花。吃得我胖胖的。朋友都知道我是糖人，每次聚餐，留我双份糖水；一位来自台湾的朋友，请我喝茶，说是知道我喜甜食，硬要我吃蛋糕。唉，吃什么就变什么啦，我吃那么多甜食，那些要命的糖和脂肪，聚积成为肿瘤了。

当然，世界上爱吃甜食的人极多，每年每月，德国人、美国人吃掉那么多巧克力和冰淇淋，可不是每个人都得乳腺癌，这，还得配合个人的年龄和生活历程。而我，刚好到了发病的年龄，并且没有结过婚，没有生过子女，没有哺育过婴儿，体内的激素正巧到了不平衡的阶段，再加上那么些甜食，岂不使癌细胞乐不可支？歌德是这么说的吧：一个人到了四十岁，就得为自己的面貌负责。一个人到了四十岁，当然也得为自己的健康负责。从医院出来，我努力做的第一件事是把甜食戒掉了。

朋友们劝我学太极，因为我暂时无法游泳，平日散散步算不上有氧运动。我上市政局康乐运动处找寻，家里附近的几个公园的太极班都是八月开始的，不适合我，至于海滨运动场恰巧开新班，十月一日上课，学费便宜，三个月才四十元学费。但我真正要付的学费远不止此数，因为离家路途稍远，也颇曲折，乘搭公共汽车一段路，还得步行十五分钟，乘搭计程车不过十分钟就到了。师傅是位五十多岁的中年人，教的是吴式，比较容易学，马步不必扎得太辛苦。市政局的太极班一般都教吴式，也许是师傅都在同一太极学会考取教师牌照，也许是学太极的有不少是年纪较大的人。

吴式太极对我来说极适合，小架式，我需要的正是一种并不辛苦剧烈的有氧运动。师傅教得也慢，每次一至二招，练的时候居多。同学一共有二十多人，一起打拳，倒也不错，气氛很好。说是七时开始，到了七点，常常只有那么小猫三四人，然后一个一个到来，也有迟上半小时的，天气凉，睡着了就不愿起来吧。大多数的人穿一套运动装备，也有的人穿衬衫、西装裤和皮鞋，因为学完拳就去上班。师傅每天点名，总有几个人缺席，有些人缺课多了，看看跟不上，结果干脆不来。

学拳的时间是每次一小时，每周三次，我倒是没有缺课，因为不得不为健康着想，早上还靠闹钟把我唤醒。起初还不肯起床，渐渐地，不用闹钟叫唤自己也会醒来。天蒙蒙亮，我自自然然听见鸟啼，这些鸟是最好的时钟，它们完全随着季节和阳光啼叫，夏天叫得早些，冬天则迟点。如果听不见鸟鸣，准是下雨了。每次练拳，师傅到八点钟就回家了，他也要去上班哩，后来我们才知道，他在邮局里办事，有的同学买邮票时见到他。同学中有几位家庭主妇，不用上班，早上和孩子们一起早起，孩子们上学去了，她们下来学拳，师傅走了大家就留在运动场上，谈谈孩子的功课，和自己的健康。几位家庭主妇学太极，也是为了保健，她们不是腰酸背痛，就是身子衰弱，平日看不少医生，于是大家就谈各种各样的病。至于一位很胖的同学，学拳是为了想减肥，但太极拳并不能减肥，也许她会感

　　　　　　　　　　　　　　　哀悼乳房

到失望。我的感觉却很好，常常上运动场耍拳，精神舒畅极了，留在有树木和花草的海边，吸吸新鲜空气，是我每天早上最好的节目。有时候下雨，不能练拳，反而觉得若有所失，好像哪一天不耍一阵拳，就像没吃饭一样。

休憩花园和海滨长廊的中间，有一座小小的儿童游乐场，里面设有木马、攀爬架和秋千。这么早，小朋友还没到海边来嬉戏，秋千就成为成年人的摇篮了。这是坚实的秋千，能够承担成年人的重量，荡得不高，低低地沿着地面摆动，我坐在上面，看着海水轻轻泛动，远处的轮渡、货船，和对岸的楼宇，在朦胧的曙光中渐渐清晰明亮起来，太阳非常非常的金黄色，浮在楼房中间，光线的匕首还没有放射出来。

昨天晚上的电视片集，又有一个角色患上癌症死去了，这是让角色消逝最容易的方法，既不必演怎么病，也不必仔细描述，只说发现了癌，不久就失踪了事。这次的电视病人角色，是女主角的母亲，片集要让女主角孤零零一人，悲剧丛生，就让那妇人癌掉。其实这已经不错，因为那妇人是善良、慈祥的长者，许多片集里的患癌角色，竟是大毒枭、十恶不赦的奸雄，让他们生癌，仿佛是冥冥中的报应。生病这样的事，竟和风水、因果什么的扯上关系，得病已经很不幸，还得接受这种种精神上的歧视，令人啼笑皆非。

以前也爱荡秋千，坐在秋千上，想的全是童年愉快的情景，仿佛那是舒曼的组曲，可是如今坐在秋千上，想起的却是黑泽明的电影《流芳颂》，想起那个患了末期胃癌的老人，坐在儿童公园的秋千上唱歌。

生命是那么短促

爱吧，姑娘

趁你的朱唇还没褪色

趁你还能爱——

因为再也没有明天

黑江町的地方有个臭水沟，孳生蚊蝇，小孩喝了那里的水就患上皮疹，人们要忍受水沟的臭味。于是妇女们到市民科来提意见，希望把臭水沟改建儿童公园和运动场。市民科的询问柜台上不是有一个通告么，上面写着："本柜台为您而设。您可以通过本柜台和市政厅联系。问询和陈诉均所欢迎。"这当然只是官样文章，市民科的职员叫妇女们上公共工程科去。

到了公共工程科的办公室，科员说这事归园林科管。

到了园林科，说是这似乎与卫生有关。

到了卫生科，叫她们上环境保健科。

环境保健科告诉妇女们得上预防科。

预防科的人一听说蚊子，打发她们上防疫科。

防疫科员拍了一只苍蝇，叫她们上污水科。

污水科说如今那里有一条路通过，要道路科批准。

道路科说，城市规划处的政策未定。

城市规划处说，消防处要收回那地段，因为水源不足。

消防处说，完全是胡说八道，他们不需要脏水。

于是上教育科找儿童福利的官员，说该去找市会议员。

市会议员以其本人名义介绍她们去见市长。

哀悼乳房

市长说市民如此热心提建议，他很高兴，所以市民科正为此而设立，请她们上市民科去。

　　患胃癌的老科长正是踢球衙门中的一个球员，二十多年来，要办的事就那么踢来踢去踢掉了，每天好像很忙碌，其实什么事也没办。为了申请一个新的垃圾箱，你写的申请书得足够装满这个垃圾箱。不办事是这个官僚架构生存的规矩。患癌的老科长面对死亡，反而可以打破规矩，他到处奔走；最后，黑江町的臭水沟变成了儿童公园。临死的那晚，就坐公园的秋千上唱歌。电影的原名叫《人生于世》，本地的译名是《流芳颂》。还是原来的名字好，人生于世本该做些对社群有益的事，哪怕是那么一点小事，流芳不流芳，有什么关系？

　　人对人的问题，人对自己的问题，也总是一种踢球的态度。癌病来了，社会的各个部门在推搪，器官与器官之间在推搪，就是没有一个会反问自己，愿意承担责任。承担了又要追问有什么回报。坐在秋千上，我想到了这些；想到该做些什么。还可以捐血给别人么？眼角膜、肾脏，是否适合移植给需要的人？都不会有人敢要吧。有医生曾给病人移植死者的肾脏，死者体内原有癌细胞，但一直没有发病，移植之后，竟在别人体内忽然活跃、繁殖起来。对于这个世界，我们患了癌症的人，该做些什么？我想，首先该做的还是好好地活着。从八九年十月起，我就成为沙田公立医院肿瘤科的一个档案，上面有我的病历和疗治的过程。这档案可以留做研究的资料：患乳腺癌的病人能活多久，放射治疗的效果如何，什么时候再发病，或者根本不再发病、没有转移、身体健康、药物生效，等等。这样的档案，连同其他病者的一起，可以计算出香港、中国、亚洲地区的乳腺癌发病率、疗效、生存率，供世界癌病协会研究。患癌症的人该努力好好地活着，凡遇禁忌，加以破除；凡遇病患，加以治疗，病人和医生合作，可以给医学界鼓舞，也给其他患癌的人带来希望。

哀悼乳房

傻事

发现肿块，以为产生风疹块，因为我平日常常这里那里会出风疹。于是照老法子，搽点薄荷药油，用热水和肥皂去洗。其实，身体别的部位出肿块，可以搽药油、热敷清洗，然而乳房上的肿块，最好别去惊动，更加不能用力挤按。如果是良性肿瘤还好，若是恶性瘤，会促使它的变化。

* * *

乳房上长了肿块，没有仔细注意它的模样和性质，是我的疏忽。因为一般的风疹块会发痒，而且会浮在皮肤的表面；至于肿瘤，不痒不痛，深埋在表层皮肤底下，是和体内组织黏连的。凡遇上这样的肿块，应该立刻去见医生，甚至多见一、二位医生。

傻事

＊　＊　＊

长了肿块，竟去喝绿豆水，以为可以解毒。李时珍不是说绿豆可以消热解毒么？真是胡乱送帽子给李时珍戴。李时珍说的绿豆解毒，解的是吃了有毒的食物中的毒，并不是长了肿瘤，况且这解毒，又有其他的药物配方，还得看临床的症候。两个星期过去，喝绿豆水一无作用，绿豆水既不能为天真少女堕胎，也无法为无知女人消解肿瘤。

＊　＊　＊

因为肿块，去见外科医生，说是要割取化验，立刻点头。其实，凡是需要动手术，剖割躯体的大事，应该三思而后行，为什么对一个医生那么信任？而这医生，是自己完全不认识的，对他的医术、道德又一无所知。如今敛财的医生众多。做外科手术岂是儿戏，如生乳房肿块，应该多见几个医生检查，保持镇定，找好的医生做手术。

＊　＊　＊

没有想到公立医院有出色的肿瘤科，可以去诊治。对于肿瘤，一般排期不长，很快就可以做手术。当然，有的人或者对公立医院有偏见，以为会是由实习医生来操刀，那么，只好进私家医院了。私家医院的医药费是公立医院的五十倍。一位在

　　　　　　　　　　　　　　　　　　　　　　哀悼乳房

公立医院割肿瘤的病人住院十天，共花不到三百元，我在私家医院住一周，出院缴费过万，买黛莫式酚又多花了一千。

* * *

阿坚说，她做肿瘤割治的手术，瘦了五磅。我一听，连忙在手术前努力加餐饭，增些磅。结果，手术后，众人皆瘦我独肥，沾沾自喜，还以为很聪明。哪知我其实体格超重，又有点血压高，根本不该胖，做手术那么好的机会，正应该减掉三五七磅。再说，手术前努力进食的竟是鸡腿什么的东西，吃下许多脂肪，对身体并无裨益。

* * *

手术后回家，吃第一顿饭，到厨房去取一双公筷给自己夹菜，被家里的亲人瞪着眼睛骂了一顿。癌症又不是肺痨，不会传染，用什么公筷。于是仍像平日一般用自己的筷子夹菜。

* * *

知道是恶性肿瘤，以为必须为自己准备丧礼了。这是对癌症的无知。早期的癌症，及时医治存活率高达百分之九十。几位朋友告诉我，她们的母亲、姑母，五十多岁时患乳腺癌，如今七十多岁，还活得健健康康的。因为得病，扔掉许多东西，仿佛它们也是一个个肿瘤，最可惜的还是书吧，大概扔掉一半。如今到书店一看，扔掉的书大多找不回可以补填，真是愚不可及，后悔已晚。

没有时间和兴趣看噜噜苏苏大段的文字，还有没有这类短短的章节？请翻到第一〇七页的《不是故事》。

　　　　　　　　　　　　　　哀悼乳房

庖丁

从来没有想过要学剑，虽然"剑"这个字一直使我联想起奇能异士。笔记小说里的剑侠，既精于剑术，会飞檐走壁，有些还懂得幻术，能用药化骨。剑侠受人尊敬，因为他们扶弱锄强，但其实大半不过是刺客，是古代的"终命器"（terminator，像科幻电影里的样子），只效忠主人而已。

我终于学起剑来，那是因为师傅的缘故。做过肿瘤切割手术之后，朋友都叫我去学太极拳，于是每星期三次，到离家较远的海滨运动场去，跟一位师傅学拳。那是一个太极拳班，一同学拳的有十多人，既有二十岁的年轻小伙子，也有七十岁的老人，女子竟占一半。师傅到得很早。大家仍贪恋梦乡，他已在运动场上自己耍刀耍剑，早到的师兄弟就看到师傅的武艺。师傅的刀法凌厉，带动气流，发出虎虎的声音；耍起剑来却显得刚中带柔，另有一番妩媚。剑如果有分性别，像法文那样，大概最初本属阳，逐渐变为阴，跟刀相对。

几位同门想学多些武艺，因为一套太极拳，半年已学毕，每次上课，只是反复操练。师傅倒也高兴，愿意课后特别教我们，谁有空留下就可以学，并不额外收费。想学刀剑又以女子占大多数，师傅说，女子学剑更好，一则好看，二则不太剧烈。于是，我就一招一式学起剑来了。太极拳和太极剑本来是我国武术的孪生姐妹，我耍得不好，成为柔软体操；再漂亮些，也只是舞蹈。

没想到太极剑竟成为我很特别的物理治疗，手术后手臂和肋胁会闹水肿，只有不断运动，才可以消除。我耍了半年太极拳，手臂可以自由活动，但有时仍会发肿，因为耍剑，竟把这肿治好了。几次下雨，不能去练剑，渐渐的，手臂又肿起来。从此不敢怠慢，勤于练习，觉得很好。

杜甫五岁的时候，在江南见过公孙大娘舞剑器，五十年后，又在四川看到公孙大娘的徒弟李十二娘表演。"剑器"，是一种武舞的名字。手中拿不拿剑？看来是有剑的，而且是双剑，带出交织顿挫的光芒，这样子，才是杜甫诗句中的比喻："燿如羿射九日落，矫如群帝骖龙翔。来如雷霆收震怒，罢如江海凝清光。"真是运笔如剑，再由剑引出个人以至家国的感慨，诚如王嗣奭说："见剑器伤往事，所谓抚事慷慨。"不过王嗣奭收结云："不然，一舞女耳，何足摇其笔端。"总有这种充满偏见的解人。

我国古画中似乎没有剑舞的图像，朝鲜倒有一幅版画，细看一阵，女子手中所握的并不像剑，而是刀，刀是单刃的，刀背贴身；剑则双刃，要离开身体舞动，否则容易割伤自己。我国清代画家蒋溶倒画过一幅仕女图的剑舞，可惜长剑佩挂腰间，并没有握在手中。小说中善剑的有魏晋时的赵女，小说没写她用什么剑，不过手执一段竹，就显出不凡的本领。近代小说的剑侠，用的多是飞剑，还会发光，金银青黄，单看剑光的颜色就可知剑术深浅。剑侠又能身剑合一飞行，拍科幻片应该很好看。公园里晚上常见一男子耍剑，月色下倒也银光闪闪。中秋节的晚上，公园里最热闹，许多小孩各提一把电光剑，到处上演《帝国反击战》，成为二十世纪的末代剑舞。

我见过的剑舞，看得羡慕不已的只是录影带里的"霸王别姬"，梅兰芳舞的是双剑，翻飞的蝴蝶。两把剑都系了长长的丝穗，难度更高，舞得不好，丝穗会纠结，把剑锁住。我没有宝剑，有的只是一串烂铁，一截一截，随意伸长缩短，好处是携带方便，就像可以伸缩的雨伞。背一把长剑上街是十分碍眼的事，现代的韩信，受流氓耻辱事少，说不定还会给警察截查身份证，控以携带攻击性武器。

每个星期的二、四、六，我到较远的海滨运动场去跟师傅练剑，平常的日子，就到楼下附近的公园自行练习。无论我起得多早，公园里总已有人在那里晨操了，永远有人到得比我早，如果有兵书分派，我肯定当不了张良。这些晨鸟是什么时候到的？四点还是五点？有时候，公园里竟有一群少年，围坐一堆，背靠树干，满地汽水罐和矿泉水的塑料瓶子，他们可不是晨鸟，而是夜莺，昨晚根本没有回巢，就在公园呆了一夜。

清晨的公园，青年人原来很少，小孩子一个也没有，多的是上了年纪的人，三五一起做柔软体操，七八同耍一种简单的拳，也有人缓步跑，跑得满脸是汗，喘着气，令人担心。运动当然是好的，可剧烈的运动对身体可能有害，尤其过了四十岁。公园里最多六十岁左右的人，头发花白，有的散步，有的做深呼吸，使我觉得宁静安详。

除了老年人，公园里还有不少患病的人，一辆轮椅，每天推进来，坐了一名老妇人，推轮椅的是儿子和媳妇。因为每天来，和许多人都熟悉了，那群做柔软体操的妇人闲聊时总要说：这么孝顺的儿子，几生修到呵。另外一个则说：难得又有这么贤惠的媳妇。于是讲述自己儿女媳妇等等的家事。轮椅从园门进来，轮转到运动场另一端的花径上就停下，老妇人由儿媳妇扶持，走下椅子，谨慎地移步。

坐轮椅的人有病是众目共睹的事，但疾病不一定都写在面脸上，那个耍起一招金鸡独立站了足足五分钟的人，也许肾脏有毛病；这个如此肥胖的中年人，挺着大肚皮不断弯腰，说不定有心脏病。比如我，谁知道我是癌患者？人们都是这样，平日不理会自己的健康，一旦有病，就慌慌张张，努力做运动了。

公园里也有耍拳的人，一招"云手"大概就能辨别是哪一派的太极拳。也不管哪一派，我总要看一阵。这个人的身手生涩，仿佛一种木偶的停顿式舞蹈；这个人流畅浑成，连绵不断，真像优雅的芭蕾舞。我是初学，自知耍得不像样，可耍拳不到公园，到哪儿去？只好躲在偏僻的角落练，虽然依旧难逃众目，也不管了。想来公孙大娘也是一位民间舞蹈家，而且是

　　　　　　　　　　　　　　哀悼乳房

在街头，是在广场上表演，那么好身手，当然招来了拥挤的看官，或坐或站，所以在少年杜甫眼中："观者如山"。一套太极拳，耍得快，二十分钟；慢，则半小时，我总是耍得很慢，不得不慢，因为只消快一点，就容易气喘。

耍完了拳，我会休息一会，然后练剑。从初学拳开始，我每次上公园，携带的东西竟愈来愈多，最初是两手空空，然后是提个小布袋，里面放件薄外套，渐渐地增加了一把伞，稍后是一壶清水，最后又多了一把剑。衣袋里的毛巾、钱包还不计算在内。每到公园，找到了适合的地点，我就把小布袋用钩子吊起来，挂在铁丝网的空格上。

运动完毕，我并不急着回家，那么早，回家做什么呢，难道再睡觉？不，在公园里散步可多好，杜鹃花开得非常茂盛，沿着铁丝网是一片紫红粉红和粉白，歌唱着明媚的春日，天色一点一点更亮更白，太阳快要出来了，一会儿，光就会照到树木的顶上，又是一个晴朗的日子。这时候空气最清新，花草散放香味，且到那灌木夹道的小径走走，让肺好好地沐浴。

公园背面，相隔一条马路，有两组面貌完全不同的建筑，右边的一座，十多层楼高，并不是民房，而是两座巨大的煤气鼓，黑色的圆筒，旁边有攀登的钢梯，弯弯曲曲一直向上盘旋伸展，仿佛图画中的迷宫。煤气鼓整日发出沉重的机器声浪，好像受伤的巨兽不分日夜地呻吟。到了晚上，梯道上亮起一支支直直横横的白色霓虹管，惨白惨白的。

煤气鼓左边，是一列悄无声息的平房，不过两三层楼高，颜色灰黄，它全凭气味惹来垂注，那是一股混浊的腥味，长年累月弥漫不散，仿佛透明的实物，附近的居民就在这种气味中存活。这列矮建筑占据了半条长街，是政府的屠房。煤气鼓和屠房一高一矮结邻，似乎毫不相干，可又隐隐然有些什么彼此呼应。站在公园翠绿的草地上远眺，煤气鼓使我想起第二次世界大战纳粹集中营的煤气室，被认为低等、不洁的民族，一个个走进煤气室去，化为缕缕炊烟；那样子的屠杀，几乎没有血迹。

我不知道屠房里如何屠牛。喧喀兵团的尼泊尔人，在新年节庆上屠牛，用弯曲的匕首一刀把牛头斩下，那可是英雄扬威的场合。这样的勇士，相信屠房里没有。屠房里一天要杀不少牛，听说要用枪，对着牛头先把牛击毙，然后挂在移动的吊钩上放血、宰割，内脏跟着架上的牛一起陈列，让卫生督察来检验，没有病的牛拿到市场上去卖。听说有那么一架新机器，把牛关进去就能揭去整层皮，吐出血淋淋的肉牛。我不敢想象肉牛的样子。街头巷尾的蛇店，市场的田鸡、鹧鸪、甲鱼，被揭去皮层，还在不停蠕动。总有父老那辈的人编出奇奇怪怪的故事，说有一名屠夫，误被机器卷入，活生生剥去人皮吐出。

同样的，我也不知道如何屠猪，只知道传统的做法，是把猪捆绑在木凳上，屠夫手起刀落，把猪从喉咙起一直破肚开膛。当然，也有传闻是屠夫连自己的肚肠也切破了。都是生命的劫难。隔着车声隆隆的马路，站在公园里，我从来没有听见屠房里传出枪声，也没有猪牛的号嚎。屠房附近的居民不知道听不听见？大概没有，因为报纸的读者栏和电视的"市民之声"显然并没有人投诉。那么，杀死上千上万的动物，光天化

哀悼乳房

日，也只是静悄悄的勾当。我爱猫的朋友写自己心目中最悲哀的电影是布列松的《驴子巴特萨》，陀思妥耶夫斯基原著，结尾驴子中枪之后，震了一震，走到羊群之中，静静地坐在那里，上有天，下有地；它在默默守待那最后的一刻。这电影她看了两次，总想放声大哭而不可得，每次想起，仍然辛苦。但兀立的煤气鼓是黑色的，屠房这边一片年深日久蚀得土黄的墙，每天的冲洗，哗哗的水流出来，所有的屠杀都从黑气中向四周不断扩散。

　　站在公园里，某一天的早晨，我忽然看见了奇异风景：一头母牛和一头小牛，在屠房铁栏外的草坡上散步。母牛呆呆地站着，小牛则摇着尾巴低头吃草。多么温馨的田园母子图，谁知道铁栏的另一边竟是屠房。生和死只是一栏相隔。母牛是怀了孕后才运到屠房的吧，所以留下待产，结果生下小牛犊，但这可会改变它们日后的命运？

　　有这么的一个说法：牛面对刽子手时会哭。好像屠房中也发生过这样的事，一头被赶去宰杀的牛，冲出窄道，跑到天井里，怎么牵怎么拉也不动，忽然跪下流泪。屠房里的职员都说：就放生一头吧。可是队长不答应。这是屠房，又不是牧场；仍把牛赶上窄道的斜坡，那牛不久就挂在吊架上缓缓地滑行。故事还有这样的尾巴：那队长并没有好下场。当然，有的牛是幸运的，早一阵也有一头哭泣的牛，却得到了赦免，送到道观去颐养天年，还供人参观。钱锺书曾戏谑地说医生也是屠夫的一种；我的感觉是，屠夫有时也是医生。

　　西班牙的斗牛，其实是牛斗，是牛反抗命运的咒诅，是生

庖丁

命的挣扎，牛都抵抗不了长矛利剑和车轮战，力竭而死。一般的牛，并没有最后一战的余地，只能待毙而已。待宰的牛有第六感觉么？没有人会理牛的感觉。世间要是只划分宰与被宰，我还是选择被宰。

庄子笔下的牛，几乎是隐形的，我们看见的是庖丁，庄子说他技术精进之后，根本不用眼睛看牛，而心领神会，他依于天理，因其固然，那么复杂的一头牛，他轻松地宰割，仿佛大提琴手在音乐会闭上眼睛演奏。真奇怪，躺在手术室里的时候，看见外科医生披上白色长袍，戴上绿色帽子，忽然觉得他就是庖丁。我也终于领悟到杜诗"观者如山"的下半句："色沮丧"。他是月更刀的族庖，还是岁更刀的良庖？在他的心眼中，我是一个人么，抑或只是一个肿瘤？

我在病床呆了将近十五分钟，想的都是解牛的事情，医生和护士一早都到齐了，所差的是麻醉师，交通阻塞吧，他迟了十五分钟才气冲冲赶来。麻醉师的模样，这次我看见了，矮矮胖胖，像极了《八十日环游世界》电影里的演员康丁法拉斯。啊，巴斯巴都齐了，可以上演了。

护士一早就把胶布贴在我的腿上，替我褪下了衣袖，我听见医生用英文说了要个"滴盘"，不知道是什么东西。麻醉师一到，手术不久就要开始了，我一点也不害怕，只听见麻醉师说：我给你上麻药，你睡一会儿。我说好。他给我注射一针在手腕上，又给我戴氧气罩。我吸呼了一阵，仍有知觉，有人在我胸前画位置图，也许是药水，冰凉冰凉的。糟了，要用刀割开我的胸膛了，可我还有知觉哩。我想说话，说不出声，想动手动脚示意，手脚都不听使唤，一动也不动，一切失败了。于是我试试眨眼，表示不要不要我还有知觉。很好，他们并没有在这时刻动手术。当我再眨眨眼睛，原来已经躺在病房的床上，那是四个小时以后的事，手术做了两个小时。

谁发明麻醉药的？不啻是病人的救星。想想关云长受刮骨疗伤，曹操开脑治理，需要多大勇气和耐力，恐怕都是小说家言。但华佗早在一千七百多年前就发明"麻沸散"，让病人用酒喝下，沉沉睡去才动手术，已很了不起。麻醉药生效的时候，我一点感觉也没有，死亡就是那样的么？那么，死亡也许是非常舒服的事情。如果一个人可以这样离去，有什么不好。早一阵有个病人，在医院做手术时因为氧气筒的错用，不幸死了，我想，如果我遇上相同的情况，并不觉得遗憾，没有感觉毋宁是非常好的感觉，因为一旦有了感觉，多半就是痛苦。

在手术室里，整整几个小时，我一点知觉也没有。这时候，医生和护士一定很忙了，替皮肤灭菌呀，沿着乳房周围做一个不规则的梭形切口呀，先切表皮再切真皮呀，分离皮瓣呀，用止血钳夹住皮下组织呀，用湿纱垫敷盖保护皮瓣呀，一面切割，一面还要结扎，那些些的静脉、动脉和神经呀，切断胸肌呀，解剖腋静脉和清除腋窝淋巴结呀，切乳房组织呀，取除手术标本呀，制止创面渗血呀，彻底冲洗创口呀，安放引流管呀，连接负压吸引管呀，缝合皮肤呀。啊啊，病人的情况很好，不用输血，也不用植皮。

在手术室里，医生用他的柳叶刀切呀割呀，是沉默不语，专心工作，还是谈笑风生，充满舞蹈的节奏？我猜是谈笑风生，割掉一个乳房又不是什么大手术，没有许多肠脏的牵连。妹妹也生过一个小小的肿瘤，是良性，小手术，所以没有上麻药。她睁着眼看医生做手术，从反照镜中目击血呀、针线呀，一针一针地缝，打了一个结，又对缝，再打个结。妹妹胆子大，我想我一定不敢看。

朋友告诉我，小时候因为顽皮踢球，跌破了嘴唇，到医生处去缝了五、六针，也没下麻药，只见医生和护士一面聊周末的节目一面缝，一条线，刺下去，抽出来，拉过去，弯下来，缝一针，扯一阵。我的朋友成为一只皮鞋。他认为外科医生万一失业，大可以改行去当补鞋匠。

我家的家庭医生移民去了，要半年后才回来，当他见到我这种情况，可能也会吃一惊。临走的时候他替我诊治，除了血压稍高，我还是一个好端端健康的人。家庭医生在医学院学的是内外全科，但他很少替人做手术，几乎不做，因为他是左撇子，总觉得不方便。平日他喜欢弹琴，周末上马场。他做手术的时候，脑子里想些什么，哪一匹马首先过终点，还是节奏平稳的巴洛克音乐？

许多医生都喜欢音乐，会奏一两种乐器。最近，有一群爱音乐的医生，组成了一个乐队，因为没有管笛手，只组成弦乐队，很积极地练《绿袖子》，为南朗医院的病人筹款。南朗医院对癌病人是触目惊心的名字，因为那是癌症末期病人的疗养院。说是疗养，其实接通人的另一段旅程：后存在。对于末期的癌症病人，医生也没有话说了，那么，就用音乐来致意，为医院筹些款，让病人走得舒坦些。也让研究中心多些经费，拯救有病和可能发病的人。

替我做手术的医生也爱音乐么？我们是多么陌生的人哪，他不认识我，我不认识他，然而，我的生命操在他的手中，而我必须信赖。做手术的时候，他的脑子里想些什么？在他的心眼中，我是一头全牛，还是一些牛骨头牛筋和骨肉？麻醉药真好，临到血淋淋的时候，我忽然变得不在场。对于我，一次手术，就像庄子《养生主》里的庖丁解牛，只见庖丁，而不见牛。我还来不及看清楚或者感觉那刀锋，医生却已把刀抹净妥藏起来。写完了庖丁，庄子接着写了五十字右师的独足，以往觉得这是缀段式的写法，从解牛到拐脚，有什么关联？如今读来，自觉比别人另有深一层的体会，肉体上的全缺，且不管是天生抑或人为，的确是并没有关系。

庖丁所解的牛，是活牛吧，四脚给绑起来，一动也不能动？有没有知觉？那时候，当然没有麻醉剂，牛有没有叫喊？这些庄子都没有说。在这位与万物为一的哲学家笔下，牛终究不免是对象化了的异类。至于斗牛场上的牛却肯定是痛苦的，如山的观众，都看得见牛的挣扎，斗牛的残酷不在牛的死亡命运，而在漫长的痛苦过程。爱护动物会的声音呢？

阳光照到草地上来了，又是一个晴朗的春日。哈里路亚，我仍活着。我提着小布袋回家去，铁剑在布袋里哐啷哐啷响。决战的剑、刺牛的剑，可有一天都变成民族的剑舞？

螃蟹

　　每年秋天，朋友们就有一连串聚会：郊外远足、中秋赏灯、重阳登高，等等。另外两个特别节目也必不可少，一是吃蛇，一是吃螃蟹。吃蛇比较简单，不外是参加团体办的蛇宴，一层楼筵开十数桌，我们一群朋友占一桌，坐满人。桌上一早摆上两瓶药酒，时间一到，总是先端上一大盘蛇羹，人人喝两碗，这么一来，肚子早已半饱，脸红耳热起来。我们一群朋友其实并不爱吃，不过只想聚在一起谈天，因此找出许多相聚的理由，一个月半个月见上两次面，吃东西是其次，主要还是闲聊。平日各人住的地区不同，每日又要上班，喝咖啡、啤酒常常只是三数人，唯有吃蛇聚餐才有一伙人。一伙人，可不热闹，围着饭桌子，黑草羊呀、甲鱼呀、三蛇丝呀、糯米饭呀，少不了有野味，有时还有黄猄肉，广东人真吃的蛮族，什么吃不下肚子？吃蛇虽热闹，终究是在公众的地方，哪像在朋友家里自在，所以，算起来，还是吃螃蟹的兴致更高。

到了秋天，朋友们总得吃几次螃蟹，九雌十雄，九月先来一顿雌蟹；十月继之吃雄蟹，也学别人那样插几朵菊花。蟹宴当然又是十多人的大聚会，先用电话分头约好，选一个周末或假日，黄昏就出动，还得兵分数路，准备粮草。这几个人去选购螃蟹，买它十斤八斤，并购紫苏；那一群人去买酒，一壶加饭一壶花雕，另外又有人去买豆腐干、黄糖、姜葱等物。

在不同的朋友家里吃螃蟹，有不同的趣味，有的朋友居室宽阔，把餐桌拉开，挤挤让让也能围十多人；有些朋友只有小圆桌，就把另一张折桌撑开，拼凑在一块，铺上台布，也是一张大桌子。朋友中不乏烹饪高手，当然荣任大厨，在厨房里施展拳脚，只觉热气腾腾，芳香四溢。多数朋友细细嚼慢慢咽，把一只螃蟹一点一滴逐寸分解，完全是出色的解构主义家。也有的朋友吃得飞快，蟹脚和蟹螯一碰不碰，扔在一边，飕飕飕，你还在用钳子压碎螯脚，他已经扫掉五只蟹盖的全部内容。有人生嚼牡丹花，连骨连壳一起咬碎，还连说麻烦。可气氛才是一切，喝酒呀，高谈阔论呀，用茶洗手呀，喝糖姜茶呀，一面夸赞螃蟹是天下第一美味，一面又叹息它们的身价愈来愈贵。

螃蟹的确愈来愈贵，所以，遇上这些美食，如果刚空运抵达，价格低，订下再说。趁有朋友在机场工作，运来的蟹，认购一箩，就地分派，带十数只回家，邀几个朋友小聚品尝。事先没想到会有什么困难，回到家里才知这乘搭飞机而来的贵客，和店铺售卖的不同，只只蟹自由自在，无甚拘束，打开箩

　　　　　　　　　　　　　　哀悼乳房

盖，六只脚一起移动，爬得飞快，只只巨钳高伸，绝不容易对付。倒也有朋友自告奋勇，自诩捕蟹高手，因为童年时天性顽皮，在新界乡间海边摸虾捉蟹，经验丰富。于是站出来一显身手，众人将信将疑，看这手无缚鸡之力的文弱书生如何征服无肠公子，果然不负众望，只见他手到擒来，食指按住蟹背，拇指和中指把壳边一提，整个蟹给挟住，右手拿起草绳，加上牙齿的协助，绕了半天，总算把蟹一一绑住。

　　酒酣蟹熟，居然就有人说螃蟹为什么要那么美味，结果给人吃掉，若是老鼠，可不保住性命。又说，螃蟹吃多了，莫要天道循环，有一天螃蟹会回来复仇。真是一语成谶，我就给螃蟹钳咬了。癌症的英文名字cancer，源自拉丁文，意思正是螃蟹，因为螃蟹坚硬，像贝壳，极度凶霸，横行无忌。中文的"癌"字，没有特别的意指，却是可怖的象形文字。比如麻疯（又作"麻风"——编按）的"疯"，不过是"风"，像出风疹块；而肺痨的"痨"，不外是"劳"，过劳缺乏营养的病。但"癌"字令人畏惧，字心是"品"，耸立在一座"山"上。常常到郊外旅行，就会见到山野荒地，叠成品形的拜祭贡物，小说中邪魔的什么厉害武功，练功用的是骷髅骨头，头骨就叠成品字形。从字面上看，"癌"使人想到山冈上令人心寒的累累白骨。

　　第一次遇见真正的癌症病者，是三十年前的事，那时我刚从教育学院出来，到一间小学教书，起初的两年，是实习阶段，学校里全是资深的教师，其中一名男教师，才三十出头，竟患了鼻咽癌。我当然知道世界上有癌这种病，可都是在电影里看到，书本上偶然也提过，却仿佛遥远的传闻，而且，也总发生在外国，患者是毫不相识，就如同看书本上的黑死病。小说里的黑死病，不管是薄伽丘的《十日谈》、笛福的《瘟疫的年代》、福楼拜的《情感教育》，还是加缪的《局外人》，总觉得，这是小说，而且是背景罢了。和我们并不相干。

然而，癌症患者在身边出现了，活生生的一个人，每天在教员室一起工作，在走廊上碰面。全校的教职员都为他难过，学校里弥漫着一种表面上感觉不到的哀伤与惊恐。他是一个健壮的男子，在教育学院的选科是体育，依照平日课程的编排，男体育教师多数教高年级的体育课，但这年，因为他的病，编给他的是一、二年级，螃蟹一般的小孩子，倒出奇地很听他的话。

是怎么发现病症的呢？大家总在悄悄地问。是去看牙齿，因为牙痛，哪知补牙，脱牙之后，发现了癌。接受治疗期间，他仍继续回校工作，鼻咽癌并没有手术开刀，只采用放射治疗，我只觉得他的眼、鼻一带愈来愈黑。在走廊上见他，默默无声，带着一年级的学生在课室门口排成整齐的队伍，一个紧跟一个，手放在背后，贴墙而行，非常有秩序地下操场去。他总走在前面，殿后的是正班长，顺便关上课室的门。他自己熄灯。小学生都鸦雀无声，体育课是他们最心爱的科目，如果吵闹，就得留在课室里。

但他的体力渐渐衰退，放射治疗使人疲累，身体虚弱。好几次经过低年级的课室，见他没带学生下操场，课室也没亮灯，小学生静悄悄坐着，把头伏在书桌上。他则坐在桌前，两个顽皮的孩子竟爬到老师桌子底下追逐。看见这情况，大家都很难过，也不知如何帮忙。代他上课？那他回到学校来从上课等到放学？如何打发这长长的时光？

他随身带备一面小镜子，每隔一些时候，就照镜子，仿佛爱打扮的姑娘，可这不是梳妆美容的举动，他的脸颊已经没有知觉，眼泪淌下来而不自觉，所以要不时照镜子，一见泪水，就用手巾抹干。

几星期之后，他不再回校，显然病情恶化，同事分批上他家探望，但他根本不愿见人。消息一日一日传来，他瘦了，一百五十磅的人变成九十多磅，不说话，也不见人。最后，传来了噩讯。那么年轻有为的青年人，事先一无病兆，拔牙流血检查，才发现病症，也许已是末期了。遗下年轻的妻子和一岁多的女儿。他自己曾说，若知有病，绝不会让女儿降生到世上来。

在走廊上碰面时，他和我擦肩而过，彼此微笑点头。当他患病，我的确对他颇有戒心，总想方法远远避开，绕路而行，仿佛他身上患的是麻疯，而他脸上的泪和鼻水，我又以为是带菌的，从他身边经过，似乎也能传染过来。他竟然成为禁忌。在那个年代，我们对癌是多么无知呢。

体育教师之死，使我年轻的心蒙上阴影，但到底心理的负担不大，只知道患鼻咽癌的男子，也许是由于烟抽多了，又爱吃咸鱼咸菜，说不准是咎由自取。可大家叹息的声音里竟是这样的话：又不抽烟，也不吃咸鱼这类食物，生命多么脆弱。

当我知道女子也患鼻咽癌，而患癌的人愈来愈多，已经是三十年后的事了。当我二十二岁到小学快快乐乐地教书的日子，可会想到三十年后，自己也成为一个癌症病人呢？

十多年后，体育教师的印象和癌病的可怕，在我的记忆中渐渐淡失，我也从当时的学校转到另一间小学教书。六年级丙班，成绩最差的一班，我既是新来的教员，自然要分派到这样的班了。六年级要会考，假期得特别回校补课，平日也要提早半小时上学，工作比别的教员沉重，如果是甲班，倒也值得，因为努力耕耘，必有收获，而丙班呢，只怕是沙滩上种花而已。

九年强逼免费教育，给普罗大众的子弟都有入学的机会，是一德政；却可能是出于政治的考虑，以反击外国对本地童工的指责。漏洞是不免的，一味让小孩子读九年强逼免费书，另一头又为了经济因素，不让他们留级，结果，不管他们是否真的学到知识，好歹仍旧升级。有的小孩子小学毕业，连英文的ABC也不认识，功课不好，上课自然无心听课，秩序也就差透了。碰上这样的班级，有什么办法？只能死马当活马医。

我当上六丙的班主任，中国语文一科由副校长担任。这位副校长，年纪大概五十多岁，人长得高瘦，走路慢吞吞的，我只觉得他皮肤黧黑，人极阴沉，行动如鬼魅。平日并不交谈，只是我在课室外等他下课出来，碰面时礼貌地点点头。

我刚到这学校教书，不知道学校的情况，同事都不认识，学生又是新的，可行政、课程等等的一切并没有分别，政府学校的方法一样，同事也大多是教育学院出身，教书的方式一样。可是，副校长的教书方法实在令我惊讶了，每次他上完课，我一进教室，只见黑板上密密麻麻写满字，学生则低头只顾抄写。一个星期下来，课课如此，我心中忽然冒起火来，六丙虽然是成绩极差的一班，但上课不讲书，只抄笔记，算哪一门子的教学？

教育学院出身的人都懂得五段教学法，引起动机、发展、复习、复问、深究、总结，教师在课室内应该面对学生，和他们对答、交流，怎么可以从上课到下课一直背对学生，在黑板上写字？我问班长，上课做什么，答是抄笔记。天天如此？课课如此。事实上，如今科技昌明，笔记何必抄，影印派发，或者写蜡纸印刷都行，根本不应浪费上课的宝贵时光。

我对副校长的印象极坏，初到新环境，也不知该不该立刻投诉，心想，这些老油条的教员，饭碗保住了，却在那里敷衍从事，误人子弟。唯一的好处是书法非常漂亮，上课就是书法展览。奇怪的是，秩序甚差的六丙，上他的课却非常安静，真的是鸦雀无声，我想，学生都是世故的家伙，副校长权高位重，就不敢顽皮。

值日的时候，和学生闲谈，提起中国语文课，才有学生告诉我：老师不能说话发声，所以才抄笔记。世界上有不说话的老师么？又不是字典。学生说：老师有病。果然，我终于在教员室知道了缘故，同事们正谈说不知由什么人代副校长，而副校长，不久将不能回校了，他患的是癌症。

这是我亲身面对的第二个癌症病人。他患的也是鼻咽癌，病者仍然每天上学，当然是想挨到最后的阶段，这样，每个月还可继续得到薪水，为家里的人多挣点钱。学校也特别为他安排不太吃重的课，六丙的中文，应该是最适当的了。我在新的学校和副校长碰面的日子不多，一个月后，他没有再上学，后来就过世了。

癌症已经不再是海市蜃楼，而发生在我的身边。我感到很内疚，一直错怪了一位好教师，他患了病还继续教书，但因为不能说话，才在黑板上写字。孩子们也懂事，特别乖，绝不吵闹，这不也是一种教育么？孩子们的学业没多大进展，却默默地感受到生命的悲凉。他们也学会同情和体谅。这可是书本上难以传授的。这是老师最后的一课。

副校长和我教同一班，常常是他上了一节课，我接着上，我心中不免产生许多疑虑，因为他手中虽然没拿着一面镜子，却要不时用手帕掩着嘴和鼻子的人，那么，他的手上很可能沾上液体，而他的手当然会触碰课室内许多事物，他会拉椅子，拿粉笔，他手握的书本就放在桌上，他会去开风扇，关窗子，按灯掣。每次进入六丙的课室，我就浑身不自在，桌子要不要碰，抽屉要不要开？结果，我就把该放在大桌子上的书本放在学生的桌子上去了。用粉笔的时候，我也选一支全新的，用过的绝不碰，或者，从别的课室带一支过来，或者，用手巾包好粉笔才用。我不敢把手搁在桌上，一下课就匆匆离开。

我也为学生担心，坐在课室前排的学生，会沾染吗？有的老师口沫横飞，仿佛下雨一般，幸而这人不大说话，老是对着黑板。起初，我看见他用手帕掩着鼻子和嘴巴，还以为他是怕飞扬的粉笔灰哩。我一直担心，幸而一个月后，副校长已经不再上学。我的无知，使我成为一个幸灾乐祸的人。

哀悼乳房

数十年来，我对癌症全无认识，反而是我的亲人和朋友常识丰富，知道这病只是自身细胞不正常的分裂，根本没有病毒，没有细菌，不会传染。这的确是不幸中的万幸。我在家里生活一切正常，可以像平常一样，起初还担心要不要把碗筷分开，和亲人隔离。

　　我的朋友都极好，起初我又担心，朋友约我上他们家聚会，不知道该不该去。吃东西时怎么办，要不要自己带备食具？还是另用纸杯纸碟、塑料的刀叉？可朋友们和平日一样，大伙儿一起进食，用同一的陶瓷餐具。我疲倦的时候，甚至让我到他们的床上躺下休息，回想当年我在六丙课室内庸人自扰的情况，真是惭愧不已。入秋以来，没有人再提起吃螃蟹的事，这一年的确发生了许多事情，沉重的心情仿佛石头压着我们的心。一位住在山东高密乡的朋友写信来告诉我，他被任命为乡间防癌会会长，当地的人还特地塑造一个石像，是个女子，手持宝剑，足踏螃蟹，象征征服这可怕的病症。我如今每天手持一把剑，能把这凶恶的"螃蟹"镇住么？

不是故事

美国一名妇人，有家族乳腺癌病史，由母亲到姊姊都发病。什么时候轮到自己呢？她一直担忧，结果想到一个办法驱除永恒的阴影，到医院去做手术，把两个乳房都割掉。以后她还会患乳腺癌么？什么人能够回答这个问题？做过手术的人，许多年后，在同一位置，又复发了，不管那里还有没有乳房；乳腺癌是腺癌，和性腺有关，乳房割掉，并不保证将来不会生子宫癌。

* * *

太平洋紫杉是美国森林里最珍贵的树木，能提炼成治疗卵巢癌的药物，但传统的方法是把树木砍下，不会先剥下树皮，令百分之七十五的紫杉树皮被当废材烧掉。美国一年收集到的紫杉树皮共重八十五万磅，足以医治一万三千名癌病人。而治疗一名癌病人会耗掉六十磅树皮或三棵老紫杉。林业局的挽救方法是制订法例禁止烧毁紫杉树皮，商人知道树木珍贵，有利可图，砍伐的情况反而恶化。紫杉皮的来源，又出了另一问题，原来那是濒临绝种的斑点猫头鹰栖息之所，救人还是救猫头鹰，就成为两难的局面。

* * *

坊间一本介绍食疗的书，列出一个奇异方子，令人叹为观止。材料是蟹壳连爪十个，药物数种，其中两种，一是乳香，一是没药。医生治病，常有以毒攻毒的方法，癌症既是"螃蟹"，用蟹壳来医治，仿佛解铃还需系铃人。乳香与没药教人联想起《圣经》中的《福音书》，东方三博士带了最珍贵的礼物献给耶稣，看来其中两样药，送给玛利亚也有用，说不定她会患乳腺癌，公元前的时代，还没有放疗和化疗，即使可以做手术割除，也没有麻沸散哩。

* * *

看到一则非常奇异的新闻，那天可不是愚人节。报道说苏联五名女太空人自外太空返回地球，都怀了孕，升空之前，当然都受过体格检查，并没有怀孕。其中四人不愿生育，只有一人好快就把胎儿生下。那是怎样的"生物"？既无男太空人同行，又长年在太空，是单性生殖么？还是太空肿瘤？

* * *

医生判错症，误以为一名妇人患了乳腺癌，做手术替她做了割除。妇人告上法庭，索取赔偿。这种官司，法律程序不是重点，值得注意的也不是妇人如何知道医生判错症，对于任何患乳腺癌的人来说，大概都希望这件事发生在自己身上。赔不赔偿，绝不重要，只要医生说：诊断错误，割错了，根本不是癌。

* * *

乳腺癌患者日增，有些私家医务所也设置了乳房X光检测机，收费当然昂贵，也许是这样，生意显然不佳。无利可图，乳腺癌的预防除了自我检查外，并无进一步的推广。记者访问一家医疗中心会否添置检测机，回答是不会，理由是顾客不多，而且，患乳腺癌的人多数是老太婆和无知妇人，有了机器也不会去检测。

* * *

没有人喜欢和"癌"打交道，除非是医生和研究的科学家。也没有人会喜欢一切挂上"癌"字的事物。不过，近年来

不是故事

有了例外。阿根廷有一种青蛙，颜色不是青色，而是褐色的，名字本来叫做Budgett，这名字竟和一种癌细胞的名字一模一样，仔细看看它，和显微镜下的癌细胞也十分相似，于是被称为"癌细胞蛙"。名字古怪，模样却有趣可爱，又扁又圆，仿佛一团豆沙馅饼，饲养它的小孩子还挺不少，身价不菲，最初是五千元，经人工繁殖后，大量生产，三、四百元成交。"癌细胞蛙"是美国如今十大流行宠物之一。人们迟早会发现，"癌"其实不是一面倒的东西。

还有这种短短的章节么？请看第二三七页的《知道的事》。

　　　　　　　　　　　　　　　　哀悼乳房

黛莫式酚

外科医生开始给我吃的药，名字叫做黛莫式酚，每天要服一颗，二十毫克的分量。手术后的起初三天，每天四次，护士到病房来派药，循例是派来一个小小的纸盏，使人误以为里面盛载的是小蛋糕或者巧克力糖。岂不太奢望了么，医院里面难道还会开什么园游会、生日派对不成。纸盏里面当然只是药丸，有的人得七、八颗，我得一颗，是那种像玛格丽特的画所描绘的东西：一头灰一头红，我也懒得去想一边是水一边是火，一边是鱼一边是雪茄等等的事情。这样的药丸我见得多了，除了颜色的配搭不同，没有新的面目，我猜它不外是消炎镇痛的家伙。

黛莫式酚也没什么特别，颜色是白的，扁圆形，活像小孩子爱吃的巧克力糖豆。手术后的第四天，医生对我说，从今天起，正式服用这药吧，起码得吃二年哩。吃二年药其实也不算长，我母亲服用镇高血压的药，一吃竟吃了二十年。离开医院那天，医生只给我三颗药，其他的药，到楼下去取。我走到配药处一看，排了一条好长的人龙，决定不去领药算了，自己到市面上去买。哪知这药并不便宜，竟售十块钱一颗，白菜才三块钱一斤哪。脑子立刻做起加减乘除的算术来，单是吃药，一个月就得三百元。可是有什么办法，长期要服的药，饭可以不吃，药不得不服，只好咬紧牙龈，先买它一百颗，数数也不过能维持三个月而已。

朋友们给我找来不少书籍，都是关于肿瘤的，也有最新的医学报告消息，我有空就翻看，这个黛莫式酚，其实也不是什么真正的抗癌药物，不过是能维持体内荷尔蒙平衡的东西。根据西医的看法，乳腺癌的主因之一是女性荷尔蒙失调，雌激素过高引起的病症，如果荷尔蒙受到控制，就可降低肿瘤的发病率。虽说不是真正的抗癌药，但能控制荷尔蒙就好。专业的医生既然开得出药，又经过医学界的研究，许多病者服用试验，大抵也有益处，是没有办法中的办法。

我现在明白为什么患乳腺癌的妇女不适合吃鸡了。鸡本来是极好的食物，蛋白质又丰富，脂肪比猪肉、牛肉少得多，病人吃鸡，体力可以更快恢复。可是，渐渐地，鸡竟成为有毒的东西了，这可要怪那些农场，如今饲养鸡鸭的商人，在饲料中给鸡吃些什么呀，为了使鸡迅速长大，又替它们注射了多少荷尔蒙呀，我们到市场上去买鸡，又肥白又漂亮的鸡，谁知道竟充满了过多的荷尔蒙呢？吃了这样的鸡，说不定就会发乳腺癌了。

　　　　　　　　　　　　　哀悼乳房

给我服用黛莫式酚的那天，医生也让我知道了检验的报告：乳房四周的组织没有发现癌细胞，四个淋巴核其中一个，有一丁点儿的转移，情况显然不差，属于早期的肿瘤迹象。依照这样的例子，医生认为大可以不用接受放射治疗了，但他让我自己选择，不过，为了安全起见，建议我还是去放射治疗的好。

西医对治理乳腺癌一般采用三个步骤：

一、乳房割除手术

二、放射治疗

三、药物治疗

这是治理乳癌三部曲。既然已经踏上第一步，我觉得不如走毕全程，况且，肿瘤虽然割除，可癌细胞和别的病毒不同，是自由自在，喜欢到处跑，谁知道它们如今在我体内什么部分嬉戏，又会不会仍留一点在我前胸区唱歌？

香港人把放射治疗称做电疗。当然，我对电疗是什么完全不知道，听起来似乎不易对付，那个"电"字尤其令人恐惧，它使我联想电椅一类的酷刑，或者是年轻时候的电烫头发，鼻子里闻到的是焦炙味，发根一阵阵滚热。或者，电疗也许和拔牙差不多，坐在椅子上，整个人都要发抖。幸而我的天使救星又出现了，阿坚告诉我，一点儿也不用担心，根本没有痛苦，不过是照X光片一样，只是时间长一点。

阿坚认为我一定得接受放射治疗，因为有些病者没有去，结果又有了麻烦。她还给我选择医院，据说某某医院有一病者，竟被电疗得呕血，本来要杀的是癌细胞，几乎把人也杀死了。哪一间医院好呢？私家医院收费非常昂贵，可以去的当然是公立医院，香港有三间公立医院有放射治疗的设备，乳癌病者如果能进沙田公立医院最理想，因为那里新设立了专为乳腺癌病的肿瘤部，不必和其他的癌症患者一同轮候，更叫人觉得安心的是，那里的医生、护士甚至职员都和蔼、细心。

我从外科医生那里取得了求诊信件和我的病历资料，先到医院去报名，结果收取了，感到满心欢喜。路途虽然远，来回得花两三个小时，但公共汽车是由终站到终站，我一上车就闭眼养神，也不觉得劳顿，有时看看河、看看山，就当自己出门旅行吧，我已经有一段时间没有到遥远的地方去旅行了，以后什么时候才能去？实在没有把握。到沙田去，竟成为我目前能去的最远的地方。

说是九点钟挂号，其实八点钟多一点，轮候的人龙已经在出纳处排队。到公立医院看医生，当然要弄清楚每一个部门的地点，以及排队的次序。这个时候，医生还没有到诊症室来，他们也许刚吃完早餐，拿着听筒，背后跟着护士，在楼上的病房里替病人看病。要见医生的人就在出纳处排队，交二十多元的诊症费，得了收条，才分别到不同的部门去：妇产科、耳鼻喉科、皮肤科、肿瘤科，各有各的去处。

肿瘤科在二楼，四通八达的走廊，第一次来仿佛进了迷宫，转了几个圈子才找到，候诊大堂早已坐满了人，才不过九点多一点，我看着黑压压的人头，差不多有一百多人的样子。这么多人患乳腺癌呀，我吃了一惊，这病症真的成为厉害的杀手了。面对肿瘤部的大堂一字儿排开有五间诊症室，第一间敞

　　　　　　　　　　　　　　　　　哀悼乳房

开房门，是登记室，我跟随人们排队，里面的护士替我们磅重、量血压。我是初诊，所以特别替我量高，给我一个杯子，让我交回小便的样本。

所有的人都坐在大堂上等候，大约十点，医生一定从病房上看完病人下来了，四个诊症室的门不时打开，由护士把病者唤进去。我并没有带书本来看，也没有带随身听听音乐，环顾四周的人，有的三五成群，讲述食物的疗效，有的人则沉默不说话，面色凝重。人群中有青年女子，也有成年男子，大概是陪同亲人来诊病的，那么，病者其实并不如我想象的多。可是一个人病了，尤其是这种病，她的亲朋戚友多少也好像受到了感染。他们也在等候，只是没有挂号。

许多病患者年纪很大，头发都花白了，由亲人搀扶着，走路十分艰苦；有的丈夫陪着妻子，有的是女儿陪着母亲。中年的病患者占数大约一半，肥胖、瘦削的都有。从外表上看，无论如何不知道她们是患癌的人，只见她们被唤着名字，进入诊症室去了，于是才知道她们是病者。

登记处走出来一名护士，叫我们新症的举手，连我在内，共有三只举起的手，护士见我举手举得高过头顶，还算直，称赞了一句：手举得很高呀。我答她：我每天做运动。她说，嗯，一定要多运动，尤其是手术后的手，不然的话，就要做物理治疗了。坐在我身旁的一只手叹了一口气：唉，我肿得不能动哩。我这时才看见一个妇人的整条手臂仿佛一截粗大的莲藕。

护士派给我们三个人每人一张纸，原来是一份通告，上面写着：

　　迳启者：阁下所患之癌病，证实无传染性，但家族患
病率较常人为高。本部门对此极表关注，亦曾有病人请求
本部门医生作身体检查。因此，本部门现已定出每星期二
下午二时为阁下四十岁以上之女儿或姊妹作预约检查，所
有个人资料将会保密。

　　我继续坐在大堂上轮候，有些比我迟来的病者也已进过诊
症室了，而我仍在等。事实上，坐在我身旁举过手的两个人也
在等，我于是明白了，我们是初诊。其他的人都是来复诊的，
她们每隔一个月或两个月来一次，而我们这些第一次来求诊
的，诊症的时间会长些，就压到最后。坐在大堂上，我把手中
的通告看了一次又一次，谁说公立医院不好呢，不但照顾病人
本身，还兼顾她们的家人，肿瘤不是传染病，能替患者的姊妹
或女儿检查是德政。
　　通告上有一句话我反复细味：个人资料将会保密。癌症
在一般人的心目中可是见不得光的？得了癌症，是这个人不
洁、有毒、带菌、畸形、有不可告人的秘密？二十世纪的八十
年代末，癌症病人还得像中世纪的麻风么？那时的麻风病是西
方社会的禁忌，病者被歧视、排斥、驱逐，必需躲到荒僻的
山区或迁徙到海岛上，又或者被驱上破旧的大船在海上漫无
目的地漂泊。福柯在《癫狂与文明》里引用维也纳教会的仪
式书说："我的朋友，你染上这种病使我主感到高兴，你还

极其荣幸地蒙受我主的恩典，它想让你为你在世间的作孽而受到惩罚。"

记得读教育学院的时候，课外活动一项编派我们一组同学到喜灵洲参观，那是著名的小岛，被辟为麻风病院。整个岛住的都是麻风病人，好让他们与外界隔绝。同学们有的说：别给传染了才好。有的说：如果身上有伤口，千万要小心，因为麻风可以潜伏二十年。结果大家还是去了。病者并不可怕，虽然有些人手指肿曲，事实上都在康复中。如今，麻风已经绝迹，小岛再也不是禁地，麻风病院已成历史，那么，癌症呢？为什么要保守秘密？既非做过不干净的事，又不带菌，事实上，和癌症病人在一起，比跟患伤风感冒的人相处还要安全。

十七世纪的时候，欧洲的麻风病销踪匿迹了，据说可不是由于医疗的奏效，而是隔离措施的缘故，也是十字军东征后中断了东方传染病源的结果。然而，隔离的模式并没有改变，而且不可思议地相似，流浪汉、罪犯、精神错乱者、肺痨病者，取代了麻风病人扮演过的角色。时代不同了，如今对癌症病者是否多了一分同情和谅解？我手上握着的这份通告，它只是婉转地认定你会有一种负罪感，一种对自身不完善的负罪感。它把声音压低，安慰你说：这是令人多么尴尬的事情呢，但放心，我们不会告诉其他人。

我在大堂上等到十一点钟，护士来叫我了，却不是进入大堂面对的诊症室，而是通过登记处转入一条走廊，进入背后的另一列房间。医生怎么这般多？我一进门就见五、六位穿白袍的医生，由一位女医生请我坐下，问了我一连串的问题：发现的情况、手术的经过、目前身体的感觉。她一面问一面写，完全是做笔记的样子，仿佛她是访问的记者。

我躺在床上让她替我检查，这些情况和手势我已经熟悉了，每次见医生，他们都要按按我的颈项、胁肋、腹盆和胸膛。室内的医生，我看清楚了，一共五个，一个女四个男，年纪都很轻。女医生检查完了，男医生一起过来，征求我的意见，可不可以给他们看看、用手按按。我连说没问题。这么客气的医生，又这么有礼，这么年轻，这么纯真，我忽然明白过来。

——你们是医科的学生？
他们笑了。
——在实习吧。
他们点点头。

一定有病人不接受他们的诊治吧，不愿意让学生来参与吧，认为医院把病人当作了试验品。但我十分欢迎他们，他们应该接触真正的病人。就像我在教育学院念书的时候，一面学习理论和教学法，一面就到正式的学校去实习。每年两次，我们都到不同的学校去，教正式的学生，老师就来看我们教书，坐在课室评分。所以，当我们真的当上老师，进入课室早已不再陌生了。

我对他们说，欢迎诊治，你们是医科学生，快些多实习，多研究，将来好拯救我们。他们只是笑，既庄重又腼腆。从这房间出来，我仍回到轮候大堂等，刚才的一幕，不过是给医科学生上的实习课，真正的医生我还没见面哩。我并没有浪费了时光的感觉，反而十分愉快。疾病原来也可以是一种学习的过程，一种创造的机制。我好像另外有一个肉体，游离开来，成为自己的观察者，我也来实习认识自己。

终于轮到我了，小小的诊症室内有写字桌、椅子、病床，室内坐着医生、站着护士，一把空椅子留给病人。咦，刚才见过的五名医科学生，现在又来上课了，他们贴墙曲尺形坐好。有老师在，他们更加神情严谨，个个正襟危坐。我对他们笑笑。医生翻翻我的病历，看过手术医生的信，循例问了我一些问题，也替我检查了一次。凡是第一次来诊治，都要验血，医生亲自替我抽，同时大概也向学生示范。他一面用一条橡皮管扎起我的左手，一面和学生说话，讲的是英语，当然，医学院都用英语授课。他讲了些专门的名词，我没听懂，只见那些学生很用心地听。

——可以看牙齿么？

——嗯……我们这里不看牙齿。

呵哈，医生误会我的意思了，以为我想找他检查牙齿，我不过想问问可不可以去见牙医补牙，因为有些癌症一年内不能补牙或拔牙。我的表达能力真差极了。

医生诊症时其实是手不停口不停地工作的，他一面说话，一面提笔填了三张硬卡纸，告诉我到不同的部门去约时间，去

黛莫式酚 119

照肺、照腹盆和全身的骨骼扫描。我伸手取过卡纸，这一来，卡纸刚巧遮住了正在抽血的左手，可把学生的视线挡住了。我想让学生看清楚医生的示范，轻轻移动了一下身体。哪知这一动可影响了医生的工作，他连忙把针拔下来，另外在我的右手上再抽一次。我真是傻瓜呀，抽血的时候，如果乱动，针断了岂不麻烦。

医生从不浪费一分一秒的时间，抽血的时候，他也问了我一连串的问题：

  ——有吃药吗？
  ——有，黛莫式酚，每天一颗，二十毫克。
  ——是医生给的吗？
  ——不，自己到药房去买。
  ——多少钱一颗？
  ——十元。
  ——啊，十元。

医生惊叹了一声，然后用英语对学生们说：这么昂贵，这些商人真会赚钱，太贵了。学生们一直一句话也不说，只点头表示明白的样子。而我，忽然忘掉医生根本不是对我说话，却用英语也答了一句：是呀，太贵了。才一出声，知道自己多嘴，连忙用手按住嘴巴。医生的本领自然是不动声色，继续问我：

　　　　　　　　　　　　　　　哀悼乳房

——买了多少？

——百颗。

——百颗不够，得起码先服半年。

——到时再去买。

——往后就由医院给药，吃完一百颗告诉我们好了。

　　我连忙谢谢他。回到家里，我兴高采烈地说：一个月可以省回三百元哩。公立医院有什么不好，我纳了那么多年的税，也算值得，如今可也享点福利了。我的妹妹说：宁愿一生一世光纳税，千万别要什么回报，尤其是医院的赠药，特别是免费的黛莫式酚。母亲朦朦胧胧地问：哪一个阿芬呀？是不是表姨的大女儿呀？

第三类眼睛

上帝说：要有光。于是就有了光。

有了光，地球上就有了白昼和黑夜；有了光，植物就能够发挥光合作用，制造食物；有了植物，素食的动物就有了生存的口粮；人类就在大地上衍生繁殖起来。有了光，人们就可以看见东西，当太阳下山，人们会去寻找各种各样的光源，飞行的萤火虫、闪光的磷、燃烧的油，渐渐地就有了电灯。光使我们看见。我们总是不断看，看四周的一切，看近的事物，也看远的东西。可世界上有那么多的很大、很小、很远、很隐蔽、很深藏、很无处不在无法用我们的眼睛看见的东西，于是我们制造望远镜、显微镜、摄影机、扫描器等等的眼睛，那是人类的第三类眼睛。在医院里，人们用各种科技的眼睛来观看皮肤里面的宇宙。

我到医院的X光部门来了，这里是光的家族聚居的地方。

从二楼的肿瘤科诊症室出来，我手上握着三张硬卡纸，真像那些握着饼卡去换一打蛋糕的人呵。可我手上的卡纸并非喜气洋洋的大红金字卡，而是灰头灰脑，写满医生的字迹，每张都要交到不同的小部门去，它们都在光的家族中。

第一张硬卡纸是照肺，当天可以进行，不必另外排日期。照肺是容易的事，谁没有照肺的经验？但在公立医院里，照肺的时间会比其他的地方要多出许多倍，因为你必须等、再等、继续等、忍耐地等，这正好训练你成为心平气和有耐性的渔夫。轮候是医院的特色，公立医院尤其如此，在这个地方，你岂不是可以认识、了解、体验一下普罗大众看病的情况？每一个角落都是列队长龙，长椅上坐满人。白田船民中心的开放是否增加了沙田公立医院的负担？这医院要照顾的是八十万新界居民的健康。船民的涌入，据说使许多本地的产妇轮候不到产房。船民中可有癌病人？如果有，等待诊治的队伍更长了。

必需轮候三次，才能完成一次照肺的程序。首先，轮候呼唤自己的名字，于是去换上一件背脊上结绳的白长袍。走廊上玻璃外面的空间，是多么明朗，今天是阳光灿烂的日子。阳光照在建筑物的灰墙上，构成明暗的线条；阳光照在常绿植物的阔叶上，显出色彩斑驳的层次；阳光在空中全速行进，仿佛微尘中航行的金船。咦，光是什么呢？哦，是能引起视觉的电磁波，如果透过三棱镜，就看见彩虹的颜色了。我现在看不见彩虹，我的眼睛也无法看到红外光和紫外光。

真正照肺的时间，花不了一分钟。一只大眼睛站在我的背后，我还听到它呼吸的声音，当它呼吸，我就不能呼吸了，我得屏住气，把肺腔注满空气。如果把一张X光照出来的照片寄给朋友，他一定以为你发疯了。人们要看的只是你的脸，看你的眼睛、嘴巴，好把你辨认，当然，有的人爱看的，如果你是女子，是你的乳房，是被衣服遮蔽的部分。有人愿意了解你的肺、你的心？大概只有医生吧，那个说爱你的人，并不会想看看X光照出来的你的心。德国小说家托马斯·曼的《魔山》可不让你惊异，主角爱上了一名女子，口袋里镇日放着她的X光照片，每次拿出来看，只见纤细的骨骼，黑白的光影。可不是爱进了骨子里？

还得在轮候室等，等照出来的图像，看看身体有没有移动，照得清不清楚，是否需要补照。嗯，这里是室内，没有窗子，所以没有自然光，天花板上到处是灯管，照耀如同白昼。明明是白昼，却要用光来呈现白昼的效果。光没有脚，但它会飞翔，它在我的发上、肩上、手臂上跳动，从远处冲撞过来，又弹跃回去。牛顿说，光是由发光体发出的弹性微粒组成，所以光的传播可以是直射、反射、折射。较早的时候，科学家认为光是波动的，既有长的波段，又有短的波段。爱因斯坦则说，光有波粒二象性，既是波动的，也是粒子的样子。

手上还有两张硬卡纸，都要特别预约时间，因为骨骼和腹盆的检验可不是一分钟照肺那么简单，得让第三只眼慢慢观察，仔细看，而且，整个人从头到脚都是骨头，却不是从头到脚全是肺。时间既长，轮候的人更多。我一个部门一个部门去递交卡纸，在曲曲折折的走道间穿梭，这是第十一室，那是第二十六室，房间真多，走廊转来转去，走廊的两旁都有门，有的门敞开了，看得见里面穿白衣的人在晃动；有的门紧紧关闭，充满神秘感。走廊上循例坐满人，除了呆鸟一般呆在长凳上的轮候者，另有从病房上推下来的病床，吊着些叮叮响的瓶子。也有坐轮椅的病者，穿着医院厚厚的夹棉灰外套，病历档案就搁在膝上；走廊上还有小小的连玻璃罩的推车，里面睡着初生不久的婴孩，这么小的年纪，已经要受病魔的折磨，为什么呢？他们都不会说话，只能哭。大人没有哭，辛苦的就呻吟，等得久了的就看手表，打呵欠。

这是我第二次上沙田公立医院来，第一次在两个星期前；那时我带着外科医生给我的信，到登记挂号处申请诊症，预约日期，今天才真正上肿瘤科见专科医生。以后，我还要到这里来多少次，十次、二十次、五十次？我不知道。我到退休公务员长俸组去索取医生纸，他们给我一连四页诊疗纸。我说，不够，需要放射治疗，给我二十张吧。也许以后得像上学上班一样每天来，如果真的是上学上班就好了。真怀念那些上学的日子，坐在课室里听物理课老师讲光线是什么什么多好呀，看三棱镜把白日的光变成彩虹多么浪漫呀，作文簿子上写过多少次光阴似箭呀。光阴真的像箭，它的速度像，还要快；它的形象像，平行光束都如梳子。在阳光底下走一阵子该多舒服，有的光是锥形传达的，光线像锥子一般拍打我的皮肤吧，纾解那些僵结的肌肉、结晶的关节，光是大自然最出色的针灸家。光的研究间接促生了欧洲画坛的转变，造就了莫奈、毕沙罗……

　　　　　　　　　　　　　　　哀悼乳房

医院的X光部门，布满了第三类眼睛，既有小小的眼睛，又有大大的眼睛。我又到这X光部门来了，站在第十三室的门口，朝里一看，见到一只巨大无比脸盆似的大眼睛。这次要检验的是骨骼，正式的名字称为"放射性核素造影"。预约日期的那天，登记部的职员已经派给我一页纸，上面列了几项重点要我遵守，其中两项并不困难，第一项，这次检验可能需时一整天；第二项，该带一公升水。令我颇觉困难的是检验前十二小时须禁止饮食。不让我吃东西怎么办？我的胃不太好，每隔三、四小时总得吃点什么，不然会痛。做手术是六个小时前不能进食，终于挨过去了，这次却是十二小时。但我数数钟点，就在晚上十二时前吃饱食物，睡一觉，一直挨到十一点半抵达医院。照骨骼的人并不多，我第一个到，后来也不过到了另一人。一部机器，原来一天只能服务二至三人，难怪要排期。

第十三号房的一位医生替我在手臂上注射了针药，叫我下午二时再来，噢，原来针药要数小时后才生效。在这段时间内，我该做什么呢？医生说：去吃饭好了，记得喝水，尽量喝，把一公升水喝完。我于是提着自己的背囊上医院的饭堂去，背囊是重的，因为里面有一公升的清水，走起路来咚咚响。医院的饭堂在正院的第一层，相当宽阔，挤满了人。有病、没病、探病、为病者工作的人都在这里进食，菜式一一列在门口的七、八个站牌上，人们围着选择。医生也来了，还有护士、护理人员，白袍子晃来晃去，蓝衣服到处移动，总有一百多人的光景。

我看见肿瘤部那位替我诊症、后来替我设计图形的医生，且看看他吃什么午餐？一碟一碟的饭么？他的选择是牛肉还是鸡腿？什么都不是，他只买了一份三明治，提着纸袋走了。大概是上宿舍去吃吧。我要了一碟饭，找个角落坐下来低头吃。这一顿饭没有蔬菜，只有蛋白质和淀粉质。在饭堂里进食只能如此。我没有要茶，取过杯子，一面吃饭一面喝水，把整个塑料瓶的水搁在桌上。吃完了饭，我还是一杯一杯水倒来喝。一个小时半内，得把水喝光。并没有人朝我看，这样子不停喝水的人他们必定见得多。很好，没有人理我，我把一瓶水喝完了。看看人家手上戴的表，才一点钟。还有一个钟头的时间。我的背囊里有一本书，但吃完饭我却不想看书，还是到处逛逛吧。

　　我对医院的认识，只限于病房、手术室、护士室、浴室、洗手间、配药处、出纳处和登记处。这些是我去过的地方，其实，医院的部门繁多，普通的人根本不知道。规模庞大的医院，尤其像一座迷宫。到医院来的人，见到的是一个侧面，或者部分的轮廓。有人上过验房认尸，有人进过深切治疗部抢救，有人在急症室产子，有人到护士宿舍探亲访友，有人到饭堂用膳，有人推着轮椅陪亲人在花园中晒太阳。医院像小说中巨大的别墅，数以百计的房间，里面有不同的内容。清洁房、垃圾房、物资房、不同的职员的办公室……什么人才知道整个医院的结构？也许是院长吧，但他所知的可能也只是行政上的部门，真正知道医院每一座亭园、每一所房间、每一道楼梯、每一个角落的，大概还是设计的工程师。

饭堂的背后是行政部门，我沿着长廊转圈子，这边一字儿排开是院长室、助理行政主任室、总秘书处，等等，这边的走廊上有总务处、收款部、医疗记录处、投诉部门，等等。这些部门和我似乎有关，又似乎毫无关联。那边有银行的电子柜台和医院的小卖部，竟然冷清清的。我离开建筑的楼房，走到户外来。十月的天气异常和暖，外面的阳光灿烂，步下一层石阶，是清爽可喜的小花园，有人坐着吃饭盒，有人看报纸，有人打盹，有人在石凳上睡觉。这里既有凉亭，也有长廊般的青绿植物，那么舒服的阳光，我把背囊放在头下，用外套披在身上，躺在石椅上午睡，居然也能朦朦胧胧地睡着了。

渐渐醒了，因为觉得肚子里满是水。医生说过，必须把喝下去的一公升水排掉。从一点到两点，我竟然忙忙碌碌地每十分钟上了一次洗手间。想来已把水分排尽，准时回到第十三室门外。刚巧有一张病床推过来，先进房间去了。我等了半小时，又上了几次洗手间。躺在床上的人要照身体的什么部位？他不能起床，年纪相当大，是甲状腺、肝胆、肾，还是肺出了问题，我要照的是骨骼，看看癌细胞有没有扩散到那里。

照骨骼倒不必更衣，我可以穿着自己的衣服。刚躺上床，护理员就问：上过洗手间了么？我说去过许多次，正好又去了回来。于是在床上躺下，哪知机器大眼睛一照，护理人员说，不行，满肚子是水。真奇怪，不过一会儿，满肚子又是水。只好起来，绕过两道曲折的长廊再上洗手间，来回一趟，也得五、六分钟。幸而这次可以造影了。

做造影的是部大机器像头巨眼恐龙，我躺在它的腹部平台上，它巨大的圆盘眼睛从我头顶开始运行到足部去，又绕到平台底下，由足尖回转到头顶，把我身体正面、背面的骨骼都造了影。我只听得一阵起杭起杭的机器声响，睁眼看这奇异的大机器缓慢地移动，唉唉，恐龙在唱歌哩。当时的情况，又仿佛自己在舞台上参与表演刀锯美人或催眠升空的魔术。如果我闭上眼睛，也会连扫描台一起升上半空么？如果锯刀轰轰滚过来，我该做些什么才能完成这一套魔幻的障眼法？

造影需要整整半小时，室内的护理人员坐在工作桌前，机器开动，他们并不因此空闲。刚才那位病人造影的结果出来了，于是他们用扩音器呼唤负责的医生来检看，病人还在门外等候，没有离开。骨骼照影和照肺一样，得在室外等待一段时间，看看所得的映像是否清晰，如果模糊，就要再照一次。我在扫描台上躺下，听着大眼睛机器唱歌，那次在肿瘤部检查，医生问我有没有全身骨头痛。这问题本来简单，但我根本不知道怎样才是骨头痛，对于痛，常常是难以描述的。牙痛最敏锐，大概是神经痛，那些会在身体上到处跑的痛，一忽儿痛在背脊，一忽儿痛在腰后，过几天又完全不痛了，这大概是肌肉痛。胃痛又有许多模式，好像挖矿地凿，有时又像火烧，肋胁旁边，有时像针刺，有时又像膨胀了一个气球堵塞在那里，说它痛又不厉害，说它没事可又觉得不舒服，去看医生，去做心电图，也找不到明显的病征。

也许第一次照得不太清楚，要补一点，腹腔再照一次。这次不用再躺在扫描台上，而是站在地上，由大眼睛机器垂下头来落到肚子前面照。这么巨大的机器，能够左右上下移动，灵活得很。先进的医疗设备，没见过还不知道科技多么发达。先进的国家当然有许多这样的机器，香港有几台？需要常常修理么，够不够用？哦，可以回家去了，早上十一点整到医院来，现在已经是下午四点多，回家还要买菜煮饭哩。

梦
工
场

　　在这个世界上，我有什么可以和别人相比？财富、姿容、学识、健康？都没有，可是我有朋友。这真是我比许多人幸福的地方。我有一群好朋友，都对我极好。有些朋友关心我，表面上甚少显露，他们比较内向，感情都藏在心里，但可以从许多小地方感觉到，令你感动；有的朋友，内外都充满热忱，个性比较开朗外向，见我有难，立刻拔刀相助。其中一人，就是阿真了。那次在私家医院做手术，阿真和一群朋友来探病，后来朋友离去，她坚持要留下来。她怕我晚上寂寞、睡不着、疼痛，就在我的床侧租来一张折床。躺在那样的床上，又是陌生的环境，一定很辛苦，为了照顾我，必定一晚没好睡，反而是我，呼噜噜竟一觉睡到天亮。才五点，职工就来收床，把陪伴的亲友赶起来。整个晚上，我幸好不用吃东西，不用喝水，不用上洗手间，也没有任何痛楚，并没有给阿真添麻烦。

朋友能聚在一起多好，以前我们常结伴五个人、十个人一起去旅行，新疆的乌鲁木齐、吐鲁番，东北的哈尔滨、吉林，江南的苏杭，古老的长安，以至土耳其、埃及、希腊、西班牙、葡萄牙，阿真也在其中。有时候大伙儿聚在某某家中，或者宿营度假，喝红酒、吃东西，天南地北，无所不谈，一直谈到天亮，都是快乐的日子。可现在，朋友相聚在医院里，一夜无话。阿真来医院陪我，倒真的帮了我一个大忙，因为我做完手术后不吃不喝上不了洗手间，到了第二日中午，竟想小便了。可我并不能起床，因为床上还倒挂了瓶子，塑料管还连接我的手臂，唯有请阿真替我找个便盆来，哪知才五分钟后又要小便了，于是又去把便盆拿来。过了五分钟，咦，怎么还要小便？如是扰攘了足足一个小时，到了后来，我干脆把便盆留在床上，不敢拿走。朋友竟要不断替我取便盆，倒小便，非常尴尬。

　　阿真放假，不用上班，自告奋勇陪我上沙田医院，我们约好了日子，一大清早，她特别炖了一钵燕窝汤上我家来让我先喝了，然后起程。这一次，是上医院去做设计，说起来，好像到什么艺术班去上课，可以发挥创作天才和想象力似的。设计是什么，阿坚一早就把情况约略跟我讲过，身体上画上图形符号，以便接受放射治疗。所以，我并不惊慌，知道整个过程不会痛苦，只是花时间，因为一切又得轮候，而且是要到不同的小组去。

　　医院的设计部在专科大楼的地库，我们准时到达，走廊上已经坐满了人，啊，竟有这么多的人要接受放射治疗，而且是新的癌症患者。癌症是越来越厉害了么？当然，我总会给人数打一个折扣，因为病者多数由一至二名亲人陪同。走廊的两边仍是每隔几步就有一扇门，护士不时走出来呼叫名字。替我诊断的医生原来就是九天前在肿瘤科第一次替我诊症的那位，他还替我抽血哩。这次，我没有再见到医科学生了，只有医生和护士。医生正在看一些X光图片，墙上挂的也是一些摄影的骨骼图。

我躺在床上让医生检看，然后由护士用笔在皮肤上画些符号。画好之后，她用宝丽来照相机替我拍了一幅即影即有的彩图，还给我看。那真是我所见过的最特别的照片，图中只有一截躯体，是上半身：右半身和前胸区。因为是彩色的，所以看得见红的蓝的线条，在皮肤上交错纵横，而这些线条中间，还有手术后留下灰灰褐褐的铁路线似的疤痕。我一看就想起那些抽象线条的美术作品，比如蒙特里安、克里，甚至有点儿米罗。如果是画，可真缤纷悦目。我对护士说，真有趣。我想我大概把她吓了一下，因为她说：只有你说有趣。护士是个温柔良善的人，她对我说，迟些做完放射治疗，就会没事的。

护士给我画的只是草图。我躺在床上，房门时开时关，开的时候进来一名医生，有时进来一名护士。阿真坐在室外走廊的长凳上，门开的时候，她看见我躺在床上么？其他坐在长凳上的人，也看见我了么？看见我赤身露体的样子？也许看见，也许看不见，因为床虽然朝门口的方向，可是紧贴着墙，坐着的人视线也不高。那些进进出出的医生护士对我当然熟视无睹，因为这样的场景，他们每天惯见。

中学课本有一篇唐代散文《核舟记》，其中一句是"袒胸露乳"，老师教到这里，一读而过，固然因为人人明白，更可能那是触动了讳忌，所以读到"乳"字，声音也忽然压得低低的。同学们早掩嘴偷笑了。我们一群女学生，不过十多岁的少艾毛头，你越避忌，我们越敏感好奇。我如今当然不再年轻，可乳房还是躯体很私隐的部分；不过，在医院里还有什么私隐可言？我得不断重复循环的动作：解除纽扣、脱衣，袒露身子；穿衣、扣纽。而且是在一个个非常陌生的女人、男人面前。有些房间，我进去就解衣；有些房间，进去则先换穿一件白袍，结果也是要掀开衣襟，没有分别。只不过走来走去的时候，总算衣衫端正，不至于着凉。但渐渐的我也习以为常了。过去的道德规范教诲我们：肉体是不道德的、羞耻的，重视肉身就等于精神堕落，结果矫枉过正，大多数人连自己的肉体也羞于面对；看其他人的肉体呢，就带上了有色眼镜。是什么时候开始，我们的文学艺术，以至哲学，把灵魂与躯体分割开，把内容和形式对立起来？始于亚当和夏娃被逐出伊甸园么？

画完了草图，真正绘图的地区是诊症室对面的绘图室。我一进去当然又是脱衣、躺下。有两位护理人员在我的胸前用蓝笔和红笔仔细画上深刻的线条，那样子量呀、度呀，活像绘制精准的地图，横的是水平线、等高线，直的是山脉和河流。这图一定得精确，否则射线照错了位置，会伤害身体，或者收不到杀死癌细胞的效果。腋胁部位绘图比较难，手术的割线长，又是凹进去的腋窝，但这仍是重要的部位，因为割掉了淋巴结。

从绘图室出来，仍返回设计室，让医生检看位置是否画得准确。我听见绘图的人说，哎，这部位太高了。又听见医生说，这部位低了些。也许，要准确并不容易，或者是，我的麻烦些。不过，图形到底设计妥当了。护士在我离去前交给我一张硬卡纸，是咖啡色的，让我拿到登记处去约定放射治疗的时间。纸上还附了一页小纸条，清楚地指示，小心不可洗去设计的图形，如果颜色褪淡，可依指定的时间到设计部来补绘。

　　从设计室出来，还有一个房间要进去哩。于是在走廊的长凳上，和阿真谈天。我每次从一个房间出来，就把刚才的情况告诉她，如是者四、五次。我们都说，这里的工作真忙碌，医生和护士看来每天都没有一点空闲。可是护士非常良善，和二楼肿瘤部的一样，从不吆喝病人，而且遇到病人需知的事，再三仔细解释。阿真在走廊上坐了很久。长凳对面的墙上有一个木架，上面插了许多小纸页，我们拿了一些看。有一份是"放射治疗"，一份是"药物治疗"，都有用，我就留着。有两类是营养奶粉的广告，这种奶粉我倒熟悉，因为一直买给母亲吃。另外一份纸我没有拿，因为是"善终服务"，看看也就感到沮丧。还有一份是"癌症热线"，病人和亲属如有问题可以打电话询问，那是康复后的癌症病人自己组织的服务。我取了一张。我想我不用打电话给他们，因为我认识了阿坚。阿真对医疗的事一直很关心，她也取了几份小刊物。还打算买营养奶粉给母亲。

　　再次进入的是模型制作室，里面灰沙满地，仿佛陶瓷的工场。我换上白袍后躺下。一名女子在我胸前铺上一幅布，然后在布上涂上白色的浆液，我只觉得一阵暖热。没多久，胸前的浆液膨胀起来，变成厚厚的板层，原来是在我身上打石膏模型。没想到打石膏所需的时间这么短，过程可以说十分有趣。不过几分钟，依我体型制作的图形石膏已经塑出。模型制作室其实是一个很大的房间，用一块布幕隔出小小的角落，放一张床，另外的一边可仍是宽广的工场，有人在石膏堆里工作。那些制模员也会掀开布幕走过来取石膏模型，他们见惯赤身的人吧；至于我，我对赤身露体面对陌生人竟也习惯了。

做石膏模的女子给我一方纸巾，让我在换衣服时抹掉身上的石膏灰粉。我抹来抹去抹不干净，又不敢用力，到底前胸区是个大伤口，而且周围又画了图形，抹掉就麻烦了。回到家里，小心翼翼用毛巾抹，还是抹不掉，又不能洗澡淋水，的确感到为难。幸而已经是十月中旬，天气不太热，汗水不多。阿坚告诉过我，她那时是八月盛暑打石膏和设计图形，为免出汗，每天呆在空气调节的室内，连街也不敢多去。这石膏粉和彩图陪伴了我许多时日，渐渐觉得自己变成济公和尚了，随便朝身上擦擦都能搓出黑黝黝的一个泥团来，如果真的是万灵的药丸就好了。这次设计图形，使我感到非常高兴的是，彩图只集中在前胸区，最上的线条达到肩胛骨，而不是沿着颈项到下巴，不用穿很高的领子把线条遮盖。阿坚说，她那时不一样，从前胸延伸的线条直升到颈项，这会带来日常生活上的小麻烦。比如说，穿一件敞领子的衬衫，颈上的线条都露出来了。走到街上，坐在公共车辆上，总会吸引奇异的眼光。不明白的人，以为你是文身；明白的人，知道你

　　　　　　　　　　　　　　　哀悼乳房

患了癌症。而对于不论是文身还是癌症，总有许多人觉得是可怕的。为了不想惹起猜疑，就把线条遮起来。那是夏天，阿坚只好穿瓶子领的衣衫，把颈项封密。我比较幸运，颈上并没有颜色的线条，衣领敞开，可以看见肩胛骨的色彩，但把最上的一颗纽扣扣上，也就遮没了。清晨上运动场去打太极拳，穿件宽阔的T恤，颈上系一条丝巾，才十月，一派严冬的模样，不过是藏起了秘密。

* * *

许多年前，一位朋友住在片场的宿舍，常常邀我去逛逛，她和导演等工作人员都熟，我们就在片场里走来走去，看拍戏。有时同时看几组戏，好像翻开好几本书，而且翻到书本背后作者在写作的过程，总给我疑真疑幻的感觉。电影片场诚如以往好莱坞所谓梦工场，这是为世间制造各种各样白日梦的地方。演员穿着各种年代的服装，重复地演出离合悲欢；才走熟了的庭院回廊，忽然就拆卸了，变成曲折的小巷。但灯光背后的工作人员可是活生生的，各要面对不同的现实。

医院地库的设计部，同样给我梦工场的感觉，仿佛从前我在片场中蹓跶。当年另有一位朋友在片场的设计部，制作布景，搞的是美术，画的是演员扮的大侠，绘的是布幕上的云彩，用发泡塑料替取撒盐布置雪景。电影拍完，设计就毁弃了，从此了无印迹。如果医院的设计部也是这样就好了，绘在人身上的线条不过是暂时的文身，待会儿可以拍一出刺青的故事。电影拍完，用水一洗，颜线全褪掉，演员又回复本来的身份。

地库的石膏模室不啻片场的道具厂，拍科幻电影最妙，什么畸人、怪兽，都可以制造，而且效果真切，那里灰粉飞扬、遍地泥斑，医院和片场几乎互通。设计室长廊上穿梭行走的人，有的戴上帽子，有的身披长袍，乍看还以为是导演和演员。这边绘图室内的大机器，是升降的摄影机么？那么房间里的一幅幅X光照片，在灯下仔细观看，可是导演在剪接室中赶工？在片场中蹓跶的时候，我是局外人；如今在医院的地库，我知道梦醒了，假不了的，我把手按在胸前，我的的确确曾经参演过，而且失去了一个乳房。

这段日子里，我偶然才翻翻书，看得多的还数电影。不，我没有上电影院去，而是留在家中看录影带，近年来我爱看科幻片、神怪片，仍喜欢看一切能够飞来飞去的东西：小飞侠、小飞象、飞毡、飞碟……凑巧电视上播放一连串的科幻片，时间是深夜，朋友替我一一录下，于是我一头栽进了梦幻的世界。至于惊憟的神怪片，一直吸引我的大概要数《吸血僵尸》。我的爱猫爱电影的朋友，早年就译过《吸血僵尸》，还译过《科学怪人》，后者的作者原来是诗人雪莱的妻子玛丽·雪莱。最早的吸血僵尸电影，也许要回溯到默诺的作品。那是在"第一影室"看的。当时年轻，"第一影室"是我们那些影迷的课室，一个星期总有三、四天依时上课，德国的表现主义、法国的新浪潮、意大利的新写实、日本的武士道，还有瑞典、波兰种种杰作，一概不漏。默诺的《吸血僵尸》是经典，气氛冷峻阴森、寒气逼人，那位伯爵，又乘车又坐船，长途跋涉，要去寻找女主角。可是无论他跑到哪里，总得携带自己的棺木。那是他达成愿望的源头。这是过去的时间拒绝自己的过去，而作祟现在的时间。我们的少年到郊野旅行，愉快地背起背囊；他的呢，却仿佛是自己不能摆脱的臭皮囊。如果这也是"后存在"的一种方式，你愿意么？后来赫佐格用同一脸谱再发展，但显然浮浅得多；但仍有可观的地方，其中一场，三更半夜，僵尸在广场上奔驰，长袍轻柔地飘舞，如魔如幻。卓古拉伯爵第一眼看到女主角的照片时说："多么可爱的喉咙。"重看转录自香港电视台播映的赫佐格版本，中文字幕译成："多可爱的照片。"把throat当成photo。女性之为睨视的对象，自古已然，但同一事物也有不同的看法。看女人，大多数人看的是面孔；有的，是乳房；有的，竟是喉咙。

默诺和赫佐格的女主角为了爱情，为了消灭僵尸，宁愿牺牲。然而僵尸是已死之物，他们的消灭，在默诺戏中，是肉身的消解，瞬间化为乌有。有趣的《吸血僵尸》还有波兰斯基的《天师捉妖》，收结的一场最有意思，那位立志要维护真理正义，要消灭僵尸的师徒，到头来自己变成了僵尸，而且把僵尸带出古堡，带到人间去了。僵尸一路上向人间迈进，是一种血癌的象征么？转移了，扩散了。

吸血僵尸虽不会飞，作风却一如蝙蝠，擅飞的是超人，一正一邪，两者都是超异常人的角色。超人来自氪星；但即使是超人，也有失去能力的时候。吸血僵尸必须吸血，昼伏夜出，白天的僵尸等同失去能力的超人。超人的力量不在力大无穷——把地层的断裂缝合、把冰湖搬上天空变成雨水——而在超越空间，更超越时间。他的飞行，比光速快。女友遇难，他来不及救援，就绕地球逆时间飞行，把过去的时间追回来。这样就可以把灾难预先避免。如果用这种方法来治癌就好了，大多数癌病人都无法预知肿瘤的潜伏和活动，知道的时候往往太迟。

好看的特技片还有《梦城兔福星》。他是一只卡通兔子。这电影吸引我的地方和其他的动画不一样，因为人竟可以和卡通一起演出，这是电影技巧上的突破。小说也能这样么？不知得用什么方法来表达。《梦城兔福星》中除了邦尼兔子，几乎所有迪斯尼的卡通人物像旧校友那样重返母校：米奇老鼠、唐老鸭、小飞侠、三小猪，等等。卡通总是喜剧终场的，动画中没有生灵会死亡，凡生命都强报，从万丈高崖掉进深谷，被辗路机压成薄片，一会儿又伸伸手脚，转动眼珠，到处奔跑起来。卡通的世界也没有老病死，卡通人物只有天使堪可比拟。

《异形》则是富于女性主义意味的电影，过往电影中的强者大多是男性，逐渐女子也站出来了。这电影的女主角既有强健的体魄，有坚强的意志、承担的勇气，同时又有母性的一面。她高大、清洁，言行举止都是时代女性。这是梦工场制造出来的妇解英雄角色。电影中那些由天蚕化茧变出来的异生物，在人体内长成、迸裂，岂非癌细胞肆虐的象征？异形也相当母性，有许多脚，背负坚硬的甲壳，神出鬼没，孵育期静悄悄的，隐秘极了，一旦扩散，就蔓延到其他角落，既能缩小，又会胀大，几乎无法消灭。对付癌症，病人就得像那坚强的女

　　　　　　　　　　　　哀悼乳房

子才行。

都说胡萝卜能抗癌，仿佛那是降服吸血僵尸的大蒜和桃木剑。这一阵子，我一面看录影科幻电影，一面喝很多胡萝卜汁。起先是朋友送来一架果汁机，接着又按时供应大量胡萝卜，几乎把我家变成一座胡萝卜的仓库。胡萝卜的品种也多，市场卖的沾满泥，身体肥胖，嚼起来不易下咽，正适合榨成果汁，三个萝卜就有二百五十毫升。果汁机一通电就杀猪也似的嚎叫，仿佛在谋杀什么生物似的。榨果汁算不算杀生的行为？活生生一个萝卜，一眨眼矮了一截，再眨眼，干巴巴的渣滓四散飞扬，流出一条血河。每次吃胡萝卜，觉得自己像兔福星；而喝胡萝卜汁，觉得自己仿佛变成吸血僵尸了。

苏珊·朗格引琼斯的话指出，电影不但摆脱了空间，也摆脱了时间的限制；而且具有在时空中前后交错变化的神秘力量。无论超人、兔福星、《异形》片中的宇航女英雄，深究起来，都不免粗浅，经不起推敲，却是凡人集体潜意识里向这有限的生命一种梦幻的超越。

有一段日子，朋友总跟我谈起老庄，提到老子的胸襟："万物作焉而不辞，生而不有，为而不恃，功成而弗居。"然后我们自自然然谈到庄子。庄子的《逍遥游》阐明无待而游于无穷，讨论的不就是超脱人世生命种种客观条件的束缚，无需依赖、凭借而游于无尽头的时间空间么？庄子写大鹏徙于南冥，要等待大风，可见大鹏受时间的限制；至于其他的小鸟，随时可以起飞，却在蓬蒿、榆枋之间，不过数仞而下，则是受空间的限制。前者"遥而不逍"，后者"逍而不遥"。从禽鸟开始，庄子推及植物，以至人类，说明无论大小各物，都有所待，总得受这样或那样的困限。而其中又以人的困限最多，时间和空间固不待言，更多的是人为的枷锁，比如物我的对立、名利的追求，等等。当然，我们不免要追问，然则这无待而逍遥之境，可是一个具体落实的地方吗？庄子的答案是："无何有之乡"，那无非一个精神世界的理想，一种对自由的向往和追求罢了。庄子原来是最善梦的人。

* * *

身体上画了设计图，并不表示设计的工作已经完成，原来还要接受电脑扫描。几天后我又回到X光部来了。星期六早上的八点钟，比正式办公的时间还早了一小时，扫描室的工作人员已经值班工作。虽然那么早，我还是排了第三名。不过，轮候第一的也不是最先获得检验，因为楼上病房一张吱吱咯咯、叮叮咚咚的床又给推下来了，是急症。床上挂满了瓶架，一路沿着长廊摆动，仿佛风中晃响的灯盏。床上躺着瘦削的老人，脸色灰白，立刻进入扫描室去。所有人都在门外多等了一个小时。

我排第三，前面是两名男子，排第四的是一名妇人，听觉不太灵，又是外省人，每次护士出来说话都听不清楚，总要问我：说什么呀？我说，有一个急症，先进去了，或者是，他们说，对不起，要我们等，但没有办法。坐在扫描室的门口，我竟当了半个早晨大嗓门的翻译。今天我带了一本书来看，只是一本，叫做《文身女的传说》，是一本西班牙语文学注释读物，共有十二个短篇小说，全是墨西哥、中美洲及加勒比地区的作品，西班牙和中文对照。我集中精神看墨西哥作家胡安·鲁尔福的《都是因为我们穷》，一面仔细看西班牙文一面逐个字看中文。文章附有西班牙词语的注释，简直可以当教科书。我很小心看这篇译文，因为这是我几年前翻译过的小说，却是根据英译本。如今看原文，才见到文句结构的原貌。我那时那么忠心耿耿地依句子译干什么呢？译的不过是英译者的文风而已。我不得不同意，第二手的转译，绝不理想，译者也只能半信半疑。翻译这篇小说时，我一直被一个人物所困惑，十二岁的达霞，究竟是叙事者的姊姊还是妹妹？英语和西班牙语中的姊妹并没有长幼之别，中文则不然，中文对血缘名分的明确，反映了我们封建的传统。美术史家贡布里希说得对，学习翻译另一种语文的好处，是教晓我们人类某些表层共识之外，有些更深入的东西其实并不能翻译，那是不同根源的文化传统的沟通。这人物我揣摩许久，译为姊姊。现在再读，原来是妹妹。唉，竟把重要的人物关系译错了。

轮候的人愈来愈多，一排长椅上渐渐坐到十多人，将近九点，长廊一侧的小室也一间一间分别敞开，上班的人陆续到来，一名女士用钥匙开门进去取出茶杯，洗干净又拿回来。门上清楚写着部门，以及医生的名字。外国医生则中英文名字并列，名字都译得活泼快乐，仿佛政府公告什么时候该换领身份证的样板人物，他们的名字是什么程锦绣、常青春……许多人在我们面前走过，一位外国老先生挽着皮包缓缓走来，炭灰的斜纹裤，暗红条纹的厚棉衬衫，褐色麂皮鞋，一头白发，我还以为他是位画家。经过长廊的时候，他向我们点头，用中国话对我们道早安。他打开门进入自己的房间去工作，门并没有关上，留下一条缝，只见灯光亮了，他就坐在背对我们的旋转椅上，检看X光片。不知道谁的病况出现在照片上。这医生年纪这么老，活得健康，又能把所学的知识运用，令我非常羡慕。

一位老太太也沿着长廊走来了，步伐健朗，背腰挺直，精神奕奕，独自一人。她也来做扫描吧，不知道患了什么病，看来一点也不像有病。许多老太太像她那样的年纪，走路已经蹒跚，满脸愁容，总由亲人左右搀扶。接着来的是年轻的女子和中年妇人，今天是星期六，年轻人不用上学或者上班，所以陪母亲来了。或早或迟，都得轮候一至二小时。

我排第三，自从病床推出扫描室后，轮着接受扫描的竟是一批男子，首先当然是排第一、二的两位，然后竟是排第五、第六的人，全超前进去了，也许是男女分批，也许是以病例分类吧。护士终于唤了一串名字，叫我们去换衣服。四号又问：做什么呀？我说来，我们去换衣服。一共有两间更衣室，我和第四号先去换了，出来看见进更衣室的竟然是那位年轻的女子，不是她的母亲，使我有点吃惊。她把长袍的带子结在背后，我说，袍子反穿了。但她说，不，是这样穿。我不知道她患的什么病，也许，不同的病，袍子就有不同的穿法。

三位白袍天使，后来我每天听见她们的名字，四号叫李萍，老太太叫胡文娟，年轻的女子叫庄淑敏。四号好一阵才从更衣室出来，对我说：啊，下次我也记得要带一个大胶袋来，你看，现在换下的一堆衣服只能拿在手里。电脑扫描所花的时间不多，大概只是照照设计了图形的部位。在肿瘤部第一次为我检诊的医生，也来看看电脑扫描的情形，病人的个案是由一位医生专责的吧。以前一直以为医生不过坐在诊症室中看病，巡巡病房，原来工作量并不轻，比如这位医生，在肿瘤科诊症室看病，在设计部绘画，还要到造影、扫描室来看进行的情况，只能用劳苦功高来形容。

是否噜噜苏苏的太多，你想看乳腺癌的治疗，就请看第一七一页的《魔术子弹》。

拱
廊
街

一八五二年的一页巴黎导游图这样写道："这些拱门街是豪华工业的新发明。它们的顶端用玻璃镶嵌，地面铺上大理石，是连接一群群建筑的通道。这是店主们联合经营的产物。通道的两侧是高雅豪华的商店，灯光高悬照射下来。所以，拱门街可说是小型城市，甚至是小型世界。"百多年来，拱门街像蔓草般蓬勃衍生，成为现代都市的景观。

平展在地面上的拱门街，随着城市的繁荣，与楼房同时攀升，拱门锁扣拱门，聚成拱廊，拱廊层叠拱廊，构成多层的垂直街道。拱廊街朝四方八面伸展，连接大厦的长廊，成为架空的栈道，再也不必在地壳的表层上生活了。沿着城市的第二层街道，从这一边走，你将蜿蜿蜒蜒，穿过空气调节的建筑物大堂，经过一哩长的桥道，步上电动的楼梯，回到车水马龙的地面。如果你爱远足，你将在这里找到渡轮，把你带到离岛去，享受灿烂的阳光和清新的空气；从这一边走，你将经过更多的空调大厦，一进一出，忽冷忽热，时静时闹，你就以游览的心情慢慢观看好了，

山阴路上，你看见脚底下的车流、旁边的公园、远方的后现代建筑。

这座大厦当然是高科技的产品，它的名字叫汇丰银行，和飞机的颜色一模一样，因为它有一部分的建筑材料的确和飞机相同，也和太空穿梭机相同，多么昂贵的材料。但它轻，你能够感到它的轻盈么？它的身上仿佛长着海鸥的翅膀，正展伸飞翔。也许，飞翔的感觉并不显著，你感到它的明亮，愉快地透明，那是电子仪器操纵的测光系统，可以迅速有效地调节室内的光度，因此也能节省电力。

你就在架空的街道上一直东行好了，走过去，走过去，你走一步，银行就在你的眼中渐渐移动，银行侧面的轮廓，尤其充满趣味，这个时候，它真像一个机械人。啊啊，又有一座奇异的建筑物呈现在你的面前，它也是银行，现代的巴比伦之塔么？玻璃墙幕中的小窗子，雁字形地敞开了，银行还没有落成，将来你再来看吧，不过，那时候，所有的窗子都会紧紧闭上了。

就一直朝前走吧，前面就是奔达大厦，它是希腊罗马石柱与大理石的建筑，楼身时而风车般扭转离位，仿佛嵌满了小小的朱丽叶露台。你需要申请到台湾旅游的"入境证"？进去办手续吧，管理员乐意指示你方向。不，你只是过客，那么继续前行，前面是金钟走廊，横过马路上的天桥，就到太古广场。

哀悼乳房

城市中美丽的丑陋的人物，都到那里去了，雅皮们找到了新的伊甸园西武。

这朝东朝西的两条长廊我都没有走，今天，我从九龙半岛过来，乘搭轮渡，横过维多利亚海峡。我要到哪里去？我并不打算到哪里去。如今成为游手好闲的人，我只游荡。一次，我在沙田乘搭地下铁路，一位女士在关闸前匆匆闪进车厢：

　　——这是到九龙去的车么？
　　——我也不清楚哩。
　　——不清楚？那你要到哪里去？
　　——无所谓，到哪里去都可以。

她当然不明白，我有的是时间，我是到外面来闲逛的，并没有目的地，车子朝什么方向走对我毫无分别。我不能整天躺在家中床上说我生病。游荡散步使我的双足移动，使我的肺增加呼吸的容量，使我可以看看四周的风景。我选择轮渡，除了公园、郊野，海港中的空气是较清新的。我在渡轮上身心舒畅，我看见波浪的起伏韵律仿佛钢琴奏鸣曲。

从天星码头出来，就可以步上架空的街道，停在楼梯底下的几辆人力车是从遥远的交通发展史上驶来的，然后留下成为殖民地的活动文物。不同的街道诞生不同的交通工具。架空的街道、电动的运输带、直立的云梯，伸展在你我的前面，没有车辆的街道是最好的行人道。我缓慢地走，看见了我的同类，同样是游手好闲、无所事事的人。他们并不乞讨，只是流荡，他们的家就在人群穿梭往来的过道上。几个纸皮盒叠成了他们家居的围墙，他们的床是席子和报纸，他们打通了户外和户内。比较起来，这里的城市浪族生活俭朴，因为在我家楼下附近的天桥底，也住了好几名流浪汉，他们不但有铁床，还有桌子椅子。桌上搁着玻璃密气瓶、铁罐，瓶里装着橄榄。他们共同养了两只猫，好替他们捉老鼠。还养了一只狗，这狗常常横卧路中，一副叫花子不怕穷的神气，叫行人绕道。

曾灶财显然没有到此一游，因为凡他到过的地方，必也留下他的墨宝。是谁这么说过："生命的意义是留下印迹。"他在九龙许多地段留下毛笔字的公告：曾灶财是皇帝，这里是他的国土。这样的字出现在麻石的柱上、灰粉的墙上，甚至占领了尖沙咀的旗杆。许多年来，我们在这里那里读到他的名字，有些被抹去，有些被雨水冲刷，被迁拆掉。我们的城市总在不断翻新。但他的名字总有一些能够留下来，他也总能够找到重新写的地方。他近年写得更多，写上兄弟父亲家族的名字、籍贯和地址，坚持这里是他的领土。练字多年，奇怪他的书法并没有太大的进步，是只关心自己的缘故吗？他行踪飘忽，不知道会巡幸到什么地方。不过，如果你不刻意追寻，他会忽然意外地出现在你的面前，手提笔和墨，非常严肃认真地写字。一个手拿木杖、行动不太灵便的老人。最近我发现他用了更新的方法，把书法写在纸上再大量影印，然后到处张贴。令人感觉：曾灶财无所不在，而且他也进入了机械复制的时代。

女流浪者比较少。但莫尔·弗兰德斯和曾灶财同样名传港九。我称她为莫尔·弗兰德斯，因为那是笛福小说中女主角的名字，欧洲小说史上女流浪者的前辈。曾灶财在我们的生活中是一个符号，我们读到他的名字，知道那名字的意义，可极少邂逅他本人。而莫尔·弗兰德斯，你几乎每天都可以见到她。她就在置地广场的眼镜店门外附近，城市最辉煌灿烂的地方。她用自己的打扮在固定的地方书写。她的居所似乎不在这里，因为这里并没有床铺和围墙，但她天天在这里坐立，天天上班，成为名副其实的中环人。如果你常常来，你不得不承认她和这繁荣漂亮的空间绝对融洽，因为她经常举行个人时装展览。她拥有许多衣裳，颜色鲜艳、质料精美、款式时髦，只由于穿久了没有干洗，终于渐渐失色。大抵是不少富裕的太太小姐，把穿过的衣衫送她，使她成为令路人驻足观赏的时装模特儿。但她吸引人的与其说是衣衫，不如说是她个人的品位。衣服从来不能使人出众，主要的是装束。她每天有新的配搭，明黄大黑圆点的羊毛及膝裙，配同料同色的中东束脚长裤，围一条翠绿的项巾。她把红配绿、蓝配黄，完全是印象派画家们的彩色盘。她从不忽视饰物，一条简单的丝巾，今日围在颈际，前日束在腰间，明日又会缠上了额前。她自得其乐，真是闲人界的翘楚。谁知道呢，也许她正是发达资本主义时代的抒情诗人。

除了露宿街头的流浪者，城市里还有另一类游手好闲的人，他们也在城中到处游荡。和天桥底下的流浪汉不同，他们有家庭，有亲人，晚上各有可以回去住宿看电视吃饭的寓所，可他们没有固定的职业。不是没有才能，也许太有才能，只是没有在固定的时间和地点工作的兴趣。他们或者做些短期散工，比如替电影节、艺术节当策划，为展览会筹划，做着这样那样的自由职业，不愿按时上班，于是他们有更多的闲暇可以在城中游荡。你不时在非繁忙时间碰见他们，有的放浪形骸、披头散发，模样倒真的像流浪汉；有的却也衣冠楚楚，说不定他们也会穿上时装。这些都是有趣的人，常常聚结在文华的咖啡室，在陆羽茶楼，在法式露天的茶座。

今天我并没有碰见这一类的流浪汉，我经过邮政大厦，进入置地广场。这里就是拱廊街的核心，你抬头仰望，你看透明的天花，外面四周都是玻璃幕墙的大厦，阳光在散布光线的图案，一片金碧银翠，闪闪生辉，你仿佛身处水晶的峡谷。对于现代或后现代的建筑，你的意见怎么样？是的，是的，形式不重要，重要的是社会生活，我们过多地强调了功能。是的，是的，设计单独的建筑物也许有趣，一个比一个有趣。但建筑师应该目光远大，不能只顾单独的建筑。一幢建筑应该与别的建筑发生联系；建筑应该与街道有联系，街道应该与广场有联系。这些是谁的话？噢，贝聿铭。

香港是沿着海港逐渐建成的，街道和海港平行，东西走向，所以没有四通八达的广场，没有聚满白鸽的广场，没有竖立英雄铜像的广场，没有城楼耸立的广场。没有广场会是我们的遗憾么？于是，人们把广场移到大厦里面来了，既有拱廊街，就有拱廊的广场。所有的商场也都给自己辉煌的名号。你说什么？噢，把天马舰基地搬走，就可以开辟一个像威尼斯那样的圣马可广场。

你来了，你也来了。你们都到这里来了，拱廊街是小小的十字路口，是室内的公共广场。你来等朋友，因为交通方便、地点适中，目标鲜明。你呢，只是过客，从德辅道中进来，从皇后大道中出去，享受几分钟空调，暂避户外的喧嚣和废气。你是来吃午餐的，楼下和二楼的餐座都不错，不过容易满座，坐在这里，你不觉得众目睽睽么？你则进来看看上市的秋装，你来取经，或者你来狩猎，像猎犬嗅索野鹿的足迹。

把拱廊当作桥道的人走过去了，如果你是游客，该上嚤啰街去寻找古董；如果你爱热闹，爱猎奇，可以上兰桂坊去。啊，兰桂坊该在晚上去。吃午餐的人开始在盘子中切割，等朋友的人站在喷水池的旁边。喷水池今天没有开放，既没有水柱，也没有灯盏。今天的广场多么静寂，汽车展览、午间音乐一样也没有，只有一些人，缓慢地绕过商店的窗橱。玻璃真是人类最伟大的发明，有了玻璃，人们可以和墙外的世界沟通，互相连贯，却又保持恰当的距离。人们总是既想接触，又要自卫。有了玻璃，就有了玻璃窗橱，有了玻璃窗橱，拱廊街变得更富魅力。每一个窗橱都是一盏阿拉丁神灯，不断吐出令你惊讶、刺激你心的东西。

你在窗橱前面缓慢地移动，常常停步，仔细研究。当你那么走着，总有什么仿佛磁铁，把你吸住。窗橱里的物事用什么方法把你迷住？你静静地站在那里，终于一动不动了，你们之间展开了喁喁的絮语，我听不见，因为你们之间必定有一套密码。啊啊，终于沉醉了，拱廊街的窗橱使你沉醉、屈从、相思、等待、踌躇、焦灼、依恋，并且疯狂。

这店子，展览的是米兰的秋装。关于米兰，你知道的是什么？教堂里列奥纳多《最后的晚餐》、世界杯足球赛、史卡拉歌剧院、时装店？不知道你可听过这么的几个名字：成启明、甘浩望、周伟文和林柏栋？不知道，那就算了，无所谓，很普通的名字。这些名字引起了你的好奇心，要我告诉你么？好吧，他们是米兰神父。当然都是意大利人，不过，在香港住了十多二十年，会讲英语，更会讲粤语。这几位神父我见过，不不，我不是天主教徒，我不是在天主堂见过他们，而是在大街上，看见他们穿斜纹布裤、牛仔裤、直条子或方格子的布衬衫、横条子和单色的汗衫，穿拖鞋。他们大概在街上多于在教堂。他们上大排档吃牛肉炒河，住在避风塘的木艇上，也都喜欢机器脚踏车。当然喜欢看足球啰。我见过他们几次，一次是在街上用广东话唱他们的流浪者之歌，另一次在新华社门口为民请愿。

噢，你对请愿这些事不感兴趣。你扔下我，走进米兰时装店去了。你这么年轻，衣着又这么典雅入时，我猜你是雅皮。刚才我在电车站也见到两名雅皮，穿着宽阔的西装裤，短袖子条纹衬衫，一双洁白的帆布鞋，真是喜有此履，戴舒伯特式的扁椭圆形古典眼镜。单身贵族与天堂浪人、雅皮与雅皮擦肩而过。这一阵，你们流行穿吊带，这是传统的服装，要用背心来遮掩的东西，现在可是把内在美搬到门面来的时代。你们也有流浪汉的精神，把内外的空间秩序颠覆了。你们真是幸福的一代，繁荣的社会、富裕的家庭背景、接受高等教育的机会，你们成为现代的贵族了。

你从店里出来了，提着小小的浅灰色的纸袋，这么细小的纸袋，这么短暂的时间，我猜你是买了一条领带或者一条丝巾吧。你不断消费，不断占有，真像大白鲨。你穿的一套西装很好看，这种衣服，和汇丰银行的建筑完全合拍，一种轻盈、明丽的气息。如果是纯麻的，那就好，那些合成纤维衣料，不外是聚酯、丙烯酸，由石油产品制成，对水源和空气皆做成污染。人们做衣服，洗涤、染色、分解木浆，要用多少剧毒的化学品？一件漂亮的衣裳，背后是多少残杀？

　　你们一起到拱廊街来了，吃过午餐了么？用不用上班？还早吧，那么就看看拱廊街上的风景。这一列窗橱如今披上秋天的颜色，里面只展示出一套衣服：一件厚棉的碎花衬衫，一条斜纹棉布的长裙，肩架上搭挂了一件手织的毛线衣。你们喜欢这一身打扮么？这么长的裙子怕不适合上班吧，到绿油油的草原上，坐在树干挂下来的秋千上最好。衬衫上的细花朵，是砖红的，仿佛秋天的树叶，使你感到温暖。但你们特别喜欢那件毛线衣是不是？因为你们指着它低低说话，你对她说：这种花纹图案，自己编不出来。整件毛线衣，布满星星、月亮、花朵、树、小砖屋和飞鸟。她对你说：即使编得出来，也找不到那样的毛线。毛线衣的效果你们制造不出来，因为那是一种由湮远的岁月漂褪的颜色，即使是新衣，穿上去却有古旧的味道。

　　在这个窗橱里，除了一套衣服，还布置了许多刻意陈列的事物，烫金边的精装书本、旋转的地球仪、精巧的小照像架——里面是暗黄的照片、二十世纪初期的人物、玻璃罩的灯盏，等等。这些事物向你发出讯号，引起你的联念。你真的喜欢这套衣衫么？还是衣衫代表的形象？就站在窗橱前随着衣物的翅膀飞翔好了，它们带你飞到十九世纪的英国乡村，让你进入殖民时代的荣光和浪漫，仿佛你已经变成，或者已经是费兹杰罗笔下《大亨小传》中的苔丝，存活在那表面富丽内心腐朽堕落的世界。一套衣衫的指符暗示了血统优越的意义。啊，不，你说，你只是想买一件漂亮的毛线衣罢了，是吗？我看，你想买的不过是意念和名字。

你们说，棉制品真好，穿在身上舒服，使你可以呼吸；棉质衣料可以再生，废弃后容易进行分解，没有破坏自然环境。你们这样想，证明关心我们居住的星球，没有什么比自救更逼切的了。但棉布耗量大的话，会使农人种植过量的棉花，损耗土地，杀虫剂不是也污染田野、水和空气么。真要保护大自然，还是减少购买衣服，选择耐看、耐穿的衣物。

你们终究被橱窗的大磁铁吸进店中去了，在拱廊街里，谁能摆脱这无法抵御的磁场？我也感到一些什么在遥遥召唤，仿佛海岛上鲛人的歌声，不断吸引我。拱廊街的底层，有一间唱片店，霍洛维茨五十年代演奏的肖邦，怎样逃避？那间书店这个星期的畅销书是那本讲食物的书《一生健康》，还是斯蒂芬·霍金的《时间简史》？霍金最近不知怎么样了。《蜀山剑侠传》小说中人变石头的事原来是真的，他正面对这样的死亡，从脚开始，一直往上延伸。他的情况比苏格拉底还要叫人害怕，因为毒药运行得快，病毒则是缓慢的。比起霍金，癌症又算得什么。

噢，这间店竟引起了我的注意，它出售的是内衣。窗橱里陈列了丝绸的薄衣，穿在发光的模型身上，透出一片白而粉红的色彩，于是那衣衫就透明起来，内衣的蕾丝、纤维的质地、润滑的肌理，都清清楚楚。那么单薄细小的内衣，仿佛什么人的情妇正在屏风背后的温水香浴池里。如果在这个时候，她伸手无意轻抚自己的乳房，发现了一个硬块，她会想到什么呢？再也不能穿这些美丽的内衣了。可有一家内衣店出售只有一个乳房的胸罩？全世界每年有多少患乳腺癌的妇女？而且愈来愈多，年龄愈来愈下降，一定有精明的商人在打她们的主意。

乳腺癌妇女的内衣专门店，可不会开在拱廊街上，只能在不为人知的楼上店铺，由少数人互相传告，悄悄地上去选购。就像那些典当的铺子，进去的人总是躲躲闪闪。手术之后，我试过了，以前穿用的胸罩都不能穿，可以用那些塞满海绵的胸罩么？我没有试。一位朋友和我见了它就皱眉，我们常常说：太可怕了，掉在地上会"各"一声响。佩戴这种胸罩的人还真多，在大街上可以看见她们纵横往来，铁甲护身，仿佛装甲车。九月以来，我已经不穿胸罩，胁下浮肿，穿任何紧绷绷的东西都不舒服，伤口也不接受布料的摩擦。我只有穿宽大的衬衫，感觉很好，走在街上，我同样融入人潮之中，在拱廊街上，成为河流的水滴。

你们还在店内仔细研究那件镶泥色麂皮滚边的手织小毛线衣么？我可要走了，我将继续游闲者的旅程，就由这电动楼梯从三层楼一直降至地面，书店和唱片店？今天不逛了，这些店一进去就不容易出来，还是沿着拱廊街朝前走。穿过闪着媚眼的窗橱，走出大厦，横过窄窄的马路，就到了汇丰银行。银行的底层可以自由穿行，令人感觉清爽。在中国北方，有那么的一种塔，叫做过街塔，就建在通道或大街上，塔下是拱形的隧道，让人车行走。是的，神并没有高高在上，而是落入闹市的街心，而且肯为忙碌的善女信男设想，只要在塔下走过，就等于入庙念经一次。汇丰银行也是这样子，或者，它也可以叫做过街银行。香港最多人相信的神是钱币，过街塔设在街心，让人接触神灵的机会增多；过街银行当然也要客户众多，生意兴隆才好。为了生意兴隆，这幢目前全球最昂贵的建筑物，虽是西方尖端科技的结晶，有趣的是，也不得不听令于风水师。提交初步方案时，建筑师福斯特得先征询风水师的意见。建筑图样因此包括一幅风水草图。建筑物的底层，电动楼梯和两只铜狮的位置，还有办公室内的家具布置，都由风水师决定，趋吉避凶，以保财源广进。这里的地面呈波浪形，最适合爱溜冰的少年；抬头看上面的天花，也是波浪形的，像砌折的板岩。从天花再看上去，天花上面又有天花，一切都透明，最高的地方是一条条切碎的光线。再上面的天花，太远了，看不见。这么多的天花，恐怕要种牛痘了。

　　站在银行底层的中心，抬头见到的是柔和悦目的光，这座建筑物最吸引人的是光，天然的光，玻璃天花上是采光的中轴庭，穹顶上有一排镜子把外面反射镜集纳的阳光向下方反射，使整座大厦明亮开朗。这银行还给人砌积木的印象，一切铅板和钢柱仿佛可以任意拼配组合，随时改变移动。的确，这正是建筑家的概念，打破固定的限界，办公室的隔板都可以迅速改动。要到楼上去参观一下么？先踏上这奇怪的爬虫般的透明电

　　　　　　　　　　　　　　　　　哀悼乳房

梯吧。今天很忙，没有时间，那么就看看电梯也好。电动的楼梯，可以看见移动的内容：连续的梯级，驳接的运输带，循环不息翻着筋斗。如果人的身体也是这般透明，是可怕还是可爱？一切的器官都清清楚楚，谁也看见谁的心。红的血、蓝的血，在管道中运行；一颗巧克力糖进来了，不久变成糨糊的模样，流入胃去。还是让皮肤把这一切包裹着好。可是，透明的身体虽然令人惊讶，也许就不必常常看医生，低下头来，噢，血管里面塞满了厚厚的脂肪，胆里面积聚了石头，仿佛想把自己变做会生珍珠的贝蚌。也不用再去照X光了。

　　横过马路，从希尔顿酒店旁边的旋转楼梯走上去，就到了天桥的上面，这是中环风景最美丽的地方，不要走不要走，站在这里细意看，在这个角度，你可以看见各种高耸的建筑，不同的年代、不同的形状。立法局大楼是矮矮的两层楼，既有拱顶的圆盖和罗马式的巨柱，还有石瓶式雕花的栏杆，古典的建筑，正门的楣顶，蒙面的女神仍手持天秤，所有的法律最好先放在上面称一称。大会堂、太子大厦、富丽华酒店，都是名实相副的现代建筑，像蒙特里安的图画，可惜没有蒙特里安缤纷的色彩。

　　站在天桥的这一个地点，东面的奔达大厦、西面的汇丰银行和南面的中国银行，三座漂亮的后现代建筑都在眼前了。啊，你说，中银大厦不是后现代建筑，贝聿铭一直认为现代主义还没有完成。你不喜欢奔达大厦，它有点像人头鱼身的样子，正门的瀑布也不易看到；那些朱丽叶式的露台有一种欺骗你的嫌疑，因为是封闭的玻璃，朱丽叶没有办法扔一朵花下来，罗密欧也爬不上去。而玻璃，也是很现代主义的东西。从侧面看汇丰银行，愈发觉得它的稚趣，可不就是巨大的机械人站在那里？顶上的吊臂缓缓地移动，好像机械人要飞行了。从这个角度，可以看见更多臂形的撑柱，后现代的建筑，又把歌特式教堂的支柱和装饰搬到户外来了。

整个城市的建筑，只有中银大厦使你感到震惊，当你向上仰望，它像巨大的力使你惊叹，这种感觉，并非所有的建筑都能加在你的身上，只有两次吧，你说，一次是站在科隆大教堂的墙下，另一次，则在埃及卢克索、卡纳克神殿的繁柱堂中。你不可能三两天就上埃及去，或者到德国的科隆。对于你，也许一生中只有一次的机会，然而这种肃然的感觉，你竟可以在生活的城市中轻易获得。

你一直有这样的感觉，这笔直垂立的大厦并不如人们所说的那样，像一把尖刀，而是一座方尖碑。又或者，这是众多诠释里的另一种。你到过埃及，大厦的建筑师也到过埃及，而且刚为巴黎建了玻璃金字塔。方尖碑的底部是方的，顶端成尖形，镶上金箔，当阳光照在上面，闪闪发光，显示阿蒙神的荣耀。这玻璃的碑柱通体闪亮，长方形的构图中包藏着正方形，四方形中又蕴含三角形，三角形中再隐含无数的四方形，有时平展，有时折合，充满动感。卢浮宫前的玻璃金字塔，和这一座玻璃的方尖碑，同是贝聿铭埃及系列的作品。啊，埃及，啊，金字塔，啊，方尖碑，都重叠在一起了。而这种高耸兀立的纪念碑，这时候出现在香港的心脏地带，又有什么寓意呢？

　　　　　　　　　　　　　哀悼乳房

反
击
战

　　早些年，人们受了胚芽残留学说的影响，认为细胞的恶性变化是由单个体的细胞开始，渐渐繁殖形成，这是单灶性发源说。近年来，医学界发现，乳腺癌的发源往往是多灶区，于是有"癌野发源"的概念。事实上，虽然有的人看来只有乳腺一侧发现肿瘤，乳腺癌却是涉及全乳腺的，可以在一侧乳腺不同的部位，或两侧乳腺各处出现多个独立的癌灶，这些癌灶，在不同的条件下都可以发展成为原位癌。

　　在原地发展、成形的癌灶叫做原位癌。有的原位癌可以数十年保持沉睡状态。至于跑到别处去的癌，那就是转移癌和扩散癌了。癌细胞是人体中的殖民主义分子，除了不断增生繁殖外，还侵略攻占远方的土地，把大批癌细胞移居，霸占原来的器官组织，使本来的细胞群丧失了独立的主权，完全受它们的统治和支配。

有的癌细胞直接蔓延，侵犯周围的腺组织，甚至胸壁的肋骨，肋间肌等；有的癌细胞沿淋巴大道扩散，先在淋巴结中形成转移灶，然后穿透淋巴结膜，在结外蔓延，大串连在人体中游离流徙。一般而言，淋巴结受癌瘤侵犯就会肿大，皮肤表层也会形成暗红色的小硬结，但有时十分隐匿，并不肿大结粒，至为阴险；有的癌细胞沿血道扩散。淋巴管与静脉管间本来有许多汇通的网络，癌细胞经网络间隙可以顺利进入血道，乘着这四通八达的河道网远处转移，侵犯肺、肝和骨骼。有的病人不肯接受割除肿瘤的手术，是因为手术有时会破损血管，触动癌细胞，它们就借血管的裂口轻易渗入血道，造成人为的扩散。无论如何，与其冒手术的伤害也强似让肿瘤苟留在体内。手术所割切的部分也比肿瘤所在的范围要广阔。

　　放射治疗早在本世纪二十年代已应用在治疗乳腺癌上，这是一种来自高空的防卫力量，仿佛一架架的轰炸机，奉令出发去摧毁敌人侵占的营地，不幸的是，总难免把无辜的本国百姓杀伤。放射治疗最初用镭以及深度X线，但因剂量少，疗程长，效果不显著。五十年代初采用钴六十，发展到用铯一三七，稍后则应用直线加速器。电子经加速后直接引出的是β射线，又称为电子束。高能电子速射入人体后，开始的时候剂量分布均匀，一旦达到一定的深度，剂量会迅速下降，这是它在物理剂量分布上的特性。这一优点最适宜于浅层治疗，比如乳腺癌。乳腺癌的肿瘤多数位于皮层表面，不像肺、胃、肠脏深埋于人体内部。乳腺癌手术后照射的部分是胸壁、内乳区和锁骨上区，如用电子束，可以把病变组织包括在高剂量照射

　　　　　　　　　　　　　　　　　　　哀悼乳房

范围内，肺部深层的受量将大幅度减少，所以，肺组织不易受到损伤，得以保护。钴六十射线的穿透力强，用于深层治疗更好。事实上，用钴六十照射内乳区，有些病人后来会在胸骨旁或肺尖内侧的地方出现肺纤维化。据传，有病人因照射吐血，大概是早期钴六十射线的后遗症。如今的放疗，再也没有那么严重的后果了。除了电子束，如今正在发展的有光子束、质子束及负π介子束和高能重粒子束等。这高空的战斗力量，前途未可限量。

　　恶性肿瘤中结集了许多癌细胞，其中一部分是丰氧细胞，一部分是乏氧细胞，在军事战略上，它们给医疗大军带来了难题。丰氧细胞对放射线敏感，遇线首先死亡；可是乏氧细胞耐辐射性强，杀来杀去杀它不死。它懒洋洋、慢吞吞，离开毛细血管越远越乏氧，所以，放射治疗要认真对付的还是这批乏氧细胞。先把丰氧细胞歼灭，剩下来的乏氧细胞，要等待它，想办法使它再氧合，提高氧合程度和对辐射线的敏感度，等它们变成了丰氧细胞，然后消灭，所以放疗只能一次杀伤一批，耐心等待，下一次再杀一批，一次连接一次，直至把它们全部摧毁。如今在研究和发展中的中子束、负π介子束和高能粒子束，在体内产生的电离密度高，对乏氧细胞具有较大的杀伤力，是治疗恶性肿瘤最有希望的射线。

* * *

　　早在十九世纪，医学界已经发现乳腺癌的生长与月经的周期有关。切除了卵巢，有些病人的转移灶竟然受到控制。这种以切除内分泌腺作为治疗乳腺癌的方法，叫做消除激素治疗，属于内分泌治疗法。人体正常的腺器官中都含有与激素起作用的特殊受体，受体部位能启动激素与细胞之间的互助作用。细胞恶变后，可能仍保留全部受体，或者部分受体，这样子，它的生长和功能，仍然和激素牵连，内分泌的治疗法对这类癌细胞因此也有抑制的功效。这种肿瘤叫做激素依赖肿瘤；如果细胞在恶变中失去了受体，将不受激素的控制，成为非激素依赖、我行我素的自主肿瘤，这样，采用内分泌治疗法也无法奏效。乳腺癌的肿瘤，都是部分为激素依赖，另一部分为非激素依赖，所以，即使出动了内分泌这一组海军，也只能控制部分的细胞。本来，控制内分泌治疗法要切除卵巢等性腺，如今已可用研究出来的抗雌激素剂取代手术，减低了对病人的伤害。

激素是什么呢？它是在人体中腺体内的一种化学物质，可以激发特定的器官进行特定的活动。早在十九世纪，科学家已经发现肾上腺中有某种东西会引起动脉收缩和血压升高，依照音译，它的名字被唤做荷尔蒙，意译则是激素。比如肾上腺分泌出来的激素，叫做肾上腺素。自从提出"激素依赖"的概念后，医学界可以"消除激素治疗"，也可"附加激素治疗"，后者应用雌激素、雄激素、孕激素、糖皮质激素治疗乳腺癌已有四、五十年的历史，其中之一，是用抗雌激素，它是一种合成的非甾体化合物，能在体内和体外减少各种组织对雌激素的特异吸收。最早用的叫克隆平酚，稍后用那福式丹，然后又有

　　　　　　　　　　　　　　　哀悼乳房

黛莫式酚，三者都是三苯乙烯的衍生物，在结构上与乙烯雌酚很相似。黛莫式酚对软组织转移灶有效，至于远处转移则显然无能为力，而且，疗效对绝经多年的病人较近期的绝经者优越，至于反应，有些人可能有轻度白细胞和血小板减少，以及不规则的子宫出血。抗雌激素对绝经后妇女的治疗有效的话，可以连续用药二至五年。由于内分泌治疗法对正常组织的损害不厉害，比放疗和化疗更好。但一般单独使用收效不大，只能用作辅助治疗。

* * *

我们每一个人从母亲和父亲那儿各继承一半的染色体，所以就具有父母双方的某些特征。我们的父母又有他们的父母，他们的父母又各有自己的父母。因此，人类细胞所含的四十六个染色体，每一个都由数以千计的遗传特性构成。每个染色体由数以百计更小的单位组成，每一个单位都控制着某一特征，这种更小的单位，生物学家称之为"基因"。染色体由蛋白质和核酸组成，核酸分子由核苷酸的单元构成；蛋白质则由氨基酸的单元构成。三个相邻的核苷酸构成一组，相应于一种特定的氨基酸，这种对应的关系叫做"遗传密码"，"基因"和"遗传密码"跟癌症有密切的关系。

人体细胞的繁殖是有丝分裂，细胞从第一次分裂结束到下一次分裂结束是为一周期。染色体进行复制时是间期，把倍增的染色体平均分到两个子细胞中去叫丝裂期。癌细胞本来是正常细胞，虽然病变，但同样会丝裂增殖，因此，要使癌细胞无法丝裂增生，主要的任务是干扰它的复制过程，而这，就是化学药物治疗的基础。如果说内分泌治疗的激素是一队海军，那么，化疗的大军应该是一支海军陆战队。对于乳腺癌来说，化疗本来不错，它可以破坏癌细胞而不会破坏正常的乳腺组织，不过，它仍会伤害其他的人体器官，包括骨髓在内。

化学药物对癌细胞的作用是呈一级动力学杀伤，即对数杀伤。必须有相当的药物才能杀相当数量的癌细胞。比如癌细胞数量为（1×10^0），那好办，（1×10^1），（1×10^2），（1×10^3）都不难，对于（1×10^4）时，三个疗程的化疗也能治愈，（1×10^6），也可经四个疗程治愈，一旦达到（1×10^7）就无法用化学药物治疗了。一方面当然是癌细胞的数目增多，更重要的一点是由于肿瘤群体的扩大，肿瘤的生长率的速度会相应减慢，许多细胞都变成了乏氧细胞。

癌细胞生长比一般正常细胞迅速，正常细胞在丝裂后有较长的休止期，但癌细胞的休止期很短。一个癌细胞，直径如果是十至二十六微米的话，重零点零一微克，经二十次倍增之后，细胞数可达到10^6，直径一毫米，重一毫克。经过三十次体积倍增之后，细胞数可达10^9，直径一厘米，重一克。一般能够用手触抚发觉，或用X线摄影发现的原发乳癌，直径多在一厘米以上，这时，肿瘤的癌细胞数目高达10^9，已经经过三十次的倍增，凡是肿瘤的负荷量到达10^9，抗癌药物根本无法治愈，所以，即使是那么一厘米看来小小的肿瘤，也只能用手术来割除。至于癌细胞经过四十次体积倍增，数量会高达10^{12}，直径十厘米，重一公斤，这时已是病的后期了。

目前治疗乳腺癌，都是采用综合的方法，真是出动海陆空三军，手术割除后，用的有放疗辅助，有的采化疗辅助。两种方法，各有优劣点。手术和放疗综合运用，对大部分较早期的乳腺癌有效，因为手术不受肿瘤大小的限制，除非扩散则割也无用。对于已扩散到全身的癌细胞，放疗是鞭长莫及的，因为只是照射胸壁、内乳区及锁骨上区等局部地方，那些在肝、在肺、在骨的又难以对付，真是山高皇帝远；化疗的优点是全身治疗，不受肿瘤扩散的限制，但受肿瘤负荷量的限制。无论放疗还是化疗，手术割除都有利，没有了负荷量大的肿瘤，放疗易于把剩余的残存癌细胞歼灭，而那些转移了的癌细胞，生长将会变快，进入迅速增殖周期，变成丰氧细胞，容易被抗癌药对数杀伤。

* * *

有的人，生了恶性肿瘤，不做手术，也不接受放疗，或治疗不彻底，竟能存活很长的时间，是什么原因呢？原来人体内本来有免疫机体。比如说，淋巴结就是人体中的御林军。这军队有许多抗敌细胞，最著名的当然要数T淋巴细胞。遇上癌细胞，它能分泌出溶酶样的物质，把癌细胞的胞膜溶解，使它坏死。白血球中的巨噬细胞名气还要大，简直像导弹一样，会追踪选择细胞吞掉，呈零级动力学杀伤。此外，还有NK细胞，和巨噬细胞相似，它也有识别癌细胞表面的某种标志物，发觉它们是敌人。B淋巴细胞对抗敌的功劳只能说仅得一半，因为它们的眼光不够锐利，完全看不出殖民主义侵略者的真正嘴脸，受到蒙蔽，把癌细胞当作朋友，敌我不分，并不去攻打。有时候，这些细胞还叛离本土本族，投向癌细胞的怀抱，自己也变成癌细胞了。

癌细胞真是顽强的大敌，不断增生繁殖，侵略劫掠，把人体中的营养吸取已用，还会组成自我保护的机制。人体血清中有所谓封闭因子，癌细胞就附在上面，这一来，就有了坚固的护城，令T淋巴细胞和巨噬细胞都没有办法。利用人体的免疫系统去消灭癌细胞，属于免疫治疗。优点是只会杀死癌细胞而不损害正常的细胞，效果达到全身而非局部。在这方面，医学界已研究过用卡介苗、干扰素、淋巴因子等等方法加强病人的免疫能力，不过，免疫治疗也只对最小负荷量的残存癌细胞有效，复发的肿瘤和负荷量大的肿瘤，体内的淋巴大军也应付不来。一般人患上癌症，其实是体内的免疫系统的破损。我国古代的天子有六军，对付癌症，该六军齐发吧，外科、内分泌、放疗、化药、免疫疗法，还有第六样是什么呢？会是中药吗？大陆的一些医院，的确增加了中药治疗，手术后，把病人分两组，一组仍配合放疗、化疗或内分泌治疗，一组则采用中药，术后一周开始服用，三年内每日一剂，三年后酌情减少服药次数，维持五至六年。数数有十多种药材，效果证明不错。中药也许是未来的治疗希望之一。预防胜于治疗，但既然患上病，也没有办法，这是一场漫长而艰难持久的反击战，必须抗战到底。

　　　　　　　　　　　　　　　哀悼乳房

魔术子弹

　　亨利·摩尔除了做雕塑外，也画过一系列的素描，有的是山洞中的人，有的是隧道中的矿工，有的是防空洞中的避难者。山洞中的人，一个个幽灵似的站在那里；隧道中的矿工都得佝偻着上半身走路；防空洞中的避难者则沿着洞壁一个个躺在地上，男女老幼，满身紧缠布帛，像木乃伊似的。我第一次进入放射治疗部，就想起那些画面。因为一条长长的走廊，两旁都坐满了神情颓丧的人，和防空洞里的人一样，都遭遇到战祸。他们的敌人是外来的，我们的则潜伏在内。

　　和设计部一样，放射治疗部也在医院的地库：地面下的空间。《左传》第一篇《隐公》，写郑庄公与母亲失和，母亲纵容弟弟谋反，庄公把祸乱平定后，就外放她到城颍的地方，并且赌咒说：不及黄泉无相见。可后来又后悔了。只好依一位臣子的计策，掘一条隧道，见到泉水，终于得以和母亲重聚。黄泉相见，原来是重生的转机。《左传》写庄公的谋臣提议及早对付母亲，居然像对付病毒："不如早为之所，无使滋蔓；蔓，难图也。"那个时代地大人稀，除了穴居的原始人，一般都在地面上生活；然后人口渐增，建筑物除了向高空发展，同时也向地下深延，银行建了储藏黄金的地库、城市掘筑地下铁路、商场的地层辟作饮食的广场；古堡的地库变成刑室，甚至扩建私狱。许多年前为了躲避原子弹，多少大城市的地面下竟变成庞大绵延的避难所。我曾经到过这些地方。以为越贴近泥土，越牢靠，这是否返祖的心理？可是太贴近了，又接通了地府，则是另一层禁忌。

放射治疗部在医院的地库，到底不是游乐场，而有点刑室的意味，使人觉得心惊胆战。医院的专科诊所这边的地库其实是整个治疗癌症的大本营，分为肿瘤部、设计部和放射治疗部，只是后来分了家，才把乳腺癌的部门移到二楼去，至于其他的肿瘤病人，仍到地库诊治。沿着设计部的走廊，转左就到了放射治疗部，起初以为那走廊的尽头是石膏模型室，岂知整个放疗部还在里面。走廊的交汇处摆了两张相连的桌子，上面放了热水瓶和纸杯，供应接受放疗的人喝用，看起来放射治疗的确不是开玩笑的事。

放疗部贴墙一边共有三个大房间，各附一间小室，分为三组。大房间内是一台大机器，房间没有门，但有一条小走廊走进去。走廊的入口横了一道栅闸，阻止闲人通过，这设计完全和停车场拦截汽车一模一样。只有放疗师和病人可以进出大房间，每次进出横栅都要开关一次。大房间面向走廊附有一间小房间，是控制室，好像大厦看更或守卫的工作室，里面的一半空间，设有一台机器，除了按钮外还有闭路电视，把大房间内的一切活动清楚地传录出来。每组共有三名放疗师，一女二男，同时工作。第一组和第二组完全相同，第三组则是另一类机器。

我被分派到第二号机，即是第二组。电脑扫描后的那个星期，我接到医院的电话，通知我放疗的日期，于是，十月的末旬，我已经是个每天要上医院的放疗病人了。一部机器每小时大约可以治疗三至四人，一个早上或一个下午，只能容纳十名病人左右。两部机器上下午一起开动，一天大约能为五十人治疗。香港只有三间公立医院有放射治疗的设备，那么，每天也只能为一百五十人提供放疗服务，还得这些大眼睛机器健康才行。

护理人员非常和善。人们常常投诉公立医院的护士态度差，肿瘤部却是例外，整个肿瘤部包括设计部和放疗部，医生和护理人员全和蔼可亲，对每一个病人和颜悦色，仔细吩咐该做的事，病人听不明白，他们也不嫌麻烦，一次又一次讲清楚，仿佛他们都是义工。肿瘤部工作的人被分派到这部门来的时候是否都受过特别的指示？还是他们对癌症病者特别同情？不管怎样，他们的确给了病人许多安慰。

公立医院可以培养人的耐性，我是初诊，所以第一次的放疗共需半小时。半个钟头并非真正的治疗时间，放射线直接照射人体，每次不过半分钟或者一分钟，其余的时间是用来测量准确的位置、移动机器的角度。放疗治疗室是一个课室那么大的房间，正中摆了一台机器，模样像一个G字，弧形的部分弯弯的，俨如电话听筒，横线的位置就是病人仰卧的床。室内贴墙还有一列简陋的大桌子，上面堆满石膏和玻璃纤维的模型，当我躺在床上，护理人员就把属于我的模型取出来。石膏模型只是胚胎，从它制造出另一个玻璃纤维笔架也似的桥架，上面刻满了数目字。十天过去，我身上的图形居然没有褪色，他们把桥架立在我胸前，灭了灯，量位置。黑暗中，我看见机器透出红色的光线。位置移正后，室内的灯又亮起来。这台机器是会发出红光的大眼睛恐龙。

放射线是辐射线，照多了对身体有害，所以，真正接受放射线照射的时候，工作人员会离开现场，到外面的控制室去操纵机器。他们从闭路电视观看到室内的情况，最重要的是监察病人不可以移动。工作人员离开后，我可以听见他们沿着小走廊出去，然后"的嗒"一声关上横栅，放射治疗开始了，按钮响了一下，于是机器发出嗡嗡的声音。在光亮的室内，就看不见放射线的光了。只有机器的吟哦使我知道光线正细细地切入我的皮肤。有一次我看看手表，一分钟。一分钟其实也很长，考外语会话的话要讲一分钟话就不容易。照肺不过是"咔嚓"一声，一秒钟而已。

医学界在一九一〇年首次用化学药物治病，人们称药丸为魔术子弹，射线是更厉害的武器，像机关枪一样，子弹连珠发射。一分钟，我听见机器按钮的关闭声，然后走廊上的栅栅响了，工作人员进来了。每次放疗，原来要分三个不同的位置：正面、侧面和臂弯。臂弯比较难，因为是凹形的，而

174   哀悼乳房

且要把手臂举起放在耳边，如果谁的手臂不能举起伸直就会吃苦了。每天放疗一次，分三个部位，不过，一个星期还有一天要加照背部，算起来就是四次，所以，每次需时十五分钟，有时二十分钟。

放射治疗一点也不可怕，人们为什么谈虎色变呢？起初我也以为是坐电椅一般，又以为像做心电图，要把许多电线直接接驳在身体上。大概受了一个电视画面的影响，那是外国的医学报导，拍摄了一名男童受脑部治疗的画面。他是坐在椅上的，头上戴了桂冠也似的环罩，里面的伽玛线围着他的头轮流击向脑中心。其实放疗和照X光一般，不同的只是要躺在床上，时间长一点，同样不痛也不痒。当然，我对放疗在事前已经毫无惧心完全是阿坚早已把情形告诉我了，而当年的阿坚，则是全新的经验，心中充满疑虑，想象着可怕的酷刑。从大房间出来，放疗师给我两张纸，厚的卡纸是我每天来治疗的证件，至于白的薄纸，上面写了些治疗时期该知道和注意的事情，这些事情，我其实也已经知道，因为我看过了壁架上插着的关于放射治疗的资料。

一、放射治疗

放射治疗的原理就是利用高能量放射线阻止癌细胞分裂和生长。通常用两种方法施行：其一，在体外利用仪器发出放射线；其二，在体内放置放射性物体。这些高能量放射线能将在射线范围内的细胞毁灭。由于癌细胞对放射线十分敏感，所以它们会比正常细胞先受破坏。

我患的是乳腺癌，手术割除肿瘤后，再接受放射线治疗，因为没有任何外科医生敢说在手术时已把肿瘤和癌细胞全部割除，事实上，癌细胞并非肉眼所能看见。再说，因为做手术，可能惊醒了一些沉睡的癌细胞，活跃起来，于是随着淋巴腺或血管逃窜，就从原地扩散了。乳腺癌的放射治疗是在体外进行，别的癌症可能要在体内放置放射性物体。放射线是辐射线，对人体有利也有害，它当然可以毁灭癌细胞，但有时候，良好的细胞受了放射线的刺激，也有变质的可能，于是好细胞畸形发展反而变成了癌细胞，这只能看个人的造化了。

二．接受治疗前的准备

在接受放射治疗前，放射治疗专科医生会替病人详细检查，以确定癌肿的分布，及进行放射治疗图的范围。医生可能会在病人身上描绘或刺上线条记号，指定接受放射治疗的位置。在完成整个治疗程序之前，不可将这些记号洗去。

我患的是乳腺癌，所以在身上就绘了线条记号，并且做了石膏模型，制成笔架似的仪器，放在身上量度角度。那些鼻咽癌的患病者，因为要放疗的是头部，如果在脸上绘上线条，岂不像古代罪犯的刺青？病人往往每天依旧上班，总不好带一张非洲土著式的花脸。他们都由制模师配制一个透明胶模套罩在头面，记号和线条都绘在代模上。在放射治疗部，我常常看见工作人员推着一辆有轮子的双层木架，上面堆满了石膏和玻璃纤维的头部模型，一张张假面，好像这里是美术学生的画室。

　　　　　　　　　　　　哀悼乳房

三、接受治疗时该注意的事

接受放射治疗的次数，视乎癌的种类、部位及所需放射能量而定。每次治疗只需数分钟，约每星期接受二至五次，通常在几天至两个月内完成整个治疗程序。在接受放射治疗时不可移动，以确定放射线每次都能直击目标。放射治疗不会引起痛楚或其他不适。绝对要完成整个疗程，以确保疗效。

放疗师把卡纸交给我时表示，我的治疗期是三个星期。我听了感到安慰，因为阿坚的疗期是六个星期，如此类推，我的病况也许比她轻些。放疗的时间很短，分别三个部位，每次一分钟，合起来也不过三分钟。不过每天来回医院和轮候，就得花半天了。放疗必需延续几个星期的时间，完全因为不能一次接受太多放射线，否则连人都给射死了。听说有的病人怕麻烦，治疗后有多少反应，照了几次就不肯去了，等于前功尽废。

四、接受放射治疗后的反应

接受放射治疗后，病人可能会比平时更易疲倦或食欲不振，所以应该适当安排自己的活动，尽量争取休息和营养。曾经接受放射治疗的部位，皮肤可能会发红、变黑或脱皮，一如被阳光晒过一样。这是正常反应，在完成治疗后自会消失。小心保护这些皮肤部位，避免受阳光直接照射。不要让肥皂、化妆品、香水、油膏、强烈灯光或热水袋接触这些部位，直至复原。

接受放射治疗后，我的第一个反应是疲倦，这也可能是由于每天奔走医院，舟车劳顿。于是我尽量争取休息，除了早上去打太极拳，每天吃两顿饭，其余的时间都睡觉。接受治疗的部位，起初也没什么，不痛不痒，后来才渐渐发红变黑。颜色的消失也需要很长的时间。当然，我洗澡时又有了困难，整个前胸不能涂肥皂，也不能淋水，一则怕皮肤受伤，二来也怕把线条抹去。前胸的位置因为有衣服遮蔽，可以避过阳光的直接照射，至于鼻咽癌的病者，可能要撑一把伞才好。他们当然不适宜用化妆品。阿坚告诉我，她的妹妹因为皮肤发痒，竟去涂些油膏，结果引起不良反应，得由医生替她治理，添多不少麻烦。

五、饮食

接受放射治疗的病人应注意饮食营养，以补充体力和修复破坏的细胞。食物应包括：

含丰富蛋白质的食物，如鸡、鱼、蛋和奶类；

含高热量的食物，如葡萄糖、蜜糖、果酱、甜品；

水果和蔬菜；

大量流质。

如果胃口不佳，可以试试以下的方法：

稍饿即食；

多餐少食；

尝试不同食谱；

与家人及朋友一起进食；

进食时听音乐、听收音机或看电视。

　　　　　　　　　　　　　　　　哀悼乳房

第一次放疗那天，放疗师还给了我一张药单，叫我到药房去配药，我当然知道会得到些什么，因为阿坚早已告诉我了。其实不是药，一包是维生素C，一包是维生素B，另外一大包则是相当于一个大罐头分量的一千克重营养奶粉。放疗后，我的胃口幸而没有减弱，吞食也没有困难，可能因为颈项的部位没有接受放射治疗。阿坚说她的治疗部位到达下巴，可能影响食道，所以吃东西有时感觉困难。我有过胃病，一向少吃多餐，吃饭时总和家人在一起，并无孤独感。食物方面，我一看见甜品就大大高兴，不过，又怕吃多了会增胖，影响血压，不敢多吃，唯有多吃水果。

六、其他备忘

每次接受治疗前，可能要在候诊室等候，最好带备书报阅读以打发时间。不要穿着太多，衣裳以易脱为适合。

自从第一天跑医院起，我已惯于携带书本了，不过，放疗那些日子，身子有点疲倦，所以不再看书，带着随身听可以听电台，也可以听录音带。听钢琴奏鸣曲最好了，尤其是莫扎特，旋律优美，又从容愉快，也带轻淡的愁思。至于衣服，虽说是十一月，天气还暖和，但地库有空调，而且特别冷，我总得穿一件布衬衫，多加一件风衣，在放射治疗室内，在床上，我仍可以把风衣盖在腰以下的部位保暖。放疗那段日子里，手术后的伤口忽然排斥所有的衣物，单单穿一件棉背心，也不行，伤口隐隐如受刷子摩擦，只穿布衬衫，仍不行，胸罩当然无法穿，结果想到一个权宜之法试试，把半截丝绸的衬裙穿在上身，橡筋的位置贴在腋下，居然生效。于是每天穿条底裙在上半身，到了医院，进洗手间去更换，穿在下半身，放疗完毕，再去掉转。幸而过了不久，伤口不再排斥任何布料，否则就要去特别缝制丝绸的背心当内衣。

* * *

每天到医院接受放射治疗，因为天天见到同一些人，渐渐就熟了，大家你看看我，我看看你。起先是点点头说早安，后来就坐在一起倾谈。那次在电脑扫描室门外见到的李萍，如今又见面了，她就是不时要我为她大声翻译的妇人。我们谈话的第一句几乎一成不变：怎么发现的？原来和我一样，李萍也是自己在洗澡时随意抚摸发现了橘子那么大的肿块，也是进私立医院去割治，再到公立医院来放疗。用掉一万多元，输了一袋血，她说。李萍的年纪比我大一点，人倒很精神，总是自己一个人来，穿一件敞领的衬衫，露出颈际红蓝色的设计线条，并没有用什么围巾遮住。除了第二号机，李萍放疗完了还要照第三号机，这情况和阿坚相同，我比较幸运，不必再照第三号机。里面是怎样的一台机器？无法知道了。我和李萍只谈了三次话，因为上午轮候的人多，把我调到下午去。这么一来，我可以每天张罗了母亲的午饭，洗罢碗碟才起程。母亲总是幽幽地埋怨：我年纪大，身体又不好，你为什么不在家里多陪陪我，还要每天上街去。

下午到放疗部，我就遇见胡文娟和庄淑敏了，我们也在电

　　　　　　　　　　　　　　哀悼乳房

脑扫描室外曾碰过头。庄淑敏没有和我说话，她总是自己带了书来看。在放疗部，她一直给我一种惊艳的感觉，因为她每次出现，一定穿得非常整齐漂亮，有时是花布长裙子，有时是笔挺的西装裤，颜色配搭悦目和谐，卷曲的长发披垂肩上。放疗部有空调，她就把一件毛衣搭在肩头。所有到这里来的病人都垂头丧气，衣着灰暗，甚至有点破烂，只有庄淑敏，使整个放疗部都光辉明亮起来。她好像不是来接受放疗，而是来参加舞会。她很年轻，看来只有二十岁，很清爽的女孩子，患了什么病？但我很佩服她，她仿佛根本没有任何病。

胡文娟和我同组，也是编在第二号机，有时候，还是先后的次序。好几次，她进放疗室去了，到了第三段疗治的时刻，放疗师就唤我的名字，叫我在门外等候。有一次我走进放疗室，她才从床上起来，走到屏风后穿衣，虽然她披着医院的布幅，但我看见她的一侧前胸，贴着厚厚的纱布。难道手术后还没有拆去胶布么？如果是的，并不可以这么早接受放疗哩。胡文娟一直独往独来，走起路来轻快利落，腰背挺正，哪里像有病。

和胡文娟天天见面，终于又坐在一起交谈起来。怎么发现的？还是同一的第一个问题。她说是发现胸前长了个肿瘤，去看医生；检查之后，知道是恶性瘤。那是九年前的事，那时候她已经六十多岁。年纪那么大，她决定不做手术，于是一直拖。九年后，肿瘤溃烂了，流出水来，只好再来看医生，接受放射治疗。有好几次放疗以后，她还要找护士替她换纱布。真奇怪，有的人发现了肿瘤，又做手术，又接受放疗，仍然在一两年后病故，而有人对肿瘤不理不睬，居然活了许多年。胡文娟是个个性倔强的人吧，七十多岁，每天到医院来，医生本来劝她住院，她不肯，说是病床珍贵，不好占用，一天不过花一二小时来治疗，宁愿天天来。她住在沙田，乘车之外，还要走一段路。这是另一个使我佩服的女子。

此外碰上一个病人王芳，问起来才知道她患癌症已经十四年了，也是胸前长出一个肿块，手术割除后，医生说可以不用放疗，她决定不放疗，果然没事，但过了十四年，伤口发痒，又发作了，只好来看医生，疗程是十五天。和王芳聊天的那日，刚好是她第十五天疗程的日子，大伙儿都替她高兴，哪知疗后去见医生，说是要再补疗一个星期，叫人沮丧。我们也隐隐有点自危的样子。后来我没有再见她，因为她给调到上午去接受治疗了。

我总是准时两点半到放疗部，大约四点可以离开。可是有时也会轮很久，有一次直等到五点才进去放疗，连放疗师的下班时间也剥夺了。那次整个放疗部只剩下我和庄淑敏二人，她是第一号机，所以不知道谁会快些。结果是她那部机快些。我坐在控制室外的长椅上，抬头侧望可以看见控制室的电视传真，放疗室内正躺着一名男子，头上戴了玻璃纤维的面罩，他那模样，使我想起埃及的法老图腾卡门。如果我起来走走，到第一号机的控制室外观看，也可以看见电视传真里庄淑敏在放射室里的情况，她患的是乳癌么？子宫瘤，还是别的？我决定还是不要看，觉得这是不道德的事。

不知是心理作用还是事实如此，控制室的放疗师，面色都

　　　　　　　　　　　哀悼乳房

是苍白的，尤其是第二号机的那名女子，脸色简直灰黑。长期担任放射工作，对她的健康可有影响？听说干这行的，每几个月就要放假休息，或者转换部门，但没有了他们这些专业的放疗师，肿瘤病人可又惨了。他们的态度一直极好，对病人也很关心，有时问我一个人在大房间内怕不怕，要不要人陪？有时是男的放疗师进来，问我是否要有女的放疗师在旁。放疗部大堂的墙上有一个壁报栏，上面挂满了圣诞卡，都是病人寄来的感激信，谢谢医生、护士和放疗师，他们受之无愧。

放疗师都把我们病人当小孩子般呵护，我躺在床上让他们测量放射的位置时，还和他们聊天哩，比如说：

王子会到这里来参观么？

他到这里来干什么？

这可是以他命名的医院呀。

他是查尔斯王子。

也就是威尔斯亲王呀。

威尔斯亲王没有到沙田公立医院来。的确，这医院也没有什么好参观，又不是新落成需要剪彩，建筑也没有特别的地方。王子喜欢研究建筑，到乡村去看中国的古老房子去了。至于那个像大浴场似的文化中心，他去主持揭幕礼，不知会不会批评一二句。现代王子的身份其实很尴尬，他们既没有火龙可屠，没有公主要救，也没有王位需争，结果总予人乏味、无聊的错觉。他们的婚姻状况反而成为传媒焦点。查尔斯王子研究建筑，甚至对古堡的幽灵产生兴趣，俨如"捉鬼敢死队"队员，他在无意识里是否在追寻那隐蔽的火龙，自己那失去的象征？当年郑庄公的故事毋宁是外国芸芸王子童话的变奏，这个中国版要复杂世故得多。郑庄公因为寤生而为母亲不喜，母亲企图逆转他的储君身份，由弟弟取代。他终于排除困难，登了位，于是伺机对付母弟。弟弟当然是火龙了，是他通往大团圆的路障。他巧心安排，让弟弟确切露出龙尾巴才一举加以消灭。他的公主呢？变为隔居悔悟的母亲（这方面，他是否有"恋母情结"，得由深研弗洛伊德的文评家去论证了）。然后，许多年后，我则几乎只记得他的宽厚变通，既守君主的诺言，又能曲尽孝道：挖通地道，接回母亲。外国的王子攀登古堡，他则下临地穴。这个通向母亲的地穴，又会引起心理文评家多少联想？在君位牢靠之后，"他们从此愉快地生活"。两美俱存，他成为名实相副的君主了。

查尔斯王子没有下临以他命名的医院，他大抵已忘记了有这么的一个地方，何况，这里又没闹鬼。（这是好医院，没有冤魂吧？）王子不来，也是好事，因为凡是什么高官显要到政府部门参观，整个机构的员工就发愁了，又要筹备，又要粉饰，劳民伤财，却未必与市民有关。王子不到医院，可能另有原因：这一阵，医务人员正在采取工业行动，墙壁上贴满了标语，护理人员按章工作，迹近半罢工。我起初不免担忧，如果放疗师心情不好，工作散漫，我们的性命岂非可悲？事实上这担忧是多余的，他们一点也没有放松工作。

王子不来。放射治疗部却来了整整一队人马，原来是新毕业的护士，由导师和部门的人员带领，沿着地库的长廊走来了，导师一路讲述，还一起进放射治疗室去看操作。这时候，本来该是我躺在室内的床上，可是刚巧这天放疗师先编排鼻咽癌的病人，再轮乳腺癌的女子，所以把我押后，不然的话，就有二三十人来看我裸着上半身躺在放疗室里。结果，则是我坐在走廊的长椅上，看着他们有男有女，大部分是活泼的少女。对于乳房的肿瘤，她们知道多少？他们说说笑笑经过的这个地方，是我们多么害怕的精神炼狱。

肝胆相照

接受放射治疗后的一个星期，我已经给调到下午一组的时间去；不过，这天早上，我又到医院来了，因为是接受超音波诊断腹腔和盆腔的日子，排期比骨骼素描造影要迟，相距整整半个月，当然是轮候的人太多。我在早一天和放疗组的人员讲好了，既然上午到医院来，那么把这天的治疗也改在上午，做完超音波检验就下地库来，不然的话，上午下午都上医院，路途太远，也太辛苦。谁煮饭给母亲吃呢？

骨骼素描和超音波检查几乎是和病人开玩笑的两个游戏：前者要病人喝许多水，洗清肠胃，然后把水排除，一点不留；后者则同样必须喝许多水，但得把水留在腹腔，让肚子胀满水，少一点也不行。比较起来，当然是后者更加困难，喝许多水，却不许小便，太难了，如果忍不住，岂不尴尬？照超音波，事前也派了一页纸叫我们注意：

检验前十二小时禁止进食脂肪食物（包括牛奶）；

检验日的早餐可吃无脂肪流质食物，如白粥；

检验前可多喝清茶或开水，以保持膀胱胀满，这样对盆腔检验尤其需要。

另外两项是儿科病人应有家人陪同，但并不是必要；以及如要更改或取消预约时间，请尽早致电通知。这些我都不必理会。我的早餐，一直是牛奶，既然不准喝牛奶，于是一早去店里买了碗白粥，稀稀的粥水，吃了根本不饱。出门上医院时，又去买一碗，提着上公共汽车，差不多到医院时，在车上喝了一半，到得医院门口，把余下的喝掉。我想，这样子我就不会饿昏了。因为我不经饿，胃又不好，没有东西下肚，胃就会作反。

我又带了一公升水。每次上医院，路途遥远，我总带了各种各样的东西，简直像远足。超音波检验室在X光部，从照肺的大堂转入长廊就是；因为照过了骨骼，电脑扫描，对这地方已经很熟。更衣也特别快，就坐在长椅上等。照超音波其实是很快的，但因为并非每个病者肚内的水分恰到好处，有的人给叫出来再喝水，往往半小时才完成一个检验，所以总要等。轮到我时，竟已十一时，护士呼唤我的名字时，我连忙喝水，不敢早喝，怕喝多了忍不住要上厕所，于是在十多分钟内喝掉一公升水，肚子胀得再也受不了。

超音波检验室不大，不过刚放得下一张床，连接床边一座小小的电视机，病人腹内的情况就由荧幕显现出光波来。我又和光打交道了，照肺的闪光、扫描的看不见的光、放疗的红色射线光，如今是荧光。我当然又得袒露自己；光，原就有裸露的意思。负责的人来了，另外又围着两人，可能又是实习的新手。护士先在我腹腰部位涂上牙膏般挤出来的白药膏，滑溜溜的，负责人手持一个播音器似的东西在我腹部捣。盆腔的诊断很顺利，因为我听见他对另外二人说：这正是我所要求的。讲的是英语。我猜他指的是水，我刚喝够了水，时间又拿捏得准，因为经过阿坚的指导。接着检验肝脏，这次可麻烦了，照了半天，竟照不到肝脏。负责人大概也心急了，怎么不成功？他让我转左转右，又叫我站起来，我看看荧幕，只见一把扇子式的图案闪动划动，不知就里。我所能读到的就是荧幕上有我的名字和医生的姓氏。

医生开始问我一连串问题：

> 有没有患过肝病？
>
> 有没有喝酒？
>
> 有没有做过肝手术？
>
> 有没有全身发痒？
>
> 有没有吃抗癌药？
>
> 什么时候做手术？
>
> 小便黄不黄？

我没有患过肝病，没做过肝手术，从不喝酒，乳腺肿瘤的手术是九月一日，每天吃一颗黛莫式酚；小便黄不黄，没特别注意，至于全身发痒，我是个皮肤敏感的人，常常会出些风疹块，碰上花粉、灰尘、油漆、污水，都会发痒。游泳时，海水不洁，回来双腿都红肿。我一面回答问题一面担忧，因为这是意料之外的事，其他的一切，和阿坚告诉我的都正常。

超音波检验师唠唠叨叨地讲了一大堆话，用英语对另外两个人一会儿说这个女人真奇怪，一会儿又说这个病例真困难。过一阵竟发起脾气，说怎么这么迟才来，已经放疗成这样子。这些话使我更加惊慌，太迟了吗？九月做的手术，十一月三日照超音波，太迟了么？应该先做超音波才接受放射治疗么？他说的已经放疗成这样子又是什么意思？我想我的肝脏一定发生了问题，不然，他干吗老问我和肝有关的事。有些问题，想想也奇怪，如果做过肝手术，腹部难道没有疤痕么。

我对他们说，做完超音波检验，还得到地库去接受放射治疗，时间都约好，可现在快十二点，放疗师不知道我还留在楼上哩。于是护士给我拨了电话到放疗部，通知他们我赶不及下去，真是人算不如天算，这天的放疗，又改回下午两点后了。

他们要我继续喝水，护士给我三纸杯水，我全喝了。原来肚子还可以装水。于是躺下来再照，结果也许照到了，医生拍拍手离开，我想追问也来不及。荧光幕又看不见。护士给我一张纸，叫我抹掉身上的油脂，更衣出外。一张纸根本抹不掉那么多油脂，当然全黏在我的衣服上了。坐在门外的人，轮候了比平常更多的时间，因为我出来时已是十二时整。

两个小时，我赶不及往返，只好留在医院的饭堂吃饭，并且打电话回家，请母亲自己张罗一顿，等我回去再说，家中干粮什么的一直都多，相信将就可以应付。我并没有吃饭，一直想着我的肝不知发生了什么事，一点胃口也没有，可是我不能不吃东西，一来胃会痛，二来也许会昏倒。从早上起，我只喝过两碗稀粥，又灌了许多水，接连上了好几次厕所。我在餐室买了份三明治，走到花园来。十一月的天气仍然暖和，阳光晒在身上非常舒服，接受放射治疗的人不该晒太阳，隔着衣服可能也不好，于是我坐到凉亭里去，一面吃三明治一面看四周的人。一位护士在看书，几位医生朝宿舍的方向走去。花园很静，清洁、整齐、宽敞，花不多，但一片青绿，想想许多年前，在公园里喂麻雀吃樱桃，那是多么快乐的日子，如今却忧伤地坐在这里。我抬头仰望医院的楼房，这是人们既爱又恨的地方，我怕上医院，但又不得不来。我把背囊枕在头上，闭眼休息一会，心却是醒的。

我这天的心情本来很好，晚上翻书，看到庄信正的《异乡人语》，其中一篇讲《文学与电影》，说到苏联导演爱森斯坦，大概是第一个（一九二九年）指出《包法利夫人》第二部第八章那节令人折服的文字使用了电影手法的人。文章引了那段农业展览会的经典场景，农展会的达官贵人的说话和场边一对情人的喁喁细语，交错穿插，同时进行，译得清清楚楚，标点符号完全依照原著，把福楼拜的意思翻了出来。竟是这本书，使我高兴莫名，为什么真正从事文学作品的译者反而没翻出这层意思？我想，大概是他们没有想到电影的手法上去吧。

刚才在超音波检验室外，我也读了一些有趣文章的段落，叫《外国名作家收到的退稿信》，英国作家吉卜林的退稿信上写着：很抱歉，吉卜林先生，您根本不知道怎样使用英语写作。美国作家麦尔维尔作品《白鲸》的退稿信是：十分遗憾，我等一致反对出版尊作，因为此小说根本不可能赢得广大青少年读者的青睐；作品又臭又长，徒有其名而已。他的同胞约翰·多斯·帕索斯《伟大的日子》的退稿信是：我对书中那些与情节无甚关联的细节描写深恶痛绝。德国作家格拉斯的《锡鼓》的退稿信则是：此小说根本不可能译成别国文字出版。医院可也有这么一个把病人请退的部门：很抱歉，阁下的肝不能翻成可以解读的超音波……？

两点钟了，我看见白衣、蓝衣、红衣的护士三三两两从宿舍的方向走来，又去上班。我也起步进入地库的大堂，却看见为我设计图形的医生，忽然唤了他一声，他停下了脚步，我说：可以见见你吗？他迟疑了一阵，看看手表说，下午有事哩。我也不再说话。来医院久了，也明白了些医生的工作，他们似乎整日工作不停，比如说这位医生，既在肿瘤科的诊症室，又在设计部替病人设计治疗图形部位，骨骼检验、电脑扫描时，他每次都出现，可见工作的繁忙。也许还得开会，而这个时期，还是按章工作的日子。

经过设计部的走廊，在石膏模型室门外的壁架上，我取下一页一直不想触碰的单张，触目是"善终服务"四个大字。纸是印给病者的家人看的，告诉他们该如何对待晚期的病者，使他们平和安宁地离世。我却是自己取看，愈看愈难过。晚期癌症病人当然不用上这里来了，而是转到另一所医院，那里也是癌症研究中心之一。早一阵，那医院出了一则新闻，两户人家，亲人离世，可把尸体对调取错，下葬了。别的人看看也许

　　　　　　　　　　　　　　哀悼乳房

觉得这是趣事，然而我注意的却是：南朗医院，病殁的人五十多岁，患的是乳腺癌。朋友安慰我说，发现时已是末期，所以救不及了。

我循例做了放射治疗。我到得早，以为可以早走，哪知放疗师对我说，今天轮到我去看医生。这时我才知道，凡接受放疗的，每星期要见医生一次，让医生看看放疗的情况，有没有不良反应，或者有没有出错。如果情况不好，得停一个时期。病人其实也可以在放疗期间要求见医生，放疗部的诊症室每天有两位医生当值。胡文娟就去见过医生，因为她的肿瘤溃烂，不断流血水，需要换纱布。我现在才想起刚才那位医生拒绝我的原因了，两点钟是他上班工作的时间，而放疗部每天有医生当值，我可以去见他们。

我手握自己的病历档案文件夹，坐在诊症室门外等。不久就见到医生了，原来是常常在我们面前经过的跛足医生。他患了什么病？小儿麻痹？医生也是人，医生当然也会生病。医生问我情况如何，我说很好，没有不良反应，只是疲倦。他说这是正常的。我告诉他上午做超音波，好像肝有事，报告不知怎样。他说检验报告没有这么快出来。我最关心的问题出来了：如果扩散到肝，是不是很麻烦？他说，是的；不过，可以打针。医生很好，尽量安慰病人，但我知道，肝有事就麻烦了。

这天回家，不知道是心理作用还是别的，隐隐觉得腰痛，于是，星期一早早就到医院去，放疗师说，呀，你怎么这么早就来了。我说，我不舒服，想见医生。于是又拿病历档案去排队。医生问我什么事，我说腰不舒服，他说睡觉痛不痛，我说不。他说那没事。我说担心肝，他替我抽一筒血去化验。

我心里还是忐忑不安，到外科医生那里去复诊，告诉他超音波的事。他说，超音波不一定准，负责的人必需技术很好才行。他认识许多医生；我举出医生的名字，他说是以前的同学，至于超音波的负责人，还是他以前的助手。医生替我检查，叫我不要担心，肝脏即使有事，也不会失踪，如果癌细胞扩散，只会发大；不过，他说我的肝脏比常人小一点。小一点有问题吗？大小没问题，够用就行了。公立医院也没有电话来叫我去见医生，肝脏大概是没事的。可能我那天白粥喝得太多，做超音波时，把肝遮掩了吧。许多天的忧愁终于消散了。

常常自诩在这个世界上，我非常富裕，因为有肝胆相照的朋友。说来好笑，活了一辈子，原来一直不知道肝胆在身体的什么地方，只知道在体腔内部，心、肺和肚肠以外的位置，直到去照超音波，才知道身体右方腰部附近是肝的所在，而肝和胆几乎是相连的。它们那么邻近相靠，真像照镜子一般可以互相映衬。当然，肝要比胆大得多。那是指体积，可有许多人，以精神面貌来衡量，胆又比肝大得多。如今我知道肝和胆在哪里了，说起肝胆相照，不再会变成自己写给自己看的密码。

　　　　　　　　　　　　　　　　　　哀悼乳房

湘莲

夕阳斜　晚风飘

大家来唱采莲谣

红花艳　白花娇

背面香风暑气消

你划桨　我撑篙

欸乃一声过小桥

船行快　歌声高

采得莲花乐陶陶

　　放疗部的轮候大堂贴墙养了一大缸金鱼，六十寸的大鱼缸里，大约有二三十条金鱼，护理人员按时给它们鱼粮。金鱼的品种不一，有珠鳞、兰畴、黑珍珠，但都不是一对一对，有的只是单一条。好几条鱼游背泳了，挤在水面，翻转了背吸气，人们走近一看，它们又翻转身，若无其事。我常常以为游背泳的金鱼第二天就会失踪，可是一星期下来，它们居然仍在那里游。辐射线会影响它们么？辐射线是光，光会折射，从墙到墙，从开敞的门道、走廊，反射出来。辐射线是不是使鱼不断游背泳呢？或者，辐射线影响的是房子吧，也许这里是地库，特别潮湿，地上的胶板都弓起了背，甚至翘起来了。墙上的粉也剥落了，好几间大室已经没人办公，机器用具蒙上了白布，正在装修和粉刷。

看到金鱼缸，不知为什么想到那次的旅行。我们一群人到湖南去，行程中包括令人振奋的采莲，完全像《儿童乐园》的封面所描绘的，坐在木盆中，划到湖中心，在盛放的荷花丛穿插，看荷叶上水珠的凝聚，伸手就摘下一个莲蓬来。然而那次旅行，碰上大水，结果不能去采莲了，是这金鱼缸使我想起水和花和湘莲。那时导游说，下次再来，下次再来，一定可以采莲。如今，对于一个癌症病人，下次太遥远了，也许是遥遥无期，也许是永远不再。

金鱼缸旁有小茶几，叠着理发店杂志，因为这种杂志，一般的理发店最多：既有大开本的周刊，填满明星和名人的生活琐事和绯闻；也有小开本的月刊，以妇女为主要对象，内容是美容、时装、烹饪、健身，和几篇浪漫的爱情小说。这小小的月刊，可能也就是少女们的性教育指南吧，每期总有一辑关于性的文章，比如说：女性为何在床上说谎呢？女性的幻想，女

　　　　　　　　　　　　　哀悼乳房

性该怎样面对离婚的困扰，等等。当然，其中也有一些和生理健康有关，比如：如何过一个健康的冬天，妊娠期的不适现象，艾滋病严重威胁女性。癌症也是话题之一，好几次提到女子该如何自我检查乳房，要及早发现乳癌。文章都附一些外国妇女杂志剪下来的图片，所以，给人一个印象，这些都是遥远的外国的事。我也看过其中几篇讲乳癌的文章，心里想，是外国妇女的病，远得很呢。不过，检查乳房的图片，倒印了入脑。没想到自己偶然检查，却发现了硬块。理发店杂志对一般妇女看来也不无帮助。除了理发店，这种大大小小的杂志又出现在医务所里，我常常去看医生，发现几乎每一间诊所都有这些书本。而如今，我在医院的放疗部也见到了，都翻得破破烂烂，没了封面和封底。

　　每天和癌症患者闲谈，倒也知道了不少事情，陈萍和我一样，发现肿瘤很惊慌，立刻进私家医院割治，都花费了一万多元；至于王芳，她到公立医院诊治做手术，排期并不久，住了十天医院，出院时共付三百元。相差实在太大。王芳又说，她不用拆线，医生用的是一种特别的线，将来自然会融化。我的确知道有许多不同的缝线材料，由于医学界不断研究和发展，外科的缝线质料既有钢线、丝线、尼龙线，还有猫肠线与组织胶。后二者是从生物提炼出来的，缝在伤口上，经过一段日子，这些线和胶因为本来是生物，会逐渐和人体组织结合，成为人体的一部分；这样一来，就省掉拆线一道手续。组织胶，又叫纤维蛋白质，是从人体血液中提炼出来的物质，主要成分为纤维蛋白原。这种物质与牛的凝血酶结合后，立刻凝结成胶状，滴在伤口上，可帮助缝线愈合。

我的伤口需要拆线，黑黑粗粗硬硬的线，剪下去"格"一声会响，显然很坚实，我猜是尼龙线。伤口长，用线缝起来也许更好，不会裂开来；组织胶如果黏不牢岂非糟糕？至于王芳，不用拆线，是用猫肠线么？或是羊肠什么的动物线？动物的肚肠竟跟人浑成一体，人竟然和猫或者羊或者什么动物接合，地球村里，本是彼此依存的一体。但人，会为动物捐献自己的器官么？

放疗部除了成年人，还有小孩子。坐在走廊的长椅上，不同的人在我面前经过：工作人员捧着病人的档案文件夹，职员推来摆满石膏头像、玻璃面罩的模型，女工推过一张病床，两名男工把病床推进放疗室，医生进诊症室，护士在两间诊症室中间的工作房中呼唤病人的名字，放疗师开关通道的栅闸，病人进来，病人离开。有两个小孩每天必到，大约七八岁，头发都秃落了，坐在轮椅上，戴上口罩。他们可以自己走动，由母亲陪着，谈些儿童的话。他们患了血癌，一直要打针。打了针，相信很辛苦，两个小小的秃头，见了令人难过。

地库登记处的窗玻璃上贴了好几张通告，有的写"在此排队"，有的写"某月某日是公众假期"，对面墙上是一幅很大的海报，写着"癌症愈早发觉，愈能治好"。说得好，但怎样发觉？可能是针对那些从不理会自己健康，小事当没事，以及讳疾忌医的人吧。玻璃上贴着一张小纸，我第一次来就注意了，心里颇有点纳罕，那是一页出让假发的字条，说什么人需要购买假发的话可以和该处联络。谁需要假发？不用说，当然是肿瘤科的病人，特别是那些需要化学治疗的病人，由于针药的反应，头发会脱落。

放疗部一直有些头戴帽子的男子出现，我第一次到设计部来已经见到他们，第一个感觉是这里真像片场。在片场，什么导演、副导演都爱戴一顶帽子；那些扮演清装的演员，自命英俊的小生，剃了头，见到记者来探访拍照，也戴上帽子。可是肿瘤部戴帽子的人是辛酸的，他们有的头发脱落，有的是头发剃短了，背后呈一奇怪的T字形，不得不掩盖起来。在放疗部，除了护士，帽子是悲哀的象征。

男子不买假发，买假发的都是女子吧，我的确也见到一名女子，头发脱落得像斗败了的秃鹰，却没有戴假发。这样子的头发，别以为可以梳一个像珍·茜宝那样短的发型。患白血病的小孩很多，他们都在大楼的病房里，我见到的只是少数。十七岁的青年也来接受放疗，那么大好的青春，他应该在学校里上课，在操场上奔跑，然而每天到医院来，正如他自己说的，也不知道什么缘故。

一名女子一直引起我的注意，每天来，皮肤很黑，爱穿黑衣服，有时是灰暗的光合花纹，远看仿佛森林中的黑豹，护士们和她挺熟，到这里来治病已有好一段日子，后来知道她患的是皮肤癌，已受控制。皮肤癌不算厉害的癌，大多能治，但

湘莲

皮肤不能多用水洗，看来是不可以游泳了。她不来接受放射治疗，只来打针，经过放疗部三部大机的房间，进入另外一间治疗室去。她很年轻，我猜她也只有二十多岁，常常戴帽子，仿佛郊游的样子，也戴太阳眼镜。

和我谈话的多半是女性，只有曹谦是男子。我和他忽然谈起话来，是因为他刚巧坐在我旁边，而这天他的心情特别轻松，六个星期的放疗尚剩下最后一天，他不但和我说话，声音很大，其实是对所有人说话。我说我不知道疗程是否完毕，因为这是第十五天了。计算日子，该是一个星期七天算一周，还是以放疗日来算呢？我不清楚。接受放疗的人，每星期一至五上医院来，周末和周日休息；不过，有时候星期六也会轮一次。

曹谦三十刚出头，家里有妻子和一个小女儿，患的是鼻咽癌，看来，癌症的发病年龄愈来愈低。他也剃了一头短发，背后成为T字，手提一个粉红色的塑料肥皂盒子，进放疗室就带着。患鼻咽癌要用肥皂或湿毛巾么？记得教书的时候，凡美术课、书法课就叫小孩子带一条湿毛巾放在肥皂盒子里，用来擦手。曹谦把盒子打开给我看，医院派发的，盒内是一块骨头似的塑料，接受放疗时，放入口中，这样就可以阻止辐射线穿透嘴的另一边。是的，我在接受放疗时，胸前做过手术的地方也要放置一块柳叶形乌贼骨头似的塑胶，刚好遮挡长长的疤痕，也是保护的作用吧，辐射线太厉害了。

护士唤我的名字了，叫我等胡文娟出来就进去，并且说十五天的疗程完毕，如果一会儿见过医生说没事，第二天可以

　　　　　　　　　　　　　哀悼乳房

不用再来。我当时的快乐简直无法形容，站在通道末端等胡文娟出来时，我朝坐在长椅上的曹谦大声喊道：十五天，明天不用来了。他也很高兴，举起右手，用手指做出V字的符号，我也举手做一个。真奇怪，在这个奇异的地方，和我分享了人世罕有的快乐，竟是这么一个第一次见面的陌生男子。我常常听到电台什么的老说分享，分享你的快乐，甚至分享你的悲哀。悲哀干吗要拿出来和人分享，可以分，但如何享？至于快乐，是糖果吗？极端的快乐原是很私人的感觉。

从放疗室出来，见过医生，第二天真的不用来了，曹谦也不用来了，迟些他会回来接受试验，因为院方会选择一些病人做试验，一批继续打针，一批不必，看看疗效如何。事实上，我进医院时也知道有不同的医治方法，有的接受放疗，有的服用药物。既然有病，帮助院方寻求治疗的方法，是我们值得出力的地方。和曹谦分手的时候，大家说一声"茶楼见"，挥手作别。我后来没有再见到他，因为复诊的时候，肿瘤科在地库，乳腺癌则在二楼，所以碰不上。相信他活得很好，因为许多鼻咽癌的病人都活得好好的。

放射治疗不痒不痛。不过，会有反应，一般会觉得疲倦，有的人会进食困难；如果疗治的是腹部，也许会腹泻。情况不同，得看各人的年龄、体格、疗程的长短。曹谦每天下午到医院来，上午仍然上班。公司也有人情味，并没有因为他患了癌而辞退他，还每天给他半天假上医院。当然人会疲倦，但他说一回家就争取休息，第二天上班就有精神了。为什么不请长假？宁愿上班，因为工作的地方人多，有事情做，不会觉得自己有病，整日

湘莲

留在家里反而沉闷，胡思乱想。他说同事们对他很好，没有人像过去对待麻风病患者那样对待他。我感到很安慰，我们这个社会，似乎比许多地方还要文明，也证明大家对癌症渐有认识，让癌病患者可以在群体中生活得一如常人，分享同样的自由。

乳腺癌的疗程到此全部完毕。如果你想知道还有什么可以帮助病者，请看第二四五页的《数学时间》。

　　　　　　　　　　　　　　哀悼乳房

须
眉

人的身体，除了毛发和指甲，任何部位和器官都会生肿瘤。胡须和眉毛，属于毛发，不受癌细胞的青睐，至于其他的骨血肌肉，都有发病的可能，即使是乳腺癌。

* * *

男子乳腺癌，比女子患病的比例少得多，占乳腺癌总数的百分之一，所以少，可能因为男子的乳腺在生理上处于不发育状态，又无乳汁，也不用饲哺婴儿。男子的乳房，只含少量的乳腺导管，不含腺泡。

* * *

原则上，男子乳腺癌也属高龄病，发病年龄平均为五十七、八岁；就诊前的病程平均为三十一个月，比女子要长。女子就诊前的病程多数平均为十六个月。时间一长，癌细胞有更多的时间繁殖、扩散，初诊时可能已有二至五厘米大小，甚至皮肤溃疡。

* * *

和女子相比，男子乳腺不发达，只有一层很薄的腺组织，一旦生癌，容易侵入皮肤、胸肌和筋膜，扩散得更快。因此，男子若患乳腺癌，疗效往往不及女子。

* * *

治疗男子乳腺癌，方法与女子相同，也采用手术割除肿瘤，辅以放射治疗和药物治疗。内分泌治疗也有效，比如用抗雌激素的药物黛莫式酚。

* * *

医学界有人认为，男子乳腺癌也由雌激素刺激所引起，不过研究的结果又发现癌瘤的发展依赖更多于雄激素，因此，内

哀悼乳房

分泌治疗用于女子可能要割除卵巢；用于男子，则采用睾丸切除手术。睾丸中产生雄激素的间质细胞对放射线不敏感，所以用放射治疗在这方面不奏效，反而是女子，则可用放射线照射卵巢。

* * *

在埃及，男子乳腺癌的发病率比其他国家高，占乳腺癌总数百分之五至六。当地居民感染血吸虫病多，慢性血吸虫病损害肝脏，使肝脏对雌激素的平衡功能减低，导致体内雌激素过多。

* * *

明代王肯堂在《疡医证治准绳》中记录了一名男子患乳腺癌的病例。据说这人因屡次参加"馆试"，考不上而闷闷不乐，因此发病。

* * *

从八〇年至八九年这十年中，香港因患乳腺癌而死亡的人有两千多人，其中女性占两千四百人，男性十九人。一九八九年，发现患乳腺癌的女性共三百人，我是其中之一。目前，香港仍有患乳腺癌的男子，其中一人最近接受电视的采访，今年七十六岁，八年前患病，当时并无肿瘤，只觉前胸发痒，乳头流出血来。

怎样抗癌？预防胜于治疗，一旦患上，只好开战了。还记得第一六三页的《反击战》么？

　　　　　　　　　　　　　哀悼乳房

东厂

　　周作人的文章曾谈到死法，统计世间死法共两大类，一是寿终正寝，一是死于非命。前者又分三种：有的是老熟，灯尽油干；有的是猝毙，因属于内科，外面看不出痕迹；有的是病故，说起来似乎和善，其实是病菌，用种种凶恶手段，谋害人命，快的一两天还算慈悲，有些简直是长期的拷打，与"东厂"不相上下。

　　患了癌症，那可的确是给东厂捕去了。知道长了恶性肿瘤，当然震惊，不知情况如何，早期还是晚期？有没有转移扩散？能否活上三个月至半年？一切都不清楚，精神异常痛苦，除非整个脑袋麻醉，否则无法驱除悬念。手术割除肿瘤以后，人倒精神起来，伤口迅速恢复，心情也渐渐开朗，身体并无痛楚，一如任何健康的人一样。于是去看电影，听音乐，逛书店，上拱廊街走来走去，真是一段黄金日子。

然而经过放疗，人就虚弱下来。难怪有人认为放疗的过程和后遗症比肿瘤本身更可怕。有些人放疗做了一半竟不肯上医院去，于是前功尽废。遇见一位病人，服用两年黛莫式酚，忽然遍体长出风疹块，痒得无法抵受，于是不吃药，宁愿死。复诊时对我们说，这次一定给医生责骂，可不管了，大不了就是死。我们都替她担心。结果，竟是圆满的收场，医生根本没有指责她，不过另换一种药就解决了。很多人在放疗期间很痛苦，常常恶心、呕吐、食不下咽，我非常幸运，这种情况一点也没有，只是觉得疲倦，老是躺在床上休息。

　　放疗完毕，我以为和割除肿瘤手术后一样，整个人会渐渐精力充沛起来，于是，又跟朋友们一起去看电影、听音乐。文化中心十一月揭幕，好极了，地点在九龙，离家不远，晚上吃过饭就可以去待一阵，好节目还真不少，德国歌剧团上演贝多芬的《费德里奥》是难得一见的歌剧，波士顿交响乐团有安苏菲·慕达的小提琴演奏。听音乐的确可使人忘记忧伤，而且不特别费神，因为可以什么也不做，不必翻书本，阅读文字，只需跟随音乐的翅膀飞翔。平日我八点钟睡觉，去听音乐，居然挨到十点多。音乐厅有空调，多带一件衣裳；怕肚子饿，带备一罐牛奶中场时喝。其实身体虚弱，全靠意志的支撑。

　　我忘记了休养时该做的事：不要到公众场所去。听听音乐厅里每一个乐章休止时有多少咳嗽的声音？都是患了感冒的人哩。我刚接受过放疗，体内的淋巴御林大军伤亡惨重，免疫力低，立刻染上伤风回家。于是，再也不敢上电影院和音乐厅，喝下午茶的次数也减至最低；只好留在家中听唱片，看录影带。电影节来了，一百多场电影呢，虽然预订了才五、六场，结果一场也看不成，没有办法。朋友借给我许多戏曲录影带算是这方面的补偿，这段日子几乎靠看梅兰芳度过。

我的生活简单，不用上班，时间都属于自己，每天到公园打太极拳，耍太极剑，一日三餐正常，早眠早起，又没有失眠，身体不是应该很快康复起来么？没有。放疗真是元气大伤的事，射线的杀伤力实在厉害，我一直觉得疲倦。早上精神最好，愈晚愈差，一到晚上，仿佛那些电池将尽的电动玩具，动作慢下来了；又像一个灯泡，由明亮转为昏黄。这时候，发现睡眠是治疗疲倦的最好方法，只要睡一觉，人就精神了；晚上觉得什么地方有点疼痛，一觉醒来，全会不痛。动物天生能够自疗，发现自己仍有这种能力，使我很高兴。

渐渐的，也约莫知道了身体的状况，早上精神好，晚上早休息。一定要定时进食，不可饥饿。散步最多两小时，走多路就气喘。别人伤风感冒要一个星期才好，我则要两个星期。睡觉虽然可以医治疲倦，睡多了却令人昏昏沉沉，血液呆滞。看书呢？我发觉无法再像以前那样一口气阅读数小时，最多十多分钟就得把书放下；有时候根本不能看，因为身体虚弱，眼前又冒现飞舞的黑点子。常常因为精神好了几天，误以为整个人完全康复了，其实不是。做多一点家务，立刻气喘。气喘是没办法医的，没有药可吃，只能坐在床上休息，等它渐渐消退。当然，医院里对气喘有办法，病人可以吸氧气，可一般家居，又不是长期需要，哪来氧气筒？

有一阵子，整个星期精神都很好，竟忘记不可操劳，兴匆

东厂

匆多看一点书，于是又虚弱下来。健康简直在和我捉迷藏。那次世界杯足球赛直播，我可乐了，因为身体似乎不错，于是每天晚上看球赛，看了一个月，代价可大了，因为接连病了二个月，头重脚轻，变得像个游魂。手术之后，重东西不能拿，走路要小心保护胸腔，不要和路人碰撞；放疗之后，更加不能劳累，以免气喘。事实上，我完全不能预知自己哪一天精神好，什么时候精神差，如果早上起床觉得没有什么地方疼痛，眼前没有飞舞的黑点，就像中了彩票；可这情况能维持多久，自己也无法说。上街当然不能超过三个小时，和别人聊天，面对面谈半小时已感吃力。朋友找我喝茶吃饭，也不敢预早答应，只能说到时再决定吧。

* * *

从医院放疗完毕回家，我算是个治"好了"的病人，肿瘤割除，疗程结束，医生还能为我做什么？他们可以做的是叮嘱我要按时回院复诊。第一次是两个星期后，然后是三个星期、四个星期、六个星期。一年后，八个星期才回医院一次。阿坚打电话来，她已经过了五年，每六个月才需要复诊一次，彼此都觉得欣慰。公立医院的肿瘤科很照顾病人，事实上即使没到复诊的日子，如果觉得不舒服，有什么怀疑的地方，病人可随时到肿瘤科登记，见专科的当值医生。所以，有的人又去照肺，再做骨骼扫描几次。我很幸运，没有特别不舒服，平日那些伤风感冒，看看普通医生，吃点药也好了。

每次复诊，总是排在星期四上午，九点钟登记挂号，十点钟医生就来了，共有四个医生分别诊检，大概每次都见不同的医生。我们病人各有一个档案文件夹，复诊那天，护士室里的桌上早已排列了三十多个这样的厚纸夹，除了第一次来需要验小便，以后复诊只是磅重和量血压。医生见了，总是问，觉得怎么样？我说，没事哩。这没事是手术的伤口没事、对侧的乳房没有发现肿瘤、腋下锁骨上也没有疙瘩、小便不痛、骨头不痛。其他的腰酸背疼、伤风感冒就不报告了。有时我会说，气喘哩。医生问：为什么喘呢？我说劳累就喘了。他说，那你别劳累。医生每次都在前胸区、腋侧、锁骨区和腹腔触诊，又看看手术的伤口。有时脱了衣服躺在床上，有时坐在椅子上也行。一次护士对我说，脱下衣服，躺在床上吧，胸罩也要解下。于是我知道，手术后，一样可以穿胸罩。

每次复诊，因为人多，大约要轮候两小时，这段时间内，可以做什么？我已经没有精神看文字的书，听音乐又怕耳朵塞住时听不到护士叫我的名字。于是总是坐在长椅上休息。可并不寂寞，因为总有三三两两的病人交谈，说起她们的病况、发现的情形、治疗的过程，还有许多吃喝的心得。护士室门口每次总有三四个初诊的病者坐在那里，她们看来精神极好，神采飞扬得紧。当初我岂不是那样？放疗之后，许多人都沉默了。年纪老的人尤其衰弱，走路也走不动的样子。

我没有再见到胡文娟，她怎样了？常常见到的是李萍。至于庄淑敏，见过她一次，配药的时候问她：好么？她说好。因为复诊的日子不同，循环的周期有别，所以碰不上也很自然。

我是在一次复诊中见到阿坚的，电话中提到是同一日复诊，可大家没见过面，我一直留心十点半左右到来的人。果然见到她了，瘦削的个子，牛仔裤、米白色针织衫，斜背一个手袋。她和丈夫一起来，丈夫后来坐在长椅上看报纸。我问：你是阿坚么？她说是呀。终于见到她了。她不能辨别我，因为在电话中听错了，以为我有一百五十磅重，原来是一百一十五磅。那次见面，交谈的时间不多，因为不久就进检诊室，出来的时候已经十一点多，我得赶回家给母亲做饭，就匆匆分手了。有机会再约她见面吧。

年轻的病人渐渐多起来，三、四十岁的模样，结了婚，孩子还小。她们有的仍然上班，说公司的人见了把她从头到脚打量，看看身材可有什么变化。又有一位女子，在诊检室外表演一路柔软体操，说对身体有益，她看来果然神采飞扬。几个女子谈着谈着，变得十分熟络，互相交换了电话，时而展露愉快的辞色。一个自嘲天天昏睡，像一头懒猫；但猫有九命，她强调。她们使候诊室轻松活泼。但总有人一脸愁苦：这一个提出一连串问题，吃了黛莫式酚，怎么还有月经？怎样……？另一个吞吞吐吐地说，似乎对侧的乳房又出现了肿块。大家听了，忽然都沉默起来。有的人进诊检室很久才出来；有的人按着棉花，压着抽血的针口，原来都是身陷东厂的人。

我没有和任何轮诊的人结成朋友，当然由于我比较沉默内向。一次，一位病人发现乳房有肿块，似乎颈脖、腋胁有不舒服的感觉，表演体操的女子这时大声说：啊，太迟了，发现得太迟了。我十分吃惊，她好像成为了宣判对方死刑的法官。这

　　　　　　　　　　　　　　　　　哀悼乳房

样的话，连医生也不会说。本来也想和这群活泼的年轻女子倾谈，交换一下电话，忽然就冷了一截。即使在厂狱里，大难临头，仍然有人要表演支配别人的绝活。

好几次听到年轻的女了谈到胸罩的事，提到地址，还说有特制的泳衣。我听见"泳衣"二字，眼前一亮，决定去找。商店在大厦的高层，外表看不出什么特别，只是普通的办公室，地方相当宽大，也许做的是模型什么的生意，兼出售特别的塑胶物品和药用饮料。得按电子门铃才可进入，说明来意，由一名女子带我进小室内观看。粉红色的盒子，里面装着已经倒好模型的义乳，看起来倒像街上用碗盛载的甜品钵仔糕。桃红色的模型，非常香艳的样子，触手甚厚硬，却又柔软，有动感，里面注满了硅，是一种用软胶裹着一包矽的东西。来自外国的产品，早已倒模制好，有几个尺码，适合外国人的身段吧，最小的那个对于中国人来说似乎也只适合一六〇厘米高、重五十五公斤的女子。

可以黏在身上么？不会掉下来？售货员让我试，我把它贴放胸前。拿在手上已经有点重量，贴在身上更感觉古怪，要按紧它才贴住，不像很稳固，因为它的背面和我的胸壁都呈凹形，中间的空隙，如何填补？售货员说用一个胸罩托着就行。我用的一向是没有衬托的胸罩，只是柔软舒服的布料，为这家伙就得把另一边也衬上一堆海绵？戴上义乳，把衣衫一罩，简直是别人的身材，再也不是自己了。左右不对称不去说，哪有那么惊人的曲线。我问，放在泳衣里行么？我关心的一直是泳衣。能碰水么，夏天会热么，流汗浸湿会怎样，怕不怕盐水和氯气，可不可以洗？但这些只能买了用过才知道。我有皮肤敏感症，若把手术伤口刺激出肿红溃烂，倒不是玩的。价钱也真贵，一个假乳房要一千八百元，我只好说得考虑考虑。回家的路上，总觉得那倒像我家附近一个色魔在屋子里用药水浸着一瓶一瓶从女子身上解剖下来的标本。

我把旧的泳衣翻出来，试穿，咦，居然可以，紧紧地贴着身体，又有花纹，如不招摇，没有人会注意。我终于跟着弟弟到大屿山的贝澳去度假，一个晴丽的夏日黄昏，带着一块浮板，在海中畅游了半小时。在沙滩上行走，浮板还成为我的护身盾。第二天翻报纸，才知道西贡晨泳中一名擅泳的妇人，被鲨鱼咬掉了半边身子。

* * *

这天，阿坚建议我吃龟。让我告诉你怎样吃龟，她说。当然是煮汤。一定得买上好的龟，许多龟都是冒牌的假货，买真正的龟，要金钱龟。国货公司有，旺角那边一个地方也有。现在来货少了，活的动物不容易入口，有保护动物的条例。所以，一见到好龟就买，不妨一买就半打，可以养起来，现在我家里还有好几只，你什么时候上来看看？

煮龟不难，你得先烧一锅开水，然后把龟放进去。这挺重要，龟不像鱼，不是先剖开来，得先烫。当然活生生的放进沸水去，因为这样才能放尿，才能干干净净，不然的话，憋着尿的龟有腥气，也不卫生。烫过水的龟会慢慢离壳，可以刮去皮上的黑斑，把肉剔出来剁成一小块。嗯，什么，不敢做。为什么？胆子小，别怕，如果你不会，上我家来，我教你。我常常煮龟，大约每星期吃一只。煮了龟常常和病友一起吃，约好了上我家。你什么时候也来参加？吃龟好，解毒，我们就是有毒。

我心里不免盘算，每星期吃一只，一年吃五十多只，五年下来，大约吃掉二百多只。患癌的人都找龟，金钱龟岂非愈来愈少，愈来愈贵？我是个连宰鸭杀鸡都不敢的人，叫我杀龟，一来胆小，二来于心不忍，金钱龟虽小，到底是中国人眼中灵祥的生物，幽居默默，与世无争。杀生总不好。自己的生命如今懂得珍惜，别的生命难道不可贵？何况是时刻专注的捕杀？以前译过一篇墨西哥当代作家安帕罗·达薇拉的短篇小说《美食》，描写的是一种既真又幻没写出名字的动物，长在园子里、草叶上，雨季特别多，人们一打一打买回家，因为是著名的鲜美食品。烹调的时候，工作复杂而费时，先喂以珍贵的药材净体，度过一天一夜，仔细浸洗，放进芬芳香料的水中。小说的重心在水沸的情景，锅水渐热，它们开始尖叫，像老鼠、像初生的婴孩、像蝙蝠、像被扼杀的小猫、像神经质的妇人。那叫声，永远烙在女主角的脑里，像水蛭附体，尤其是雨天，水滴拍打窗子，厨房中的锅水沸腾，她仿佛看见它们珠子般的眼睛，从眼窝中凸出来。也许是因为这篇小说，我不想煮金钱龟。

把生物放进冷水中煮，先是热，后是烫，辗转挣扎，真是天长地久逐渐加深的折磨，像癌症，可不是东厂的酷刑么？可以想象金钱龟没入水中沉重地坠跌，它也许会喊叫的吧，可谁听见呢？螃蟹也是一样，所以如今螃蟹反而吃人了。许多年前，我们在四川旅行，饭店向我们大力推荐娃娃鱼，认为是风味美食。大家进厨房瞄瞄，决定不吃，因为那是珍稀动物，叫声活像婴儿的啼哭，吃的时候不像吃人么？我决定不吃龟，我还是吃些别的食物吧，吃些不会血流成河的植物吧，吃些青菜、萝卜和五谷吧。昨天翻到一篇文章，说甲鱼、穿山甲、金钱龟根本不能防癌，甲鱼和龟肥腻，吃了对身体无益。至于穿山甲，根据研究的报告，它自己也生癌呢，泥菩萨一个，自身难保，哪能救人？

* * *

一位朋友病了。许多年前输血，染来了肝炎。医好之后，见他健康起来，也很高兴。老朋友，并不常见，以前一群人爱看电影，碰在一起谈的都是电影。最近，忽然又病了，在外国出席一个什么会，七天没有睡觉，腰痛，双脚走不成路。回来进了医院，一验竟是肝癌末期了。大家都很震惊。半年里，常常谈天说地的朋友，有两人得了癌症。我在医院做了手术、接受放疗，似乎把癌细胞控制住，可朋友呢，医生告诉大家，尽力而为。那么灿烂辉煌的年代，事业有了基础，一个幸福的家庭，然而，再过半年，他就要烟消云散了么？

朋友住在医院里，我们去探望他，他也起床走走，疲倦了就躺在床上。医生既然说尽力而为，怎能放弃，朋友也同意由气功大师来治疗。许多末期的癌症病人，当西医束手无策，据说由气功师傅治好了。又说练了气功，竟好转了。病房相当宽阔，是一人房，只见所有的窗子都紧闭，布幔也拉上，不透一点日光，满室一种奇异的药味，是特殊的艾草，到处摆满黄花。朋友的脸色略灰，身子不显瘦，已经进院三十三天。精神看来还是蛮好的。

气功大师从内地来港，最初来给朋友治病，说开始的三天不敢肯定。三天过去，说是稳定了。于是一直治理，说是共要过五关，数数第十八天、第二十四天，渐渐过了四关。医治的详情我无从得知，听说是发功治理，早晚皆来看一次，还教朋友运气。朋友全身由大师画上穴道，由妻子烧艾灸治。茶几上搁着一碗药，是大师配的处方。大师收费昂贵，我们将信将疑，都希望能把朋友医好。

探朋友的时候，气功大师刚好在座，知道我也患癌，问了我一点情况，给我若干资料：头七个月是危险期，算起来，刚好届满。然后第二个七个月是复发期，如果不发，可以安枕无忧。时间当为一年零两个月。我心里自忖，癌症基本上没有痊愈的事，尤其是乳腺癌，两年、三年、五年、七年，复发的例子多的是，十多年后还复发哩。大师的忠告还是好的，叫我别抽烟、喝酒，不可工作过劳，每天六小时睡眠。这些岂不容易，我本来不吸烟不喝酒，每天睡眠超过十小时。

大师叫我每日早午晚三次测量体温，没有低热就好。当然，不要着凉，不可站在当风的地方，香港的气候潮湿，务必保暖。他请朋友的太太找来一支温度计，立刻替我探了一次，三十六度半，很正常。医院里的温度计用塑料包着，他认为可能不准确。我回家量量，水银刚好在箭嘴的地方。大师对我的饮食下忠告：吃薏米，即薏以仁，每星期吃一次甲鱼，吃蘑菇。我本来只来探朋友的病，哪知竟像求诊，连忙打住。

大师的本领如何，我们一直满怀期望。大师单身一人在港，认为徒弟不在身边，没人帮忙，所以，最好由朋友家人申请弟子来港，合力用功治病。大师认为既然病人住在医院中，他和徒弟则可以住在朋友家中，他徒弟住宿的问题因此可以解决云云。可是，渐渐地，似乎朋友的病况又差了，那大师却说是出于朋友一次起床不小心摔了一跤的缘故。朋友不久离世，那次探望他，和他握手，竟成永诀。

城中另一名重一时的人物，也到了癌症末期，家人作最后的努力，也请一位著名气功大师治理，大师当然不同凡响，传说隔了一堵墙，用一条红绳牵引发功，仿佛月老，也不知是真是假，无论如何名人终于离世，最后的那两天，气功大师大概见事再无可为，不见了。

朋友知道我学完太极拳，认为我运动量仍不够，况且，待在家里的时候多，建议该多参加户外活动，多点群体生活。选来选去，选上一门气功。偶尔喝中国茶的一些朋友，有些也学过气功，成效显然不坏，全会站桩，还教我如何实行。于是去学，每星期一课，初级先上十二课。

气功大概和太极一般，门派种类繁多，我当然选最容易的学，教的是一种模仿白鹤飞翔的气功，由一位女师傅教授。这师傅身体健康，完全是我期望的样子，全无化妆的脸，

　　　　　　　　　　　　　　哀悼乳房

白里透红，荷花一般美丽。同学共十多人，在户内大厅里练习，因为是室内，有空调，绝不辛苦，但碰巧我是极怕冷的人，无论何时要比别人多穿一点衣衫。十二课气功下来，幸而没有感冒着凉。

我以为气功是发功的高深武艺，仿佛小说里一掌就可把棵树打倒，师傅说那可要很高的造诣才行，起初只是入门，先学学运气。刚开始的时候，仿如柔软体操，极慢极慢，我觉得和太极拳也差不多，许多手势还是一样，似乎还不及太极的浑成精巧。不过，气功教我们运气，引导体内的气从头下行到脚，又从背后溯回头顶，转一个人体的大圈。在气功课上，我们常常静默，不思不想，只跟体内的气走，完全是意志的散步。同学都说觉得有气走动，我则气定口呆，什么也不觉得。上了许多课，一气无成，除了柔软体操，静立，知道了几个穴道的名字和位置，也知道脸上有任、督二脉，气从这一脉通去那一脉，就算打通了，对于我，仍是玄之又玄。

学到一半，开始站桩，原地站立不动。一堂课一小时，站一次桩站了半小时，我可能不专心，站不出什么奥妙，同学们则身体左右前后晃动，整个人俨如受了催眠。上了一半课，许多同学回来说身体好，本来腰痛、膝盖痛、关节不舒服，减少了，更加努力。我呢，也许平日天天打太极拳，没练气功，什么感觉也没有。十二课后，第一阶段结束，第二阶段不在原址传授，要到很远的地方，我没有能力长途跋涉去参加。如何用丹田呼吸，如何运气发功的精深道行始终学不到。师傅告诉我们，学了第一阶段的气功，也可以自行练习，不过，不可站桩，因为站桩这事，要有专人在旁指导，或有人照顾，初学的人自己做，会走火入魔。于是我和气功说再见，桩既不能自己站，气又不懂运行，还是打太极拳、耍太极剑吧。

＊　＊　＊

爱猫的朋友家中发生了三件事。

第一件：家中的书堆倒塌下来了。朋友爱看书，家里的书不少，而且越积越多，就叠在书架上，一直堆叠，看来是叠到天花板上。这一天，书塔倒塌，轰的一声全倾跌下来，幸好朋友没坐在书架下，也幸好猫不在书架下，否则，那猫恐怕变成猫饼。

第二件：猫虽没被书压扁，可是病了，身体上长出了肿瘤。起初是小小的肿块，不过像颗纽扣，长在颈脖上，不止一颗。主人不以为意，当它们是普通的风疹块，可是肿块越长越大，渐渐好像小橘子。连忙带它去见兽医。医生说是肿瘤哩，做手术把肿瘤割除，对朋友说：不用化验了吧。朋友也只好点点头。猫长的是良性瘤还是恶性瘤？如果属于恶性瘤，就是癌。对于一头患癌的猫，我们可以做什么？根本没有地方替一只猫做放射治疗。朋友的猫十八岁了，据说有的猫可以活到二十五岁。不管是人还是猫，年纪一大，许多毛病也出现了。

第三件：朋友的母亲病了。八十五岁的高龄，每天还能上下楼梯，看书做饭，忽然不能下床走路。是一个健康活泼自力更生的老人，要坐轮椅，又不能做许多平日爱做的事，所以哭了。终于还是难逃厂狱。

自己家中也发生了几件事，第一件，摇头摆脑的风扇，不动了，扇叶也不动。拆开修来修去，没有办法，用了十多年，机器坏了，也许是金属疲劳。那是一把极好的风扇，风大，稳定，于是去找相类的国货，见到一把同样的牌子，说是深圳制造，看看不错，买了回家。哪知不到一月，就坏了，还冒烟哩。虽说保用一年，这么糟的风扇，保了大概也没用。于是再去找，仍找同样的牌子，可在国货公司找到了，样子漂亮许多，还以为是日本货。又碰见了好风扇，欢喜得很。很静，颜色柔和，风力强，绝不是那些虚应名目的空调辅助扇。

洗衣机又拒绝干衣了，洗了一篮衣服，湿淋淋地挤在机内，不再旋转。我没有气力拨湿重的衣服，只好换一个洗衣机。家里要换的电器还真多，熨斗一直发神经，无论怎样转钮，总是同一的温度，也会冒烟。冰箱不冒烟，冒汗，打开门来，一片漆黑，不会亮灯，要用力踢一脚才灯火通明。电视机飘雪花飘了半年。厨房的橱柜忽然倾斜了一扇门，差点掉下来，原来螺丝钉生锈，断了。钢窗生锈、墙粉剥落，十年八年的光景，铁的、木的都腐朽、破坏了，比较起来，人的皮囊反而显得耐久许多。但你不得不感慨系之，仿佛从家具的身上看见了朱自清所说的"背影"。

最严重的，还是母亲昏倒了。她不过想从床边走到椅子上坐坐，竟昏过去了，我不知如何恰巧站在她旁边，她身子一软，全身无力朝地上跌，真是千钧一发，完全是下意识的作用，我一把抱住她，总算没让她跌倒。七十多磅重的人，我以前也背过她下楼梯，可这次竟觉得她异常沉重。我把所有的气力都使出来，只能拖着她的上半身，由得她的两只脚在地上拖，一直把她拖到床边，身子先推到床上，再把两只脚抬上去。这时，定一定神，记得不可以让昏迷的人仰卧，以免一旦呕吐阻塞呼吸以致窒息，于是把母亲推起侧卧。这时她渐渐醒转。

突然昏迷，一定出了毛病，打电话召十字车，来了两个护理人员，见母亲醒了，说，医院也许不会收取留医。我说，医病要紧，不收最多回来。屋子里一股臭味，大家都知道是什么事，护理人员说，这样子送到医院，要给护士骂的，清理一下才去。说得也有道理，连忙抓几条毛巾搓了热水扭干。在床上铺上塑胶台布，提一只水桶到床前，替母亲抹洗干净，换上干净的裤子。这一阵，为避免她晚上起床进厕所，一直让她用成人纸尿布，一阵排泄，粪便倒都落在纸尿布上，没有弄脏床铺。匆匆把肮脏的衣物扔进水桶，护理人员扶她坐上轮椅，盖上毛毯，家中没有别的人，我关上门窗，锁好门，陪母亲上十字车一起到急症室求诊。

幸而急症室病人不多，很快就轮到母亲，急急替她量心脉，胸前插上管道做心电图。循例也照肺片。老人家，虽然昏迷，但如今醒了，既能说话，又没有特别的病，只是衰弱，医院大多不会收留，给些药自然打发回家。我原也这样想，因为近年来，母亲有时心跳，有时气喘，也进过几次急症室，都没有留医，只试过留院观察，三天就出院了。这一次又怎样呢？结果是留院观察，上了病房。

　　　　　　　　　　　　　　哀悼乳房

怎么这样巧，恰恰把母亲抱住了？如果站得远，母亲一定跌在地上，那么衰弱的八十高龄老人，怕不要跌断脊骨、肘骨，或者头颅撞在家具上受伤。手术之后，我一直不能提重物，又得保护胸壁，居然把这么重的一个人抬上了床，肩骨锁骨没有损伤，只能说是幸运。母亲没有病，她只是老，体内的器官逐渐衰退，像一盏油将尽的灯。病可以医，老，是谁也没有办法的事。留院三天，做了一切的检查，医院把母亲送到另一间医院去疗养，我每天去看她，见她茶几上总有一只鸡蛋，但她不喜欢吃鸡蛋。医院规定病人不准赖床，要起来坐，她一坐就脚肿，护士也让她回到床上。她每天对着一个水瓶似的壶吸氧气，氧气筒像一枚导弹，直立在她床侧；人一老，就受东厂式的酷刑了。

家庭里发生的事，自己身上发生的事，忙于应付，我几乎把外面的世界遗忘。世界上可发生了许多大事。柏林的围墙倒了，罗斯托罗波维奇在围墙下奏大提琴，少女们在围墙下把花朵送给士兵，人们把墙砖带回家留作纪念，伯恩斯坦指挥东西德的乐团演奏贝多芬的《欢乐颂》。这是多么令人鼓舞的事情，东西柏林之间，倒下了东西厂的围墙。然而中东又发生了波斯湾战争，仿佛另一次十字军东征，是基督教与回教的战争，还是中东霸权的瓜分？以色列和巴勒斯坦的纷争仍是解不开的结，以色列早已复国，但巴勒斯坦的土地在哪里？

短短的日子里，苏联这个国家忽然消失了。每天看电视，一忽儿高兴，一忽儿忧愁，不知道世界上的许多东厂是否从此灭绝，还是另起炉灶。

大夫第

　　姑姑家住的房子，名字叫做"大夫第"。我第一次去，沿着小镇的大街走，经过很长的粉白围墙，到了宽阔的大门口，退后几步，抬头看，石柱大门正中的牌匾上面写着"大夫第"三个赫赫的大字。我可不知道什么叫做大夫第，以为那是医生住的地方。我从小在大城中生活，看病都上西医的诊所，多半还是家庭医生上我们家来。不过，我看过古装的电影，戏里的人病了，就有人会说：请大夫来吧。大夫，因此在我的心目中就是医生。大夫第，岂不是医生之家么？至于两者的分别，我以为现在替人看病的叫医生，古时候替人看病的叫大夫。

　　"大夫第"是一所很大的屋子，正厅之外是厢房，厅前又有庭园，建筑的形式仿佛北京的故宫，规模比较小而已。它又像我在绍兴参观过的鲁迅故居，不过鲁迅故居给我的印象只是半座大夫第，因为那些房间都贴在墙边，而不是建在正中的轴线上。"大夫第"还有二楼，幽深的房间里很久以前还住过府第的七小姐、八小姐。我到"大夫第"游玩的时候，姑姑并不住在里面，因为抗日战争，逃避战祸，搬到离镇五里外的乡下去。我们一家也是为了逃避战争，住在姑姑家乡下的房子里，偶然才跟姑姑店铺的职员到"大夫第"玩耍。

替人看病的大夫，竟住了那么大的一所房子呀，我只知道姑父空闲的时候常常替小镇的人切脉看病，还赠送药材。近后花园的一间厢房里，停厝了一副棺木，更使我以为这里当然就是医生给人治病的地方，病人一旦死去就抬到后院来。但这些情形，我始终没有看见，因为我所游览的"大夫第"当时已无人迹，只有大门上住了看守房子的伯伯，唯一充满生活气息的只是廊下大水缸里养的金鱼。厢房曾经辟为书室，让孩子们来读书，我也一个不见。许多年后，才弄清楚"大夫第"不是医馆，而是官邸。

姑丈的祖父辈是当官的，但这"大夫第"的兴建，似乎是拜二名女子所赐，就是当地人辗转口传的七太太和八太太。两位闺阁中的千金，出嫁之后，仍回到父家来居住，这是当地的风俗。而她们的地位，不久之后竟提升了许多，因为她们都当了母亲，怀孕生子，被朝廷选中到宫廷当乳母去了。不知乳大了哪位阿哥和格格，得了无数赏赐，衣锦还乡，住在"大夫第"里，更加不上夫家去。有人说"大夫第"是因为她们才建起来的，两名家族中显赫的女子，受到普遍的尊敬和罕有的甚至比须眉男子还高的社会地位，只由于长了丰富乳汁的乳房。

姑父从来没有给我看过病，事实上，从小到大，我也没有看

　　　　　　　　　　　　哀悼乳房

过中医。不过是些伤风感冒，去看西医，循例拿些药水药丸回家，不消几天，人又精神了；也许不用吃药，身体自有抵抗能力，自自然然会恢复。反而是母亲，常常去看中医，把把脉，买了药材回来，仔细看，仿佛数金戒子似的，然后放在炉上的锅子里煎，满屋子弥漫着草药的气味。这种气味竟闻了许多年。

有一年，父亲说身体不舒服，腰痛，到公司的福利部去看医生，医生一看，说是肾石，要开刀做手术取掉石头。父亲很担心，那个年代对一般人来说，开刀是不得了的大事，性命攸关。当然整天在家发愁。于是母亲说，何不看看中医呢。她常常看的中医就很好，许多人都去找他治病。父亲从来不看中医，想想也就去试试。中医年纪很大，一头白发，是位老医师，和别的中医一样，坐在窄小的药铺子的一个角落，摆张写字桌，放上些笔墨纸笺，旁边一张椅子，就是医馆了。老医师的医馆甚至不在药材铺里，而是应街坊福利会的聘请，摆设在观音庙旁边，灰灰暗暗破茅屋似的草庐内。老医师看了父亲的病，说肾石可以不用做手术，吃药就行。开了药方，父亲吃了两剂，泻下了石子，痊愈了。

年老的医师，如果还活着，也超过一百岁，到哪里去找这样的医师呢？中国的医学史，也有上千年的辉煌历史，曹操的头风、关羽的疗骨；华佗、扁鹊、李时珍，无一不是响当当的名字，还有针灸和中草药的疗效，但是，到哪里去看中医？在我如今居住的城市，中医是没有地位的，医术的资格不被承认，他们只能寄生在中药店里。挂招牌的医务所，都是西医的名字，一列白底黑字，写着什么什么毕业生，主修什么科，哪里留学回来，得过什么头衔，考过什么试，当然更重要的是正式取得政府的行医牌照。于是病人心安理得到他们那里去求医。

然而中医却不一样，即使有天大的本领，也没有正式的资格，只像江湖郎中一般，谁是良医谁是江湖骗子，没有准则，只有碰运气。这一阵，我常常经过药材铺子，闻着草药的香味，想想西医似乎有点霸道，一副杀戮屠场的样子，中药则显得王道得多。西医要治的是你的病，他们见瘤割瘤、见肿切肿，总是把一个人的内脏翻开来，缝缝切切，病治完了，他们的工作也就完了。中医可不是这样子，他们用消解的方法，把结聚的打散，把堵塞的疏通，他们注意的是你整个的身体，慢慢帮你调理，使你恢复健康。

经过药材铺子，老是想进去坐坐，让老医师帮我调理自己虚弱的体质，然而每一次都止步了。进哪一间药材铺去？哪一个才是好的医师？消费者委员会告诉我们许多事情，哪一个冷气机的牌子性能好，哪一种玩具的噪音分贝过高不适宜小孩的耳朵，哪一个婴儿床不合标准会使小孩跌下地，哪一种万能插头不安全会漏电。可谁告诉我哪一个中医可靠？能够设立一间中医院就好了，一间像公立医院那样的大医院，里面都是中医诊治，吃中药，做针灸；那么，人们就可以自由选择看西医还是看中医。

如今当我们提到唐代辉煌的文化，我们总是说，那是诗歌的黄金时代。事实上，唐代还有别的成就，比如说：医学。那真是令人吃惊的成绩，此起诗来，毫不逊色；但中国人一直重视文学，轻视科学，诗的名气才高于医学。公元七世纪的时候，唐高祖武德已在京都长安建立了"太医署"，这是沿继隋代由国家举办的正式医科学校，设备比隋代更完善，太医署分为医学和药学两部分，医学部设四大科，即医科、针科、按摩科和咒禁科。

在唐代，政教是分不开的，咒禁科如今看来十分有趣，当时却态度严肃，既有道教也有佛教的咒禁，病人要禁食荤腥，斋戒于作法的坛场，然后才可接受咒术禁，驱除邪厉。唐代的按摩能治八种疾病，并且还能进行接骨；至于针科，当然就是针灸。针灸和按摩到如今还有医师常用来为人治病强身。

医学部四大科中最主要的是医科，师生人数也最多，算起来有医师、医工、医生、典药师、医博士和医助教，共一百六十四人。医科学生入学后，由博士和助教教授他们基本课程，学习经典的著作如《素问》、《脉经》和《甲乙经》等，然后再分别专业学习。医学部分为五科，体疗（即内科）、疮肿（即外科）、少小（即儿科）、耳目口齿（即五官科）及角法（一种外治法）。如今医学院的学生要学多少年？香港的医学院学生学五年，美国和德国是七年。唐代的体疗科也要学七年，少小及疮肿五年，其他学两年。学生要不断接受考试，几乎每月、每季、每年都要考，学了九年也没有成绩，会被淘汰。学生要考试，医学老师也要考试，是把治病医好多少人写成业绩交卷，不让混饭吃的家伙误人子弟。

太医署的药学部门负责种药、采药和储藏的工作，长安城中，有三顷良田的药园一所，选平民中二十岁以下聪明能干的青年当药园生，在老师指导下种植各种药物，毕业后可升药园师。产药的地方也安置了采药师，把药材采集后进贡京都。唐代这皇家医学院规模如此壮观，真是令人惊叹。而欧洲，要到十一世纪，才由意大利成立了最早的医学校萨勒诺。中国那么辉煌的医学成就，为什么到了现代反而不受重视？我常常想，如果现在也有具规模的中医学院，而不是附属的、实验的、聊备一格的，姑且承继一下中国的医学传统，那么，就会有一批中医毕业出来，像西医一样帮助病人。

对中医中药的忽视应该是二十世纪初的事，外国科技知识的传入，凡事讲求理性的论据，使许多人尤其是知识分子都认为中国的医学是不科学的，或者因中药成效慢而形成偏见，尤其是那些学过医术的人。比如说，孙中山先生吧，他在香港大学读的是医科，尤长外科和肺病，是个不肯吃中药的人。他晚期肝癌病逝，病逝前八天才让中医诊治，一生中接受了中医三次诊查，只服了一剂中药。到了那时候，他可能相信中国医学也是有道理的吧。

鲁迅留学日本，学的也是医科，起初完全不相信中医的疗效，后来这个自己学西洋医术的人，生病后也服中药了，他在日记中就记载说："饮姜汁治胃病。因肩痛饮五加皮酒。"中国真是一个令人生气的国家，发明了许多东西，结果反被外国人加以改进利用，自己竟再也发展不出成绩来。比如说罗盘、指南针、印刷术，等等。在医学方面，大概要数种痘这件事。

种痘防天花，在我国明代已经采用，可种的不是牛痘，而是人痘，因为疫苗的来源并非从牛所得，而是从病人的躯体。

　　　　　　　　　　　　　　　哀悼乳房

那时的医师把病患儿童的稀痘浆贮在小瓷瓶内；用的时候，把痘浆染在衣服上让小孩穿，这是痘衣法，方法极为原始，应验的也不多。另外的方法是把痘疮的泡浆，用棉花蘸塞接种者的鼻孔，或用痘痂阴干研成粉末，用银管吹入鼻孔。用痘痂作疫苗来预防天花，证实有效，这种人痘接种法，也引起其他国家注意。俄国还派医生到中国来学习，随后由俄国传至土耳其、英国。英国乡村医生琴纳，到一七九六年才发明了接种牛痘预防天花。

明末清初，曾流行天花，只得一些城镇才有预防方法。当时康熙推行大规模的预防免疫活动，下令强制推广种痘，他曾以蒙古疫症为例，边外四十九旗及喀尔喀诸藩都要种痘，结果种痘的无恙。可惜，这次全国防疫大行动没有成功，因为许多人根本不肯种痘。到了二十世纪，人们才认识到种痘的好处，但这时种的却是牛痘了。有的人只信中医，有的人只信西医，康熙这个皇帝，这方面倒是个开明的人，自己研究中医中药，但也不排斥西医西药。他常常为臣下看病处方。当时，他身边西方传教士很多，他患疟疾时，法国人就献上金鸡纳霜，很快医好了病。于是他对西医的兴趣加增了，不但任命精通外科医学的传教士罗怀忠为内廷行医，任命罗德先、安泰为扈从医生，还使法国人巴多明用满文翻译法国皮理的《人体解剖学》。宫中还开辟专供传教士研制西药的实验场所。至于皇帝出巡，也带备许多盛载药物的壶瓶，随时赐给病人。

作为医生的皇帝，康熙是不错的，他的医术深得中医的精髓，即是"扶正攻邪"。不但针对病痛，还讲求调理，把病人看做一个有机体，医生要医的是人，不仅仅是病。如果能事先预防，身体健康，何必看病。比如曹雪芹的祖父那著名的江宁织造曹寅病了，患了疥疮卧床，不能上朝，二月还不好，病势危笃。康熙知道了，赐他六味地黄汤的方子，医好了。曹寅在恭谢皇帝赐药的折子上说自己本来感冒风寒，因误服人参，风寒是退了，却得了疥疮，如今天恩浩荡，蒙皇帝赐药，重赐余生。康熙皇帝何等聪明，六味地黄汤（药丸）根本不是直接治疗的，妙就妙在这皇帝医病，还认识病人的生活习惯：曹寅是个风流人物，常常流连秦楼楚馆，身体自是阴虚，地黄汤不过是治本之法。所以他叫曹寅用土茯苓代茶，这土茯苓才是利湿、祛风、解毒的药。又嘱咐警诫道："惟疥不宜服药，倘毒入内，后来恐成大麻风，症出海水之外，千方不能治。"这"症出海水之外"，其实是叫曹寅小心，戒欲为上，别染上了性病，那就没法治了。没想到康熙是这么能干的医生。不过，在政治方面，他的一句"盛世滋丁，永不加赋"，却害苦了中国。因为鼓励生孩子也不加人头税，康熙年间的人口竟达四亿，粮食的压力剧增，不得不斩折林木，开垦耕地，中国从此稳占世上四分之一的人口。去年的华东大水灾，追溯起来，正是那时种的恶果。

后现代的人患后现代的病。什么是后现代的病征？我想那是艾滋病，不是癌。癌是很古典的病。我国古代的癌，只叫做瘤，两千多年前已有记载。《黄帝内经》中就有筋瘤、肠瘤。周代设有疡医，专门治肿疡、溃疡，疡医是外科医生，掌管的就是肿瘤。《诸病源候论》对瘤的定义是"留结不散"，至于

"癌"字最早的出现，是在宋代东轩居士的《卫济宝书》中，但宋元的医师一般把癌称做岩，因为它像岩石一般凹凸不平。所以乳癌的名字只是乳岩、奶岩。中医对乳癌的成因认为是忧思郁愁、肝肾不足、热毒蕴结。据说患乳癌的人多是不快乐的，有的女子竟因丈夫另觅新欢而致病。于是，乳癌又称为妒岩。对乳癌的论述要数明代陈实功的《外科正宗》里记得最具体，还附有乳房癌图。中医把肿瘤又叫"失营"或"失荣"，因为这种病令人失去光泽而枯憔，对于患乳癌的女子来说，这真是一种失荣病，因为她们从此就失去了母性的荣耀。割去乳房可以植皮再造，如再冒险生儿育女，则对自己对下一代都没有好处。

中医怎样治肿瘤？《内经》提到的是采用消散的方法："坚者削之、结者散之、留者攻之。"华佗那时候已经采用手术割除肿瘤。当今中医对乳癌的治理其实也配合了西医的方法，同样进行割除手术、放疗、化疗、内分泌控制和免疫疗法。大陆有些医院也用中药来疗病，手术后一周开始服用，三年内每日一剂，据说也有成效。

我家楼下附近，因为有个菜市场，终日人来人往，热闹得很，各种各样的店铺开得像雨后的笋。奇怪的是，店虽多，类别并不广，常常是同一类的店聚在一起，比如杂货店，有两家；面包店，三家；最多的竟是药材店，不到三十步路，竟有四家。开在横街小巷的店铺自有地方风采，总有许多货物堆到门口来。我们每天经过，只有半条行人路可以走，其他的地方，都给花旗参、金针菜、红豆绿豆、冬菇、章鱼干等等食物霸占了。

几间药材铺子，兼卖中西药，整间店灯火通明，没有传统药店的典雅幽静芬芳，也看不见古老的满墙抽屉。店中挂着牌子，有成药部、中药部、参茸部、海味部，那么小小的地方，倒似几层楼的百货公司，还分部门。药材铺当然也卖化妆品，仿佛杂货店。不过，它们仍保留了中药店的传统，店内有一名中医驻诊。一张写字桌，塞在店内的角落，那就是中医的位置。我经过药材铺，常常看看那是怎样的医生，有的年老，有的年轻。这间写着广州中医全日驻诊，那间写着免收诊金、免费煎药，另一间则挂着国内新法中医的招牌。什么是新法中医？谁的医术更高明？真使我们困惑。

　　说中医注重个人的调理，好像西医就把人体完全当做别的东西似的，因为西医说的是细菌、病毒、神经、体液、生物电、组织、器官、系统，而中医说的是经络、阴阳、气、脏腑。其实，西医和中医也有十分相似的地方，比如说，古代希腊的医学，也把人当做有机的整体。公元前五至六世纪的阿尔克迈翁，是希腊最早的医学家，他认为人体内有湿和干、冷和热、苦和甜的对立，如果其中一方占了优势，人就会生病。所以，要保持健康，必须使各种能力保持平衡。这不是和中医的理论十分相似么？阿尔克迈翁之后，古代出现了三个主要的医学学派，以哲学家恩培多克勒为代麦的是南意大利医派，阿尔克迈翁指出干湿冷热，他则认为有水火土气四种元素，也要求保持四者的平衡，反对头痛医头、脚痛医脚，要从整体来治病。小亚细亚南端的克尼杜医派，受传统的伊奥尼亚自然哲学的影响，也受恩培多克勒的影响，主张平衡说。希腊医学中最

　　　　　　　　　　　　　　　哀悼乳房

著名的是以"西方临床医学之父"的希波克拉底为代表的科斯医派，以经验和临床观察出发，具体分析人体的生理现象，注意食物和环境的影响，提出人体有血液、黄胆汁、黑胆汁和黏液四种体液的思想，强调研究人体生命、疾病和环境的关系。他认为人们致病的原因是不合适的自然条件和不正常的生活方式，破坏了自然的和谐和人体内部的生理平衡。

由于科技发达，如今医学上有显微镜、手术刀、X光机、超音波诊断机、放射性同位素探测、电脑扫描等等方法，可以迅速、准确、更有效地分析出致病部位，发挥药理机制，使西方医学大放异彩。其实，中医和西医是在不同的哲学思想、社会经济、科学技术的历史条件下发展出来的，显然是两种不同的体系，各有优劣，那是对人体以至对生命不同的解读。中医现代化，不是配合了科学仪器来治病么，就是值得鼓掌的突破；而西医也研究针灸和中药，正好接上了古希腊医学的优秀传统。

病了一场，我所以特别想到中医，大概和所有患癌者的心理一样，对药物和医学关注起来。此外，当然因为家庭医生移民离去，才使我觉得茫茫人海中似乎没有了援手。不过，好的西医多得很，我终于又碰上一位，人很开朗，和病人有说有笑，还常常答我的问题。我不过伤风感冒，他也替我量血压，还会把脉。我说，哎呀，西医也切脉呀，他只是笑。看了许多不同的医生，只有他对我说："别吃太多肉食。"真奇怪，他竟然像我们以前的家庭医生。于是，家族中其他成员有什么不舒服也到他那里诊治，我们似乎又有家庭医生了。

知道的事

患乳腺癌的人，可以结婚么？

当然可以。爱情超越种族、年龄、疾病、宗教的界限，只
要彼此相爱就行。

* * *

可以和患乳腺癌的人亲吻么？

当然可以，乳腺癌又不会传染。

* * *

患乳腺癌的人，可以做爱么？

也没有问题，乳癌不是艾滋病；即便是艾滋病，也可以做

妥预防的措施吧。

* * *

患乳腺癌的人，该避孕么？

最好避孕，因为怀孕期雌激素波动容易使肿瘤复发。如果癌肿未受到控制的治疗期就怀孕，会导致癌肿迅速扩散和转移。

* * *

患乳腺癌的女子，吃了药，不是停经了么？

是的，不过，有些病人并非长期吃药，吃一、二年也许就停了。

* * *

怀孕的时候，发现患了乳腺癌怎么办？

交给医生去办。肿瘤学家大多会建议她立即堕胎，然后切除乳房，接受放射治疗或化学治疗。当然也有例外，也有成功地产下儿女的例子。

* * *

有没有心理辅导机构？

外国有，香港没有。不过，可以打电话给"防癌热线"、"天使防癌会"，或写信给报章上"癌症研究协会"之类的专栏，都会有人解答有关癌症的问题。香港以外的许多城市，都有帮助病人的服务。

* * *

物理治疗做些什么？

乳房手术割除后，有的病人上肢出现水肿，影响手臂活动幅度，可以做物理治疗恢复肌肉功能。一般来说，自己多运动就行。

* * *

职业治疗是什么？

帮助病人在整个疗程中顺利度过，包括手术前的评估，订定治疗目标及程序，手术后教导病人如何防止水肿，并协助病人选购义乳。

* * *

什么时候才适合佩戴义乳？

手术的伤口完全复原，一切放射治疗的反应消失。

* * *

怎样才算治愈？

治疗后，若干年后不复发便算治愈。

* * *

为什么乳腺癌特别容易复发？

肥胖的人治疗后可能没有改变饮食的习惯，减低摄入脂肪。

* * *

其他复发的原因？

乳房的肿瘤不是原病灶。割除手术时，癌肿早已扩散或
转移。

* * *

什么叫五年生存率？

那是医学界用来比较癌病治疗方法所提供的数据。五年生

　　　　　　　　　　　　　　　　　　　　哀悼乳房

存率或十年生存率并非指癌病人只能活五年或十年。

* * *

百分之八十的五年生存率，二十年后为什么降为百分之六十五？

五十岁左右发病的人，二十年后已七十岁，身体功能衰退，并非高龄癌病人都死于癌症。

* * *

多照X光，会令人生乳腺癌么？

对身体中存有先天遗传基因的人可能会，但一般要含高度辐射量才会。

* * *

哪一种职业令男性患乳腺癌的机会增加？

电工、电话线工人或电缆工人，因为他们经常面对电磁场。

* * *

乳房出现硬块怎么样？

并非硬块就是癌瘤，一般都是良性的。应该多见一、二个医生诊治。不要用力按挤，以免激发肿瘤的变化。

＊　＊　＊

　　检查乳腺癌是性骚扰么？

　　不裸露乳房，如何检查呢？触诊是必需的。可以找女医生检查。如果是男医生，可以要求护士在场。事实上，一般男医生替女病人检验，总会有护士在旁。一则使病人安心，二来可以维护自己的声誉。

　　＊　＊　＊

　　隆胸会致癌么？

　　本来不会，但硅漏了出来，在体内有害。硅化物也会阻挡胸部的X线透视，延误发现乳癌的时效。

　　＊　＊　＊

　　末期癌症很痛楚么？

　　三分之一病人根本没有痛楚，三分之一病人有中度痛楚，三分之一人有严重程度痛楚。

　　＊　＊　＊

　　痛楚可以缓和、抑止么？

　　　　　　　　　　　　　　　　　　　　　哀悼乳房

可以。躯体的痛楚可以用止痛药，根据不同的类别用不同的药。躯体的痛楚不过是痛楚之一。

* * *

其他的是什么？

情绪的、精神的、人际关系的。这需要家属、医生、护士社会工作者，甚至牧灵工作者或义工的关怀照顾。有的人根本可以控制精神上的痛楚。

* * *

有没有例子？

心理学家弗洛伊德，他不服止痛药，专心写作来驱除病痛。哲学家维特根斯坦，并不进医院，靠沉思和旅行度过癌症的末期。小说家赫胥黎已不能忍受音乐，只好看画，让家人读书给他听，还用录音机把《莎士比亚与宗教》口述完毕。

接下来的一节写的是一个笨人做算术的事，过程沉闷，人云亦云，心情不好就不要看了，跳过去。

数学时间

　　过往吃东西，从不理会好坏、优劣，只选容易煮、喜欢吃的，一顿饭常常只吃一个即食面。做菜当然贪方便，所以会有叉烧炒蛋这么可怕的菜端上饭桌，两种动物蛋白质合在一起别去说它，又是烧烤的肉，又是油炒的蛋，真得像牛那样长四个胃去消化才行。平日甜食吃得特别多，蔬菜极少，这种胡乱吃食的结果，人胖了，称称五十三公斤，头晕，血压升高。医生叮嘱我减肥，我以为减肥就是少吃淀粉质多吃肉，哪里知道动物蛋白质脂肪多，照样胖。长了肿瘤，不得不把恶劣的饮食习惯改变。当然不再吃甜食，不吃即食面，也不吃含钠过高的食物。

　　我家属于高血压族，家庭医生早就告诉我们，家族成员的血压全体偏高。的确，我的外祖父、父亲，皆死于脑充血；外祖母则中风，半身瘫痪，躺在床上一年多。所以，医生特别叫我们注意体重，不能多吃盐。放射治疗后，我虽然努力改掉不少饮食的坏习惯，可身体不见健康，免疫力极低，不是这里不妥就是那里疼痛，整个人常常游魂似的，好像只有半个我活在世上。我总是说，这是放疗后遗症，是放疗后遗症。哪来那么多后遗症，看来是营养不均衡的缘故，只好做点功课了。

我的数学很差，会考不及格，幸而计算均衡的营养，只需做点加减乘除，用计算机按一阵子，并不难。均衡的营养，就是从食物中吸取适量的营养素，维持身体的功能。首先，要算算自己一天到底需要多少热能，由于年龄、性别、体格和活动量不同，每个人所需的热能完全不一样，夏天和冬天不一样，健康的人和生病的人不一样。比如我，五十多岁，女性，身高一五二厘米，属于极轻量活动的人，我的标准体重应该是身高减去一〇五：

152−105=47（公斤）

我应该维持在四十二至五十二公斤之间，才不算过肥或过瘦。一般来说，以标准体重的中心点，超过五公斤，是过肥；低逾五公斤，是过瘦。我并没有逾越界限，因为我已经从五十三公斤的数目降下来很久了。理想么？并不。

我的标准体重是四十七公斤；

我如今的体重是四十九公斤；

我的理想体重却是四十六公斤。

一个患高血压的人，体重不妨低一点。如果我想达到理想的体重，必须减掉三公斤。三公斤是六点六磅，不能一下子减，得慢慢来，我决定先减一公斤，达到四十八公斤的目标再

　　　　　　　　　　　　　　哀悼乳房

说。四十八公斤的人一天该摄取多少热能？这要看个人的工作强度而定。一公斤体重每天消耗的热能：

脑力劳动者需二十五卡；

轻体力劳动者需三十卡；

中度体力劳动者需三十五卡；

重体力劳动者需四十卡；

如果是癌病患者，

体重不足者需四十至五十卡；

维持理想体重者需三十至三十五卡；

应用静脉营养法者需三十五至四十五卡。

卡的正式名称应为千卡或大卡，但一般都称卡，约定俗成。我虽是癌病患者，但两年下来，已算"治愈二年"的人，就用普通人的标准。我不用上班，每天坐的时候比走路的时候多，睡觉的时候又比坐的时候多，虽然也打打太极拳，在街上蹓跶，买点菜煮饭洗碗，不过，还是属于极轻量活动者，每公斤体重需要二十五卡热能，所以，我每日所需的热能是：

$25 \times 48 = 1200$（卡）

这一千二百卡热能是总热能，是蛋白质、糖和脂肪三种热能加起来的总和，如何分配呢？先计算蛋白质吧，容易得很，一公斤体重需一克蛋白质。我的目标体重是四十八公斤，那就需要四十八克蛋白质。一克蛋白质提供四卡热能，四十八克蛋白质的热能是：

$4 \times 48 = 192$（卡）

癌症病者在手术后及放疗、化疗期间，需要采取高热量、高蛋白饮食来修补治疗过程中对器官组织的伤害，以及促进体内免疫细胞和酵素的生长，增加身体对癌的抵抗力，因此，不妨吸取以每公斤体重对一点二至一点五克的蛋白质。病人如果久已过了手术及放疗期，若非疾病需要，应该避免长期食用高脂肪、高蛋白饮食。

轮到碳水化合物的糖了，我把糖的比例提高些，占总热能的百分六十，为什么这样做呢？因为我必须把脂肪的吸纳量减低。患乳癌的人，特别要注意脂肪。每日从糖中摄取的热能可以是：

1200×60%=720（卡）

一克糖也能提供四卡热，这七百二十卡热的糖量是：

720÷4=180（克）

最后再来计算脂肪，只消把总热量减去其他二项：

1200−720−192=288（卡）

一克脂肪提供九卡热能，因此，我每日所需的脂肪数量是：

288÷9=32（克）

计算所得，我每日应进食：

蛋白质　48克

糖　180克

脂肪　32克

三项营养素的百分比为：

蛋白质　16%

248

脂肪　24%

糖　60%

营养学家对热能比例传统的推荐量是：

蛋白质　18-10%

脂肪　35-25%

糖　50-65%

近年趋向认为人们其实不必吸纳许多蛋白质，脂肪更加不应超过百分之三十，糖则有放宽的迹象。事实上，许多地区的人只需百分之十的蛋白质，脂肪低于百分之二十五。到了二十一世纪，医学界也许会推出全新的均衡营养标准来。

人是活的，均衡营养的计算也该是活的，跟着人的变动更改，比如说，增重了，就得把总热量降低；减重了，则把总热量增加。当我的体重达到理想的目标，就可以另订一个新的热能表，那时候，每天的热能也许就升为一千三百或一千四百五十了。把总热量控制在一千二百卡的水平，唯一要注意的是其他的维生素可能不足，所以不能长期采用。营养学家认为，凡把总热能降至一千二百卡以下而长期采用，需服多种维生素丸才行。

我做了一个表，把日常所吃食物的总热量、蛋白质、糖和脂肪最重要的项目列出来，依着遵行。起初觉得复杂些，吃多少饭、多少水果、多少鱼肉，的确感到琐碎，过了一个星期，熟习了，倒不觉困难。只是我不是电脑，数学又一直差，有些食物根本无法知道成分，算也算不来。每天吃的东西和表格上记录的热能与数量相差不远，已经十分欢喜。活了数十年，还是第一次知道均衡营养是什么一回事，想来可笑。花了时间做算术，仍觉得有意义，控制饮食，似乎还能保护我不至于害心脏病和糖尿病。癌症患者花费许多心力去抗癌，常常却会因为别的病症把人拖垮了。

* * *

蛋白质的成分是碳、氢、氧、氮、硫和磷，构造复杂，分解起来也困难。它的基本单位是氨基酸，数数有二十二种，成年人需要八种就够了。人的身体也会制造一些氨基酸，可是，必要的八种得依靠食物供应。它们是：赖氨酸、苏氨酸、色氨酸、缬氨酸、亮氨酸、异亮氨酸、甲硫氨酸和苯丙氨酸。吸取蛋白质，其实要重质多于重量。比如说，一碗饭含十克蛋白质，我每天需要四十八克，岂不是吃五碗就够了？那可不行，米饭属于不完全蛋白质，因为缺乏了八种氨基酸中的亮氨酸和赖氨酸。八种氨基酸都齐备的属于完全蛋白质，这一类食物有蛋、肉类和牛奶。尤其是蛋，是最好的优质蛋白质，量不多，质最高。看来，该吃蛋、肉和牛奶了吧，从纯蛋白质的角度来看当然对，不过，这些食物的脂肪高，而且又都是动物蛋白质。任何营养素，都得看看优点和缺点，衡量一下再选择。

除了动物，植物也含丰富的蛋白质。那么，吃素的人不是可以利用植物蛋白质了么？又不行，植物蛋白质一般缺乏几种必需的氨基酸，或者含量比例不平衡，甚至某类氨基酸过多，干扰其他的氨基酸，使它不能被利用。唯一的方法，就是采用一如几何学上的"邻角互补"，只消把动物蛋白质和植物蛋白质配在一起，或者把不同的植物蛋白质彼此补充缺乏的项目。比如米缺乏亮氨酸和赖氨酸，而豆缺乏色氨酸，把米和豆放在一起吃，就得到完全蛋白质。又例如面包欠缺赖氨酸，而乳酪却有大量赖氨酸，一起吃就有互补的作用。因此，玉米豆腐羹、红豆糙米粥、牛奶麦片、乳酪面包三明治，都成为富蛋白质的食物。

我每天需要四十八克蛋白质，可不必斤斤计较是否得到四十八克完全蛋白质，其实，半数也够了，因为有的必需蛋白质可以由身体自己合成的氨基酸代替，比如脆氨酸可代蛋氨酸，酪氨酸又可代苯丙氨酸。生活在二十世纪九十年代先进的大都市，不必担心会缺乏蛋白质，蛋白质的食物多得很，吸取多了反而会害病。营养太丰富，使现代人疾病丛生。每日吃进多少蛋白质，很容易计算，因为许多食物刚好含七克蛋白质：

一只鸡蛋　一两肉　一杯酸乳酪

一杯牛奶　一碗面　一杯谷物早餐

一杯豆浆　半杯豆　两片厚切连边面包

两碗粥　一砖豆腐　一碗不太满的饭

我一天需四十八克加班蛋白质，在上述的食物中选七份，就够一天的营养了，不过是两碗饭、一杯谷物早餐、一杯牛奶、一点肉而已。吃东西要依表格进行，计算热能、百分比，太麻烦了吧，那可以用最简单的方法。一天的均衡饮食，依123456的几个数目字就行：

1.杯牛奶　2.个水果　3.份谷物

4.两肉　5.两蔬菜　6.杯水

我也以上述的分配法为每天饮食的基础，从这基础上加点变化。蔬菜太少，增至八两或十两更理想，水得加多一至二杯。有的人甚至可以一天喝两杯牛奶，而青年人得吃六两肉，有的人也许只适宜一个水果。我是饭桶，爱吃饭，每天三份谷物，其中两份几乎必是饭，偶尔才吃面或粥，另外的一份谷物，则吃早餐的谷物，加上下午茶时的一片面包。肉类以植物蛋白质为主，牛肉几乎不吃，猪肉很少，主要吃鱼，每天保持一餐有动物蛋白质，等于一半吃素。为什么不完全吃素呢？我说过了，数学不行，不会计算氨基酸的配搭，况且，吃二两鱼有十四克蛋白质，豆腐可得吃两大砖，二两鱼容易吃，两砖豆腐就难了。同样的道理，一杯牛奶易喝，吃半杯豆要难些。再说，身体虚弱好像不宜随便吃素。

我以前不大吃鱼，嫌骨头多，总是吃猪肉、牛肉和鸡。如今因猪、牛肉的脂肪高，鸡又不知激素含量多少，渐渐改吃鱼，发现鱼有许多优点。鱼当然也有脂肪，不同的鱼脂肪含量的比例相当大，石斑是低脂，沙丁鱼却是高脂，然而，鱼脂和猪、牛的脂不一样，属于不饱和脂肪，而且是奥米茄三类脂肪酸，有降胆固醇的作用。不论是哪一类肉食，脂肪并非全部要考虑的因素，要注意的还有胆固醇，鱼的好处是胆固醇较低。虾是蛋白质富的食物，小虾的胆固醇含量并不高。

我们现在比以前的青少年"幸运"，不必让母亲逼着天天吃鱼肝油，在经济萧条的年代，青少年总是营养不良。鱼供给我们维生素A和D，此外还提供维生素B6和B12，又有烟碱酸、

　　　　　　　　　　　　哀悼乳房

生物素。咸水鱼比淡水鱼营养价值高，深水鱼又比浅水鱼佳，因为它们含丰富的钾和铁，还有珍贵的微量元素锌和硒。至于碘，除了紫菜和海蜇什么的，还得数鱼。能把骨头一起吃掉的鱼太好了，比如沙丁鱼，可不要防腐得像木乃伊一般才好。除了黄花鱼、石斑、红衫、鲳鱼、比目鱼外，也选点小小的银色白饭鱼吧。

* * *

糖是碳水化合物，构造的成分是氢、氧和碳，此蛋白质简单，少了一个氮，分解起来也不困难。分解蛋白质时，会产生有毒的含氮物质，叫做氨，需要麻烦人体化工厂的肝脏去解毒，把氨转变为毒性较小的尿素、尿酸、肌酐酸等，再由肾脏形成尿液排出体外。健康的人，器管的功能良好，可以顺利解除氨的毒素，如果身体弱，肝脏肾脏衰弱，排泄功能有障碍，毒素就会积聚，变成血酸，而且结成晶体。这血酸当然随着血液走遍全身，特别爱钻入骨骸和关节，于是产生痛风症。留在肾中的晶体还会形成肾石。癌症病者服用抗癌药，会杀死细胞，大量细胞的死亡也会提高血酸，所以，吃药宜多喝水，令排尿量增加，稀释小便，减少肾结石的机会。如果一个人的大脚趾无端发痛、红肿，就得注意是不是患了痛风症，减少摄入蛋白质，不可吃任何的豆类。

碳水化合物的糖好多了，不过是些碳和水，没有氮，多吃了也不会中毒，只令人发胖。这方面植物比人优胜，自己会制造食物，利用空气中的碳和氧，及土壤里的水就能在绿叶中进行光合作用，不但能维持自己的生命，意外的是竟养活了许多动物。同样是碳和水，人做的事刚好和植物相反，植物不断合成，动物则加以分解。

糖的来源是植物的种子、果实、根、茎和叶。对于人体来说，有两类是好糖，一类是坏糖。水果的糖、蜜蜂的酸属于单糖，是天然的，对人体无害。可合成的糖像蔗糖、麦芽糖、葡萄糖，属于双糖，经过加工制造，失去天然中的质素，吃起来甜之外，对人体并没有益处，吃多了会发胖。淀粉质类食物属于多糖，也是天然的食物，比如米、麦、马铃薯、豆类，只要没有加工，变成罐头，都能提供我们优质的糖。

我每天需要较多的糖，所以多吃饭正好，而且必需摄取足够的糖才行。一百八十克的糖，两碗饭已超过一百克，一碗麦片加一片面包可得三十克，两个水果二十克，蔬菜十克，还能吃一个小番薯。如果一个人每天需要二百克糖，摄取量却低于一百克，那可糟了，身体这个炉子不够燃料呢，你既不给它木柴，它可要自己想办法了。屋子里不是有家具么，把桌子、椅子、床，甚至花梨、紫檀木的什么明式几桌都当木柴拿去烧掉，这些有用的家具，珍贵的家具，就是人体中的蛋白质。

人体所需三大营养素之一的脂肪，也要靠糖帮助燃烧，糖不够，脂肪不能完全燃烧，会产生有毒的酮体，使血液中的酸增加。当然，进食过多的糖会怎样是许多人都知道的，淀粉质多令人发胖。动物也像植物一样，把多余的糖储藏起来，人体把糖储蓄在肝和肌肉内，其余更多的，没地方放，变成脂肪，

哀悼乳房

积在皮肤下，于是变成大肚皮，双下巴，腰围三十七、八寸。水果对身体有益，毕竟是糖，吃多了，同样使人胖，还会蛀牙。马铃薯、豆子这些淀粉质，进入肠道后会发酵，产生气体，使腹部发胀，走到街上，会变成一部不断喷放废气的车子，十分尴尬。糖量过多，还会干扰维生素B族的吸收。

食物中的糖，淀粉质是不甜的，要很细心咀嚼才有那么一点令人惊喜的甜味。最甜的是果糖，芒果、香蕉，甜起来，在田里生长时已经吸引许多其他动物，所以凤梨田里蛇最多，蜂巢所在出现熊。人类不知为什么特别爱甜食，所以，食物商无论制造什么东西都拼命加糖。很多的糖，本小利大，除了果糖，最甜的是蔗糖，于是我们每天就被埋在大雪般的糖堆里了。

食物的纤维，是蔬菜的茎叶、五谷类或水果的外皮，是人体不消化不吸收的植物性物质，以前不受人注意，现在才知道很重要，并非身体不吸收就是废物，少了它，身体还不健康哩。食物纤维有水溶性和不溶性二种。水溶性纤维是存于蔬果细胞壁的一种多糖，叫做果胶，人们利用橙、苹果的果胶做成果酱。除了果胶外，水溶性纤维还有植物胶，是植物黏稠状的分泌液，干豆、麦片中都有。近年来医学界发现麦皮、土豆可降胆固醇，减缓吸纳葡萄糖的速度。至于不溶性纤维，有木纤维质、半木纤维质和木质，全谷、全麦食物中都有，蔬果中含量也多，它们可以增加排泄物的体积和重量，促进肠道的蠕动，缩短残渣通过肠道的时间。

长期缺乏食物纤维，会引起肠道的疾病和血管硬化。患乳腺癌的人，少吃脂肪固然重要，多吃纤维，同样不可忽略。每日纤维摄取量可以增至三十克，因为纤维帮助将废物排出体外，多余的雌激素也随着排除。多吃纤维也有助减低血液中的脂肪水平。一般人每日的纤维摄取量是以十五克为标准，乳腺癌病人不妨增多。平日煮饭加红米、糙米，早餐吃麦片、全麦面包，多吃蔬菜、水果、干豆和果仁都可增加纤维量。当然，过分又有害了，因为纤维多，排泄也多，矿物质中的钙、铁、锌、铜、镁也给排掉了。

* * *

果糖和淀粉质多吃了会胖，因为多余的糖全变了脂肪。要控制个人的体重，必须密切注意的其实不是糖，而是脂肪。脂肪的来源有动物的脂膏、肥肉、鱼肝油、牛奶、蛋黄，也有植物榨出来的油，如黄豆、玉米、花生、杏仁、椰子、芝麻、瓜子。对于脂肪，现代人可有点碰上强敌的样子，总是严阵以待，仿佛一点儿脂肪也碰不得。其实，人体没有脂肪是不行的，在每日总热量中，它还得占比蛋白质要高的百分比才对。不是常常说身体需要维生素么？如果想摄取维生素A，那么总有人叫你多吃胡萝卜素，于是你吃了不少含有胡萝卜素的食物，算算也够每日的分量，可是，身体会吸收么？吃是一件事，吸收又是另一件事。没有脂肪，身体根本吸收不到维生素A，因为它是脂溶性维生素，只溶于脂肪，不溶于水。除了维生素A，还有D、E和K，也都只溶于脂肪，因此，虽然晒晒太阳可以获得维生素D，没有脂肪也等于空谈。

　　人类不用冬眠，所以不必像青蛙或蛇那样，靠体脂来维持冬眠期的"燃料"，但人是温血动物，脂肪可以保温，又像柔软的护垫，卫护体内的器官。女子那么柔美，全是脂肪的功劳，一旦脂肪尽失，美女的皮肤全要打皱。脂肪的成分是甘油和脂肪酸，后者分为饱和与不饱和两种。把一碟子猪油和一碟子花生油搁一个下午看看，花生油仍是液体，而猪油凝成固体了。会在温室中结成固体的是饱和脂肪，对身体有害，所以到了今天，牛油、猪油，这些含饱和脂肪的油渐渐给打进地狱去了。别以为含饱和脂肪的都是动物油，植物并不例外，椰子油的饱和脂肪含量几乎和牛油一样；棕榈油则和牛油、猪油相等。看看超级市场的食物标签吧，十样食物有九样用椰子油，等于牛油，怕你认出来，美其名曰氢化植物油，椰子油当然便宜，商人乐于利用，这种油以前只用来做肥皂，可别把我们都变成肥皂泡。

　　现在，大家都会选用不饱和脂肪的油了，比如玉米油、豆油、菜油、花生油。近几年来，玉米油更加冒升为家庭主妇的宠儿，这不得不归功于资讯的发达，因为人人知道变坏的花生油会产生致癌的黄曲霉素。我家本来用花生油，自然也改用玉米油了，觉得很安全。原来做错了，凡患乳腺癌的人，根本不适合用玉米油，这里面的原因，得再说说不饱和脂肪的事。

　　不饱和脂肪原来又分为两种，一种是单元不饱和脂肪酸，一种是多元不饱和脂肪酸。多元不饱和脂肪酸中含有亚麻油酸和次亚麻油酸，属于必需脂肪酸，人体自身不能合成，又不可少，得靠食物提供。问题就出在亚麻油酸上，摄取多了，会引发乳腺癌。近年的医学报告也指出，过多不饱和脂肪酸，引致生胆石与癌症。最近扭开电视，就有一位科技大学的学者谈及食油，认为患乳腺癌的人不可采用玉米油。

关于食油，我且把几种油的脂肪酸含量用图表列出来，更容易明白，以每一汤匙油的分量比较：

- • 代表饱和脂肪酸
- ○ 代表单元不饱和脂肪酸
- ⋯ 代表必需脂肪酸
- * 代表多元不饱和脂肪酸

椰 子 油	•	•	•	•	•	•	•	•	⸭
牛 油	•	•	•	•	•	•	○	○	⸸
猪 油	•	•	•	•	•	○	○	○	⸸
橄 榄 油	•	•	○	○	○	○	○	⸭	*
花 生 油	•	•	○	○	○	○	*	*	*
鱼 油	•	•	○	○	○	⸸	*	*	*
玉 米 油	•	•	○	○	⸸	*	*	*	*
葵瓜子油	•	⸸	○	○	*	*	*	*	*
红花子油	•	○	⸭	*	*	*	*	*	*

从上述的图表所见，黑圆圈•多了不好，因为饱和脂肪酸过多，*多也不好，因为多元不饱和脂肪酸过多，会引致癌

症。白圆圈。多最好，因为含的是单元不饱和脂肪酸。花生油本来不错，可是不含必需脂肪酸，而且，变坏了的花生会产生黄曲霉素。鱼油也不错，可不能用来烹饪。患乳腺癌的人，看来只好选用橄榄油了。医学界发现，地中海一带的国家，比如希腊，患乳腺癌的人偏低，可能出于他们是用橄榄油的缘故。

为什么不吃动物油呢？当然是因为胆固醇了。一匙动物油和一匙植物油提供的热能是相等的，植物油的好处是不含胆固醇。脂肪其实有两类，一类是真脂，又叫甘油三酯，由甘油和脂肪酸组成，另一类是类脂，并不是真正的脂肪，不过结构与性质跟脂肪十分相近。类脂由磷脂和类固醇组成。类固醇即胆固醇。胆固醇听来可怕，却又是身体必需的，没有它，晒太阳也不会获得维生素D，因为日光中的紫外线要经胆固醇帮助才转化为维生素D。身体内消化用的胆酸也是它转化的。事实上，人体自己也会制造胆固醇，躲也躲不了，把一天的摄取量控制在三百毫克之内，没有害处。完全不吸取胆固醇是没用的，身体自己忙碌地制造，还得麻烦许多部门去操劳。

* * *

食物的营养素除了蛋白质、糖和脂肪外，当然还有矿物质、维生素和水。矿物质中最令人头痛的大概要数钠，它真是无处不在，我们每日需要的钠约三百毫克，可常常摄取超过一千而不自知。以前，盐是珍贵的，几乎如同沙漠中的水。沿海地方多盐，山区地方盐就成为黄金。走私盐是发大财的黑门径。《圣经》中不是说：你是我生命中的盐。诗人的诗句也有：盐呀、盐呀，天使一把盐也不撒给她。如今盐却嫌过多了，咸的食物当然有盐，原来甜的食物也有盐，蛋糕、牛奶、甜面包，吃起来甜甜的，竟都含盐，而且分量不少。半杯罐头红腰豆含六百克钠，罐头沙丁鱼还要多，真够把我们变成木乃伊。盐就是钠，氯化钠。

矿物质中的钾和钠，在人体中仿佛难姊难妹，关系密切，必需保持平衡的数量，如果钠多钾少，身体会出毛病。所以高血压的那阵子，医生给我一包药，吩咐我多吃橙，橙含丰富的钾，可以平衡过多的钠。一般加工的食物，由于防腐的效能，会添加钠，可钾呢，就不管了，许多食物中本来含丰富的钾，加工之后，都消失了，钠多钾少的食物，是如今那么多人患心脏病的原因吧。每个人一天需要多少钾？和热能相等。只要饮食均衡，一天的热能足够，钾也就够了。为了抗衡过多的钠，还是多吃柑橘类的水果吧，每天一个是不可少的。食物中如果含一百毫克的钠，那么，这食物得含三百至四百毫克的钾才算均衡。

钙和磷倒像孪生姊妹，摄取量的比例以一比一较好。如果比例失衡，钙多了，会导致尿结石。两种矿物质，我们每天所需的量都是六百毫克。缺磷机会很少，缺钙则常见。人的身体内有二百零六块骨头，还有牙齿，主要的成分就是钙和磷，以及种种激素。年轻的少女，骨内激素多，一到年老，尤其是停经后，雌激素停止分泌，骨质的流失速度也加快。这一来，骨头会像被白蚁蛀空的木柱，一碰就断，脊椎骨尤其易折。

患乳腺癌的女性，因为要控制体内的激素，有的割切了卵巢，有的服用黛莫式酚，就会停经。很多患乳腺癌的妇女，年纪已老，已过了更年期，由于缺乏激素，体内的骨质容易疏松，补充钙要特别注重。医学界推荐的摄取量高达一千毫克甚至更多，可没有提醒我们得把磷怎么办。钙多磷少，体内就生石头了。牛奶和乳酪含钙高，一杯牛奶可以提供三百毫克的钙，自是首选。不喝牛奶的话，只好从豆腐、深绿色蔬菜中吸取钙，或者吃连骨头的鱼。其实，含钙最丰富的并非牛奶，而是芝麻，半碗芝麻糊含九百六十毫克钙，等于一杯牛奶的三倍以上。喝豆浆、吃蔬菜，何不洒点芝麻呢，到面包店去，就选芝麻全麦面包吧。

小鱼干含钙多，超级市场里也有出售，银鱼，淡的，没有附加盐，回家洗一洗，用凉开水浸透，加点姜丝，适量酱油、麻油，放在饭面上蒸熟，方便极了。吃小鱼干，是把整条鱼都吃掉，连带吃下骨头和肝脏。小鱼本没什么肝脏，骨头也少，但一次吃许多，就可吸收鱼骨的钙和磷，还能得到维生素A和D。沙丁鱼当然好，可惜市面上只可找到罐头的品种，钠太多，不理想。

铁是女性特别要注意的矿物质，成年男子每日需要七毫克，可女性则是十五毫克，当然，那是出于成年女性每月排经流失铁的缘故。据研究报告，女子每月排经所失的铁不过一毫克而已，却要补充那么多铁，也是怪事。更年期后的女性，倒和男子一般，每日需铁七毫克就够。患乳腺癌的人，若已停经，每日所需的铁七毫克也够了。吃素的人容易缺乏铁质，因为铁和蛋白质有点相似，蛋白质有动物和植物之分，铁也一样，动物含二价铁，易为人体吸收；植物含三价铁，吸收得不那么好。所以又得把动、植物配合一起吃，比如肉酱意大利粉、白菜肉卷、茄汁猪肉黄豆。鱼属二价铁，蛋属三价铁。

* * *

我不服任何维生素丸，因为所有的药，其实都是毒药，不过是以毒攻毒，能治这个病，却另有破坏身体的副作用。吃药下肚子，总得调动许多器官去应付。一般药丸，要加许多附加品：得用黏合剂把药结块，又得加分解剂让你吞下去时方便分解，有些药要利用胃液浸湿膨胀，让药片破裂；有些药却不可以给胃酸溶解，得到肠中发挥功能，因此要加防破碎剂、防胃酸剂。味道不好？再加些橙味、果子味。不过吃点药，却吃下那么多附加剂，还没计算药性本身破坏的程度，而且毒质又要劳动肝脏去化解。

有些药，我不得不吃，比如黛莫式酚和高血压的药，其他的药丸，可免则免。病人很奇怪，总爱吃药，人们生病去见医生，医生会把许多药送给病人，其中一些，大概只是些维生素，吃不吃都没关系。医生这么做，可能深谙病人心理学，仿佛古罗马的"宽心药"，病人见了药，服了就安心。

那一阵看世界杯足球赛，整整看一个月，结果眼睛红、头重脚轻，最糟的是耳朵里好像灌满水。不知发生什么事。患过癌症的人，脑子里老有"转移、转移"这二字在旋转，什么事

　　　　　　　　　　　　　　　哀悼乳房

都联想到病变上去。耳朵不舒服，去见医生，问他是不是头里长了肿瘤，医生说，你别吓我。一个星期下来仍不好，跑去见耳科医生，不过五分钟，检查了一阵，说没事，有事再来吧。问他怎么叫有事，他说，听不清楚声音叫有事。我什么都听见，所以没事。医生说，给你一包药，不过，吃了也没用，但我还是给你药。你看，医生奇怪不奇怪，没用的药硬要给我，也许是收费昂贵，才五分钟收我三百大元。专科医生，收费当然比一般医生高，三百元也很正常，我又没埋怨。我一出门口就把药扔掉了。

接受放疗的日子，医院除了给我们这些病人每人一大包营养奶粉外，还有两种药，一种是维生素C，三百毫克一颗，另一种是维生素B6，六十毫克一颗。疗程完毕，再不派发，只给我黛莫式酚。要不要自己补充维生素？坊间不少书籍，自认防癌之道，说该多摄取维生素C，一天高达三千毫克，超过日常的标准十倍。当然，维生素C溶于水，吃多了会排出体外，不像维生素A，留在体内会中毒，可这么一来，加重肾脏的负担有什么好处。事实上，维生素C过多，会引起草酸尿、高尿酸血症、高钙血症和低钠血症，而且造成维生素B12的缺乏，甚至生肾石。要增加维生素C，吃个橘子多好，又甜又多汁，至于药丸，干巴巴一片谷粉糊在一堆的东西，还有钠在里面。想增加抵抗力，吸取维生素C，还是吃蔬菜算了，吃青椒又不辣，吃木瓜还能暖胃。

维生素B6么，我也不去吃药丸，吃全麦面包、红米饭、燕麦粥就可以得到，干么吃药丸。关于维生素B那个庞大的家族，包括烟碱酸、泛酸、叶酸、生物素，我们其实一点也不用操心，多吃粗糙谷物和绿叶蔬菜，根本不会缺乏。泛酸说明是"泛"，广泛的食物中都有；叶酸说明是"叶"，绿叶里有。只有吃素的人需要担心，因为他们或者会欠缺维生素B12。

维生素D最易吸收，晒太阳就行，白天到街上走一转，即使走在树荫下，维生素D也够了。至于维生素A，多吃蔬菜同样可以获得。胡萝卜含胡萝卜素，许多人就拼命吃胡萝卜，我也犯过这毛病，吃得整个人几乎胡萝卜一般的颜色，连小便也呈金黄色，还以为得了黄疸病哩。许多食物都含胡萝卜素，绿叶含叶绿素，黄色的蔬菜含胡萝卜素，各种蔬菜吃多些，哪里会缺乏维生素A呢。维生素A和D，身体自会储藏，维生素B和C，身体只能储藏一个短时期，所以得每天补充，这就是为什么每天都要吃蔬果和谷麦的食物了。

* * *

均衡的饮食，其实谁不知道呢，当然是每天三餐平均分配谷类、蔬果类、肉类和奶品。我为自己列了表格，把营养成分、热量计算出来，不过是为自己制造理想国，营养价值并不等于营养效益，蓝图也不等于成品。每天不错是吃了许多富营养的食物，可是身体吸收么？说不定在消化器官中转个圈，全部排出体外；也许滞留在肠子里蜗牛一般蠕行，渐渐腐败变质，把血液酸化；有的食物会干扰另一类营养素的吸收，那么

　　　　　　　　　　　　　哀悼乳房

吃了也等于白吃。看来，还得照顾一下消化器官才行。

　　最容易消化的食物是水果，吃一个苹果，半小时就消化掉，不会给胃什么麻烦。什么时候吃水果最好？饭前不宜吃甜食，饭后胃又太忙碌，最好在两餐之间。我每天吃两个水果，第一个早上吃，清早起来，喝一大杯水，吃一个苹果，半小时后吃早餐。每天得吃一个柑橘类的水果，下午三时半吧，我吃一个橙。

　　营养学家指导我们最好把食物分类吃，因为每次消化，胃要供应消化液，肉类需要酸性的消化液，谷类则要碱性，如果这两类食物多，胃可忙了，又是碱液，又是酸液，碰在一起，都中和了，还消化什么。一顿饭，只吃一类食物比较难，只能别吃太多。一般来说，蔬菜容易消化，可以配任何食物，淀粉质配淀粉质也没问题，淀粉质配一点蛋白质，对胃的影响也不大。蛋白质比较复杂，一顿饭有许多蛋白质，而且是动物蛋白质的话，会给胃加重负担，还是不要一顿饭既吃牛肉猪肉，又吃鸡蛋，再吃虾蟹，除非和胃作对。牛奶是食物中最复杂的东西，最好单独喝，早上、下午、晚上都可以。

　　蔬菜含维生素，洗得太多太早，煮得过分，维生素全跑光了，得少水、少油、少盐、少时间，盖上锅盖才好。用铁锅煮菜，可得二十毫克免费的铁质。吸收铁质，要注意影响铁吸收的有磷、植酸、胃酸、茶和咖啡；而维生素D、蛋白质、磷、草酸、植酸则会影响钙的吸收。菠菜含丰富的铁质，不过，又含植酸，怎么办呢？用水煮法吧，因为植酸会在水中流失。除了菠菜，还有苋菜、大蕹菜，都含植酸，水煮法可以破解。近年来，营养学家建议我们蒸蔬菜，因为这样可以保留三分二维生素，而水煮则流失一半。对于菠菜，反而是水煮的好。我最近很少蒸菜，因为这一阵子从大陆运来的蔬菜农药过烈，许多人吃了都要进医院，看来还是煮菜吧。凡地面上生长的蔬菜，水开了煮，凡地面下生长的蔬菜和冷水一起煮。

我住的地方，属楼房的第十层，自来水由地面输送到天台的水箱，再转送八楼以上的人家。日子久了，虽然常常清理水箱，清晨和傍晚总有两次，扭开水龙头，全是黄泥水。烧过的水放在瓶子里做冷开水，隔一夜看，瓶底全是沙粒，要劳烦母亲把米粒和鸡蛋壳扔进去洗瓶子。常常把水放至清澈才能洗澡、洗衣服，真浪费食水。于是买一个优质滤水器回来，喝没有泥沙的水。每人每日要喝六至八杯水，食物中其实也有很多水，蔬果的水分比白开水更好。食物在消化过程中也会产生水，一克糖产生零点六克水，一克蛋白质是零点四克，一克脂肪是一点一克。

一位朋友劝我吃素，谢谢他。我差不多是素食者了。另一位朋友请我注意食物的酸碱性质，多吃碱性食物，也谢谢他。我做了一点功课，倒也明白了一些，橙原来是碱性，吃起来有时却酸，真意外。水果、蔬菜、豆类，多是碱性，矿物质中的钙、钠、钾、镁，也是碱性；肉类、谷类是酸性，矿物质中的硫、磷也是酸性。少吃肉食，就不会吃进许多酸性的东西。

中国人对食物的研究比外国人似乎仔细，食物都分温、热、寒、凉。比如说，绿豆是多蛋白质食物，不错吧，却是寒

　　　　　　　　　　　　　　　哀悼乳房

性，身体虚弱如我，又会胃痛，就不适宜了。香蕉、柿、哈密瓜、芦笋、菱角、乌豆，都属寒性；冬瓜、白萝卜、慈姑、甘蔗、薏以仁、玉米则属微凉或微寒。我母亲早知道，所以她总是说：我才不要吃柿。食物中温性的多着呢，南瓜、胡萝卜、扁豆、刀豆、葱蒜，都是；平性的食物有木瓜、香菇、蘑菇、木耳、卷心菜、小麦、大米、马铃薯、蛋，等等。白菜性凉，那么好的蔬菜，怎可放弃了，煮的时候加片姜吧。中国人真是食疗的民族。茶也是凉性，但乌龙茶是温性，我可以喝铁观音和水仙哩。看来，要翻一翻李时珍的《本草纲目》了。

ZZZ……啊呀，你睡着了？
睡眠也是很重要的，还是不要再打扰你了。

三打白骨精

到超级市场去

得向孙悟空借支金刚棒

先演一场三打白骨精

打打打，一打精白糖

好端端一根甘蔗

偏要洗糖、溶糖

然后聚色、结晶、加化学药

做成亮晶晶的白砂糖

原糖中的矿物质都不见了

挥动金刚棒

打倒巧克力

打倒软饮料

打倒甜早餐谷物

打倒蔗糖、乳糖、麦芽糖

打倒转化糖、右旋糖、玉米糖浆

只留下黄糖、原蔗糖

以及纯正的蜂蜜

二打白骨精

打倒精白面粉

好端端的麦子

磨呀磨，漂白呀漂白

麦胚、麦芽、麦麸都不见了

维生素B那么庞大的家族

连诛九族

烟碱酸、叶酸、泛酸、亚麻酸

肢解肢解

锰镁铁钾铜钙锌

斩首斩首

挥动金刚棒

打倒白面包

打倒热狗

打倒即食面

打倒饼干

打倒染色的麦面包

还是到国货公司去

买些荞麦面吧

　　　　　　　　　　　　　　哀悼乳房

三打白骨精

打倒精白米

唉，白米是我们的主粮

怎么办？把把脉

还有气息，且来救一救

买些糙米、红米、野生米

掺在白米中一起煮

超级市场里的白骨精

远比《西游记》里还要多

还有一只白骨精

叫做精白盐

是氯化钠妖怪

好端端的海盐

摇身一晃

变成无机物

咖啡里有，糖糕里有

止嗽水、镇静剂里有

连牙膏里都有

仿佛古代埃及人

努力制造木乃伊

猪八戒的名字起得好

一戒腌肉

二戒熏肉

三戒火腿

四戒香肠

五戒猪头猪脑

六戒猪心猪肺猪大肠

七戒肥猪肉

八戒猪油

豆沙馅子多用猪油搓拌

提防隐形杀手

牛魔王如今是食物世界的霸主

连小小的婴孩也在它的魔掌之下

挥动金刚棒，打打打

打倒奶油蛋糕

打倒冰淇淋

打倒牛油

打倒水果酸乳酪

牛奶要不要打倒

甲要打倒全脂奶粉

乙要打倒脱脂奶粉

丙要打倒婴儿奶粉

丁要打倒所有的奶粉

还是摆一个擂台吧

铁扇公主的扇是不是铁做的

哀悼乳房

如果不是，为什么不叫芭蕉扇公主

如果是铁，最好是磁铁

向公主借把扇子用用

扇走所有罐头沙丁鱼

罐头黄豆、豌豆、红腰豆

罐头水果

顺便吸走喷发胶

杀虫剂、香雾剂、洗洁剂

一按就喷出雾气来的

叫各种白痴名字的化学剂

这是铁锅，留下留下

用铁锅煮菜最好

写些什么东西呀，是伤痕还
是绿色呀？哦，你喜欢伤
痕？请翻到第二九九页：
《翻辞典》。

三打白骨精

寻
宝
游
戏

　　奇怪，忽然发现竟然找不到优质的面包了。上超级市场去，面包的品种甚多，由淡白的米色到深褐的棕色，既有一片片切好的，也有个别包装的，标签上有日期，玻璃纸上印着"生命面包"、"加蛋白质"、"不含猪油"。看来都是我们的生命之粮。但仔细再看成分，材料是糖、盐，还有氢化植物油。写着麦子的那些面包，只有麦的颜色。我家附近新开一家面包店，店名和内容一般甜，另一家卖月饼的铺子，也售面包，我都去过了。有的面包夹一片乳酪或一条香肠，有的做了豆沙、椰丝、奶油的馅子，有的面包上布满蒜茸和葱花，全部软绵绵，仿佛氢气球可以浮在空中，不知加了多少乳化剂、防腐剂和黏稠剂。

　　家里附近本来就有四、五间面包店，铺面卖面包，内里是小工场，新鲜的面包每小时出炉，不像新式的店铺要用暖炉烘着。这些面包，想必不用加防腐剂吧，不过，面包仍是甜，手指形的面包，豆沙都从指缝漏出来，叫做菠萝的面包上面是厚厚的糖霜。面包铺的食物没有标签，用什么材料，多少分量，一概不知。我只知道，吃下去就觉甜，要不然就是咸。我渐渐不吃甜食，当然是不想增加脂肪，可又有了其他的原因。有一阵子，老觉得喉咙里有痰，既非感冒，又不是咳嗽，肺好好的，为什么有痰？终于找到了原因，是糖。吃了甜品就有痰，甜面包一吃，不久就生痰了。只有吃水果没事，也许因为那是单糖。

买面包竟成为困难的事。我不过想找结结实实的麦面包做早餐，竟要寻宝一般去探索，真是科技发达现代城市的讽刺。到哪里去找寻麦面包？得乘搭公共汽车，远足一般到遥远的地方。城市里的超级市场，连锁联营的居多，可是，连锁店的货物并非相同，中下阶层的住宅区，供应些普普通通的商品，高贵住宅区，则提供较多的选择。我住在平民区，超级市场那些食物架上常常贴着这么一张纸，上面写着：此货暂缺，祈请见谅。一缺可以缺半年，高贵住宅区是不会缺货的。于是，远足吧，带一个背囊，到半小时车程外的地方，找寻全麦的面包。那里还有食物精品店，可以带回家各种糙米、干豆、果仁、纯正的蜂蜜、荞麦面条。

早上不吃面包，改吃早餐谷物吧，把一盒"加了牛奶就是丰富早餐"的东西拿在手里，还真够重，这么重，相信又是糖。包装纸上写着"燕麦、小麦、榛子、葡萄干、玉米"等等吸引我的名字，但从不说明糖和盐两种成分的比例。及格的标

　　　　　　　　　　　　　　　哀悼乳房

签应该依成分比例的多少排列出来，糖常常排在首三名之中，这么多糖，我只好放弃。在早餐谷物中，最近也找到没有糖、盐，不含防腐剂的燕麦麸，总算寻到宝贝了，这燕麦麸如今常常是我的早餐食粮。

下午三、四点钟，我必需吃点东西，以前最喜爱英式下午茶，因为甜食多，新烘的"司空"饼，搭上果酱和奶油，另有小蛋糕、柠檬茶，真是享受。如今想也不敢想，下午茶吃片麦面包不错，但我并非天天远足，家里附近的店铺不一定出现芝麻小面包，还是上市场去找吧。市场是平民区的天堂，穿逾湿滑的通道，总有收获。青菜、萝卜、游泳的鱼，什么没有呀，可以装满一菜篮。青椒、胡萝卜、西芹、番茄，生吃更好，切一碟子，洒上芝麻，就是素沙拉。山芋、莲藕，也不错，还有番薯，竟是紫心的，煮熟切开，白心紫边，活似非洲紫罗兰，不太甜。下午吃半个小番薯，和吃"司空"饼的快乐居然相同。再不必担心没有理想的面包。

中药店其实就是食品店，我家附近，数数中药店，起码有五、六间，门口堆满烹饪的配菜，金针、云耳、香菇、发菜，拿来煮鱼煮豆腐岂不好。超级市场似乎把旧式的杂货店打倒了，不过，街市附近的南货店、杂货店，依然屹立不倒，各种干豆、粉丝，应有尽有，还有打着灯笼也没处找富争议性的粗盐。水果店当然是平民区的宝藏，而且成为风景，加上那些流动的水果摊子，什么水果没有，哈密来的瓜、秘鲁来的葡萄、台湾来的凤梨、加州来的苹果与橙、泰国的木瓜，可以用手一个个选择，只要喜欢，一天可以吃尽各种不同的水果：榴莲、

寻宝游戏

无花果、奇异果、樱桃。还是住在平民区好。

从小到大不喝牛奶，试过喝，因为体内不再有婴孩时才有的乳糖酶酵素，总是腹泻。然而，近几年来，又喝起牛奶来了，一半是出于母亲的缘故。母亲体弱，医生推荐她喝高营养奶粉，这奶粉似乎有许多优点：不含乳糖，因此不会腹泻；脂肪是玉米油，含不饱和脂肪酸，胆固醇含量低；钠钾比例适中，不会加重肾脏负荷；钙与磷的成分比例为一比一，减低二种矿物质比例失衡造成的结石；加强了维生素C。牛奶当然供应人体所需的氨基酸，又富钙质，我的身体并不强健，年纪渐大，骨质大概也渐疏松，于是喝牛奶。

高营养奶粉我喝了几年，放射治疗时，医院发给我的奶粉正是它，好像碰上老朋友。但那是适合手术后的病人吃的食物，这奶粉脂肪高，用的是玉米油，对我其实不利，而且很甜，喝了也惹痰。考虑良久，决定喝豆浆。豆浆和牛奶相比，蛋白质相距不大，铁质更多，少的是钙，得另外想办法补充。超级市场有豆腐，却是盒装冷藏的，是甜品，不知加了多少白砂糖，也得加防腐剂吧。家里楼下开的一家甜食铺子，一向只卖红豆汤、杏仁茶等等的糖水，早上忽然卖起豆浆来，一个大锅，热腾腾的豆浆，可以加糖或加油条、小虾和榨菜。淡豆浆，我可不是又发掘到宝藏了么？邻居一位老太太见我提着挽壶问：买早餐么？我说是呀，买豆浆，她叹了口气说："如今的豆浆都是豆粉开水冲的，国货公司就有一包包豆粉卖。"喝了几次，觉得淡而无味，并不浓郁，喝到后来，满嘴都是粉末。难怪有人需自制豆浆。

　　　　　　　　　　　　　　　　哀悼乳房

朋友们也帮我"寻宝",参加寻宝游戏。家里食粮一直不缺,因为朋友常常送我许多东西:胡萝卜、青椒、游泳的鱼、西兰花、番茄、木瓜。有的朋友住得远,竟炖燕窝带来给我,一大包一大包竟是干豆、果仁、花生、莲子、南北杏、薏以仁、芡实,还有蜂蜜。一位朋友送来黄糖,还特别找来一瓶橄榄油,寻宝游戏真是愈来愈热闹了。

* * *

那出叫做《最后的十字军》的电影,是场热闹的寻宝游戏,当然,人们要找的可不是面包和蔬菜,而是圣杯。任何创伤,只要把圣杯中的水倒在伤口上,无论多深多重的伤立刻痊愈。银幕上的英雄,腹部受了枪伤,圣水一浇,晃眼竟好了,连疤痕也没有,我愈看愈羡慕。如果有这么神奇的医药,还怕什么癌症呀,把身体切开来,这里割割,那里剪剪,洒上圣杯中的水,缝也不必缝。当年耶稣与十二门徒进最后晚餐,共用酒杯,传饮一杯酒,耶稣说:"这杯是用我血所立的新约,是为你们流出来的。"四福音中没有提到酒杯的下落,有的文献说,酒杯在亚利马太的约瑟手中,他后来放逐国外,最后抵达英格兰,因此,圣杯可能在英格兰;有的传说指出得到圣杯的是抹大拉的马利亚,后来她把圣杯带到了法国马赛。近代人却说,抹大拉的马利亚带走的不是圣杯,而是耶稣的后裔。

圣杯的故事,可复杂了,它可能是一个杯子,但也可能是块石头、一个碟子、一些异象、一个子宫,或者是炼金术的符号。形象不一，但有共同点，圣杯异常珍贵，所以十分隐蔽，一般人无法获得，只有纯洁的人才找得到。亚瑟王那群圆桌武士整天忙着干什么？不过是寻找圣杯罢了，这些武士倒能锄强扶弱、尊重女性，成为武士的典范。可是这些武士真的那么正义凛然么？阅读意大利小说家卡尔维诺的小说《不存在的骑士》，看到的竟是另一种面貌的武士。他们自称圣杯骑士，聚居在森林里，身披白披风，头戴金盔，各插两枝白天鹅羽毛，手持长矛，还要握一把小小的竖琴。这群圣杯骑士做些什么呢？因为不事生产，靠着一身武艺，却要森林附近的村庄交纳乳酪、大麦和羔羊，时而动用武力，骑骏马，挺长矛，劫空乡民的粮仓，点燃房屋、草棚、马厩，把村庄变成一片火海。哪里还有博爱助人的骑士精神？不外是一批强盗。

卡尔维诺的小说一直吸引我。好看的小说真能使人进入缤纷美丽的世界，忘记自己是个病人。看小说是可以治病的吧，但我病后并没有看小说，因为没有看小说的体力，那本关于撒旦的故事，我总没有翻完，从天上掉下来的二人如今还半悬在空中。看书花精神，眼睛易疲倦，只好听音乐了。音乐是能治病的，古埃及人大概是最早利用音乐行医的民族，那时的妇女分娩，埃及人就请巫师咏唱，促使婴孩诞生。我国元代刘郁写的《西使记》，有一段记载，说趣报导国的合理法患头痛，治不好，伶人作新琵琶七十二弦，听了竟好了。趣报导国，原来是今日的巴格达，合理法即今日的阿拉伯酋长。啊，天方夜谭的世界，除了飞毡，还有绝妙的音乐。

音乐其实是一种波动，人体也有各种形式的波动，能产生

哀悼乳房

谐振；音乐有节拍、节奏，人体也有脉搏和呼吸，难怪有人打太极拳，舞太极剑，配一套江南丝竹。听什么音乐？对于一个病人来说，喜欢的音乐就是最好的音乐，我常常听的是越剧戏曲，《梁山伯与祝英台》里的《楼台会》，《红楼梦》中的《哭灵》，全百听不厌，最爱听的还有南音，当然是《客途秋恨》，奇怪，都是悲凉的曲调，但听来只觉心平气和，与世无争，想想人生其实只是一场认真的游戏。

西洋曲子听巴洛克的最舒服，莫扎特永远带着忧郁的愉悦；至于寻宝的故事，当然要听瓦格纳，所有的人都在那里寻宝，《指环》里找寻黄金，《罗恩格林》里找寻可以护卫公主的骑士，《帕西法尔》里的受伤国王找寻纯洁无邪、充满怜悯心的愚人。国王终于被圣矛医好了，这次，圣杯是一支治伤的矛。放射治疗的光，真像一支白炽炽的利矛，它就是救赎的圣杯么？也许，圣杯还是一幅画、一本书、一首诗、一位朋友。

蔬果传奇

胡萝卜的事

研究说，胡萝卜素可以抗癌。许多人没弄明白，以为是胡萝卜能抗癌。不错，胡萝卜里有胡萝卜素，但并非所有的胡萝卜素都在胡萝卜里。研究说，人体中有一种源于氧气的"高度反应粒子"，可使细胞里的遗传物质产生变化而导致病变。胡萝卜素则能中和高度反应粒子，有"冻结"及阻延的效用。据说，一天吸取六毫克胡萝卜素，就能提供足够的防癌保护。深绿色蔬菜如菠菜、芥蓝，根茎果实如南瓜、木瓜，都含胡萝卜素，不过，胡萝卜素防止的似乎只是肺癌、胃癌、食道癌、子宫癌及口腔癌，没有特别提到乳腺癌。

* * *

白菜的事

研究说，白菜可以抗癌，因为白菜中含有吲哚三甲醇，能够帮助分解和乳腺癌联系的雌激素。该吃多少白菜呢？一天得吃一磅重的白菜，才能吸取五百毫克的吲哚三甲醇。吃这么多白菜，怕会变成白兔了。十字科蔬菜，就是卷心菜、苞子甘蓝、椰菜花、西芥蓝这些，都含吲哚，同样可以抑制过分活跃的雌激素，看来倒像药物中的黛莫式酚。

* * *

西兰花的事

研究说，西兰花可以抗癌。原来西兰花中含有一种硫化物，可以刺激人体细胞中酵素的活动，抵抗癌细胞。一般的蔬菜经过烹调会流失许多维生素，可西兰花呢，无论蒸煮，硫化物都不受破坏。椰菜花也含相同的硫化物，医学界正在试验提炼抗癌的药物。

* * *

大豆的事

研究说，大豆可以抗癌，因为大豆含有植物型雌激素，似乎可以抑制动物体内的雌激素。研究说，亚洲妇女患乳腺癌的比率较欧美低，可能是多吃大豆的缘故。试验的人给雌猎豹吃大豆，这头雌豹竟要吃素，也算倒霉了，不过，也许它因此而不会患乳癌。豆类中的花生、红豆等，含异黄酮，研究则说可以抑制雌激素的受体，使癌瘤遗传基因酶无法活动。

* * *

橘子的事

研究说，维生素C可以抗癌，因为维生素C属抗氧化剂，可以消除人体内氧游离基的损害，增加免疫细胞的抗癌功能。橘子含维生素C，水果中含维生素C的食物多着呢，橙、柠檬都是，木瓜更多，最多的是什么？青椒。柑橘含氢氯化萜，可以抑制体内胆固醇的合成，封锁致癌物质活动的酶。

* * *

芦笋的事

研究说，芦笋可以抗癌，对乳腺癌有疗效，这么说，也许是出于它含有天门冬素的缘故。芦笋不是笋，我国称为"小百部"，因为它像中药百部的根块。据试验，吃芦笋初期好像有明显疗效，长久服食，也没有进展。癌细胞原来和蟑螂一样，老是使用同一的杀虫剂，它就不怕了。

* * *

薏米的事

研究说，薏米可以抗癌，认为对癌细胞有抑制作用。薏米又叫薏以仁，蛋白质丰富，钙质磷质也多，因此可以当饭吃。古书并没有说用薏米治肿瘤，只用它来治斑点。《神农本草经》上说，薏米能防治抽筋。

* * *

香菇的事

研究说，香菇能抗癌，认为能提高人体的免疫能力。香菇又叫冬菇，含有"四氢麦角固醇"，是维生素D的前身，只要照照太阳，就会变成维生素D。想要从香菇中获取维生素D，得用干的香菇，吃的时候，先在太阳下晒两小时。贮存过久的干香菇，什么维生素D都没有啦。蕈菌是一个庞大的家族，据研究，蘑菇也能防癌，因为它含有蘑菇核糖核酸的干扰素、诱导剂，可以抑制病毒的增长。

* * *

大蒜、蒜头含蒜素，能抗菌，抑制癌瘤的发展。

芫茜含聚乙炔，能阻止导致前列腺素的合成，抑制香烟中的致癌物质苯焦油腊，减少致癌作用。

　　　　　　　　　　　　　　　　　　哀悼乳房

甘草含三类萜，能使分化迅速的癌细胞窒息而死，也可抑制雌激素的活动。

薄荷含醌，能干扰致癌物质对脱氧核糖核酸的摧害反应。

还有云芝、奇异果……一下子，好像全世界的东西都能致癌，又好像无数食物皆能防癌，把人都弄糊涂了。防癌的食物，能防还是能抗？都是美丽的传说吧，远水可以救近火么？癌瘤不是一天形成的，是许多年的积聚繁衍；抗癌的食物，也不会立刻发挥作用，一点一滴，得多少年才生效？一般的防癌抗癌食物，以蔬果居多，这类食物，对身体有益，管它能不能抗癌呢。秘方不足信，巫医不可靠，还是多吃蔬果最实在。

皮囊语言

和皮囊相依为命，半个世纪了。在过去漫长的日子里，几乎没想到自己有一具皮囊。小时候，皮囊当然由母亲照顾，到自己会吃饭走路，也不知道有皮囊的存在。有时摔一跤，擦破的是膝盖的皮；牙齿痛，拔掉的不过是颗牙齿。真正发现皮囊和我关系密切，是青春期的行经日子。怎么没有跌伤，又不疼痛，竟淌血了？随着怀疑而来的是极度的惊恐，从此以后，作为女性，就得和这血相连相接数十年，永不分离。

第一次认识皮囊，充满仇恨，憎恶的其实和皮囊本身关系不大，而是由它带来的麻烦。在我年轻的那个年代，社会不若如今繁荣发达，没有新科技生产的卫生用品，经血流泻，只靠一叠草纸吸挡，草纸吸力不强，常常洞穿溢漏不去说它，最可怕的还是纸质坚硬，即使搓软些，还是把腿间的肌肤擦伤。每到行经的日子，苦不能言，长辈提供的是传统用的长布条，四角各缝一条细带。布条承托草纸并不安全，内裤又无弹性，草纸常常移位，还试过整叠纸从裙子里掉出来跌在地上；细带在腰上又扎又缠，一个不小心，打了死结，半天也解不开，真要急得团团转。自己常想办法，把家里的药棉代纸，可得用多少药棉才够，那么昂贵的用品，看看一大卷，几次就用光了。于是学婴孩那样用尿布，把破衣裙撕开，折成小长方块，这才舒服些。但上学读书，仍有寸步难行之苦，总是担心衣服是否弄脏。难怪有人说，女子一穿黑衣服，就知是什么事。世界的转变多大，如今的女子，任何时刻都可以穿白衣裳，什么时候都能游泳哩。洗涤婴孩的尿布是光明正大的事，可清洗染满血迹的布就得偷偷摸摸，不能让人看见。血迹难洗，布上总是一摊摊蜡黄的染迹，看看也恶心，于是对皮囊仇视极了。

随着年月的消逝，这份仇恶自然也淡却了，主要是卫生用品的改良，使女性不必再挨许多苦。早些年曾到大陆旅行，参观工厂，循例有开场茶会，由厂长讲述历年的发展史、鼓掌等公事。会上听见厂长报导厂方对女工的德政，是每个月多发一刀草纸。于是我知道，十亿人口的国家，妇女用的仍是草纸。去年姨母从大陆来探望母亲，我还特地问她，国内的妇女是否仍用草纸；她说是，只有新派的年轻女子上班去才用卫生棉，我听了只能叹息。当年我住的是第一等的繁华大都会，用的已经是柔滑米白漂亮的玉扣纸，真正的草纸，灰土一般，真的可以检出草梗来。在穷乡僻壤之地，草纸可能已是极珍贵的东西。

数十年来，没有生过大病，不外是感冒、胃痛，近年才有

　　　　　　　　　　　　　哀悼乳房

了高血压，哪知却长了肿瘤。一次外科手术惊醒了我，原来有那么一具皮囊。活了那么多年，似乎只知有个脑袋，其他一概不知，肝脏胆脏全不晓得在身体哪一个地方。其实，中学时不也读生物么，怎么对自己的身体如此无知？也许是中学里只有生物课，没有了健康教育。生物课上教的也无非是单细胞、裸子植物等等的知识，没有真正回归自己的身体。小学里有健康教育，每星期一节，教我们保护眼睛、耳朵、脊骨、皮肤，等等；到了中学，没有科目告诉我们要保护心、肺、胃、肝，更不用说注意自己乳房的病。性教育的推行还是晚近几年的事。奇怪，一上中学，我们就把皮囊彻底扔在一边，专顾我们的脑。一切都是为了脑，数学、物理、化学、语文、历史、地理、公民教育、课外阅读，都为了充实脑子，只有体育课让我们活动一下筋骨。以前的学校还有早操那么可爱的运动，现在当然取消了。学校不再重视学生的身体，德智体群美，学校只努力填鸭，让学生考得一纸文凭，找一份优职，当雅皮去。

受了十多年学校的教育，我们都成了重视脑袋的人了。离开学校，常常追寻的是精神食粮，看书、看电影、买画集、买唱片，全是喂饲脑子。老师从来不教我们买什么东西吃，没有人说该不该喝牛奶，要不要少吃盐和糖。凡是精神的，都属高尚、尊贵；凡属躯体，就变成卑贱、鄙陋。上美术馆看画展是高雅的事，如某画展里有一个大卫，有一个维纳斯，那是美。可是这种美，仿佛又脱离皮囊而独立起来，成为精神，仅仅是精神的东西了。至于上市场买菜就变成无知妇孺了。皮囊附身，我们却越来越陌生。想想古代的中国，儒家的六艺是礼、乐、射、御，书、数，既要骑马射箭，又得学驾马车，汉唐最多文武全才的人，游侠又多，读书人注重锻炼自己的体格。没事可做的陶侃也知道要搬砖做运动。大抵到了宋代，中国才从此变成一个重文轻武的社会。马背上得天下的女真，到了清末，连马也不会骑了呢。

古代的希腊以爱智闻名后世，爱智正是希腊的精神，但希腊人除了爱智，也爱惜自己的身体。在他们来说，充满智慧和拥有强健的体格同样重要。看看奥林匹克运动会，就知道希腊人多么重视运动。哲人苏格拉底敦促弟子要掌握各种知识的精髓，还要他们"小心身体"。他说："每个人都应一辈子观察自己，弄清楚什么食物、饮料和哪一类运动才适合自己的体质，并且应该懂得怎样调整自己享受健康的快乐。凭着你对自身的关注，你比任何医生更能发现什么是适合自己体质的东西。"

希腊人重视健康，认为保健是生存的艺术之一。一个人能够成功地管理自己的身体，才能防止疾病和虚弱。身体不健康，会引起健忘、胆小、坏脾气、发狂，最后，所获得的知识也会从心灵中萎靡。希腊德尔菲神殿门前铭刻了苏格拉底的一句格言："认识你自己。"如今的人纷纷加以解释，说哲学家的意思是，一个人如果只知道自己的名字，并不是认识自己；只有当他知道作为一个人，他有什么能力、用处、做什么对自己合适，知道应该做什么和不应该做什么，才算认识了自己。逐渐，就变成了认识你自己的灵魂。很少人提到哲学家的意思还包括肉体。古希腊的时代，智慧是包括了一切科学和技艺的

　　　　　　　　　　　　　哀悼乳房

知识，早期希腊的哲学和科学并不分离。到了亚里士多德，才开始把它们分开，称哲学为"第一哲学"，地位凌驾一切。苏格拉底的"认识你自己"，"自己"是心灵与躯体浑成一体，但到了笛卡儿的"我思故我在"，"我"则完全把精神独立化了。他的"我"是思想的我，并不是物质的我。这"我"，因此可以称为"心灵"。笛卡儿认为，物质的特性是占有空间，但不能思维；精神或心灵的特性是能思维，但不占有空间，它们是两个互相独立的东西。到了黑格尔，提出了绝对精神，他认为，充分自由地直观自身的精神是艺术；虔诚地表象自身的精神就是宗教；通过概念思维自己的本质和认识这一本质的精神就是哲学。绝对精神的科学既由艺术、宗教和哲学组成，其他的就被排斥贬低，谁还去注意自己的身体呢。心灵与躯体从此分了家，内容割弃了形式，一个失去意符的意指。影响之下，后来的知识分子，再也不记得自己有一个极其重要的皮囊。

黑格尔仿佛说过，国家的强盛是由于有了敌人：敌人令国民凝聚力量，一致抗外；敌人令国民有了共同语言。我当然不会赞美病毒，可是病毒竟然令我沉睡的另一半苏醒。我重新发现自己原来忽视了的躯壳，我开始学习聆听它的声音。

* * *

小时候，皮囊语言是一个劲儿地哭。母亲从种种迹象揣摩皮囊说些什么话。肚子饿了么、太冷太热还是蚊子咬、什么地方不舒服、撒娇？那可是皮囊的黄金时代，一说话，立刻就有回应。尽管不一定对应。然后小孩渐渐长大，皮囊的话也渐渐少了，偶然才发一次声。拉肚子，是说你着了凉，吃了不洁的食物；发烧，流鼻涕，那是说你患感冒。皮囊是坚固的城堡，几乎密不透风，内有护卫的大军，又有解毒化工厂，足以抵抗外敌。可是，皮囊毕竟也会衰老，功能会退化，兵力不足。

想想那些致癌基因，在我体内潜伏活动了多少年，健康的细胞经历了多少的病变？总有十年八年吧，当我正在看书、看电影、听唱片，体内的巨噬细胞正在追踪吞吃癌细胞；当我正在对着电视机按钮玩电子游戏的吃鬼游戏时，体内的T淋巴细胞正在攻打聚结的肿瘤，而这，我却懵然不知。直到体内的免疫系统再也无法应付，身体的肿瘤渐渐扩大。肿瘤是皮囊发出的更紧急的讯号，它一直在对我说：我军勇战，但敌人强悍，无法歼灭，只能围困一处，继续攻打。不过，说不定会突围出来，到处流窜为患。皮囊告急，请支援，请支援。皮囊的语言，我是无意中听得的，总算立刻加以援手，把肿瘤割除，至于那些残余的游离外敌，负荷量小，但愿巨噬细胞能够发挥威力，把它们追踪吃掉。皮囊的警号，出现得太迟了么？不是，它其实早就对我不停地说话，可是我并不懂得它说什么，更不关心。比如说，发现肿瘤之前，为什么常常感到极度的饥饿呢？可能是肿瘤僭夺了我体内大量的糖，使我的血糖降低。为什么有几次忽然感觉极冷，整个人发抖？结果也没去看医生。至于体重增加太多，常常冒汗、发热、疲倦，都当作是更年期的综合症，不知道综合症之外还会是别的病征。

手术之后，经过放疗，好脾气的皮囊不再肯寂静和气下去，这里那里，老在噜噜苏苏。走起路来，脚有时乏力，有时痛，走一哩路已经非常疲倦；一觉醒来，背脊的肌肉又沉重又呆滞；常常气喘、头重脚轻。皮囊说了许多我却不懂。要不要看医生？如果要看，我几乎每天都有看医生的病状，因为皮囊每天都有不同的申诉。试过几次，的确去看医生了，一块肌肉碰碰会痛。走路不行，坐着不舒服，不能弯腰。医生说，没事，过几天会不痛。给我一些止痛药。我不想吃止痛药，用母亲的老办法，买一块药膏布，贴了一天，竟好了。

　　皮囊的话越来越多，活像在体内闹革命，抗议许多事情。酝酿罢工、要求放假、争取特别津贴？可是我不知道它想要什么，过去不好好和它对话，现在只能听它的训话，但问题在，它究竟正在说些什么？白血球少了么？是不是缺乏什么维生素或矿物质？人和人的沟通非常困难，和皮囊通话更加不易。部门那么多，各有投诉，皮囊语言之下，又割分不同的地区言语，骨头说骨头的话，肌肉说肌肉的话，神经说神经的话。自从人类建造了通天塔，我们再也难以彼此交谈了。

　　生了肿瘤，皮囊不断发出求救警号，连我的医生也没有收到，我则完全不懂解读，对于自己的皮囊，我是"语盲"。在学校求学，除了本国的语文，我们常常还兼学外语，这使我们不会成为"单语文盲"；从学校出来，许多人会再专学更多的外语，不外想和更广阔的世界沟通，明白别人的意思；明白别人，同时也帮助我们认识自己。然而，除了医生，谁懂得皮囊语言？我常常看小说，英语的小说不一定得看译本，但意大利、德国及其他国家的小说，不得不靠译本，译本能够让我们了解多少原作的精神面貌？普鲁斯特《追忆逝水年华》中的时态，译文能适当地显示么？巴尔加斯·略萨的《潘上尉与劳军女郎》西班牙原文用的是典雅的书面文字还是街头巷尾的口语？

打开托马斯·曼的新中译《魔山》，译者这么说："我曾对照了该书的英译本和日译本，发觉译文中存在不少问题，特别是英译本，误译及漏译之处屡见不鲜。"近年来，许多人的确指出不少译本充满了错译、误译、漏译和改译，既有无意的误解，也有刻意的简化以至改写。看来，要了解多一点原作，只好找更多的译本对照，希望有人能重译，或者干脆自己学多些外语。

但别以为我在寻找一个最终完美的译本，不是的。书本里从来就没有一个既定而垂之永久的"绝对精神"。翻译就是传阐，同一文本有多重传阐的可能，每一个传阐者都可以说，"包法利夫人就是我"，包法利夫人并不嫌多。至于皮囊语言的译家，自然是以生物学家、医生为专业，也许就因此显得科学些、客观些吧。可是从整个人类的发展来看，则也是由于经验和风尚等等不同，而有了歧异的释读。我们是在长期不断的误读和重译里获益。我是否可以说，现在或者将来也不可能有唯一、绝对的译本呢？

何况，目前的医生良莠不一，人格道德有别，不知是否有许多误译、改译的地方。常常有这医生说该做手术，那医生说根本没事，怎不令拥有生病皮囊的人忧心忡忡。幸而在这个世

　　　　　　　　　　　　　　哀悼乳房

界上，好的医生仍占大多数，能挂牌执业的也有专业水平的保证，而且能够不断吸收经验。

　　皮囊能言，它的语言同样包括声音和图像，它书写的文字，在我们的躯体上留下符号。我们用心电图、超音波、X光照射透视，都能找到图像的符号，皮囊真是善于表达自己的语言家，幸亏这样，我们才能在世界上活了那么久。二十世纪大多数的思想家最关心的课题是语言，揭示语言的奥秘成为使哲学科学化的关键。天生我们有一张嘴巴，两只耳朵，我们在不断解释自己的时候，更应该留神地聆听，不要让嘴巴过分膨胀，而耳朵日渐退化。我想，地球是一个更大的皮囊，它不是正发出许多语言符号？我们人类如果仍然不肯聆听，早晚就要失去这最后一具安身立命的大皮囊了。

翻辞典

身体失去健康的状态叫病。

生了病就是有疾。

有的病使人发痒。

有的病使人发痛。

瘦瘠是病，又称癯。

生了很久的病叫痼。

病得不轻叫沉疴。

普通的痛苦叫疼。

惨烈的痛苦叫瘅。

许多人受苦难叫民瘼。

有了病就该对症下药。

一点小毛病叫疵。

夏天里精神疲倦叫痒。

肌肉乏力叫疲。

皮肤上的小疮叫疖。

皮肤上还长疥、癣、疹、痱、痣或疱。

发不出声音叫瘖。

跛足而行叫瘸。

长在头上的疮叫疕。

长在大腿上的毒疮叫疭。

冻疮叫瘃。

毒疮叫疔。

恶疮叫疠。

许多疖子长在一起叫痈。

溃烂的疮叫疡。

太劳累了叫瘁。

因劳致病叫瘏。

过劳的病叫瘅，就是黄疸了。

一个人不该让自己太疲劳。

受了创伤是痍。

被人殴伤有瘢是痏。

血液停积是瘀。

身体麻木是痪。

四肢抽搐是痉。

肌肉麻木是痹。

哀悼乳房

霍乱是痧。

肺结核是痨。

疯狂是癫。

过度沉迷是痴。

无法摆脱的嗜好是瘾。

无法自拔的喜爱是癖。

歇斯底里的精神病是癔。

洁癖的妙玉、花痴的黛玉，皆患病。

脚肿叫瘟。

颈肿叫瘿。

脾脏肿大叫痞。

脖上淋巴核肿大叫瘰。

肚子里结硬块叫症。

身体内部的肿块叫瘤。

恶毒的瘤叫癌。

肿瘤最难治疗。

＊　＊　＊

生了病，需要医治，叫做疗。治疗的效果，要看病情改变的情况，大致可分为四种情形：

一、痊愈；

二、进步；

三、无变化；

四、恶化。

癌症并无痊愈这一回事，治疗之后，健康渐渐恢复，就是进步。这样子一直保持稳定的状态，应该是"治好"的意思。

治病又可依时间来分疗效期：

一、即期疗效。治疗过程中病情已改善为消失。

二、近期疗效。治疗结束后数周至数月病状的改善或消失。

三、远期疗效。治疗结束后一年以上症状的改善或消失。

癌症比上三类疗效期都需要更长的时间，那是很特别的终身疗效期。十年、二十年也可以延续下去，因为癌细胞是否消失永远不为人知。

＊　＊　＊

人体痛觉的刺激强度，叫做痛阈，分为两种：

一、痛知觉阈。身体觉得有痛的感觉。皮肤神经末梢受到刺激，会把消息传到大脑，引起痛觉，开始时是最小刺激的强度。

二、痛耐受阈。一个人能耐受痛楚的最大刺激强度。人体不同的部位有不同的痛觉差异。大脑皮层对痛觉可起调节作用，当刺激达到一定强度，就出现面部肌肉收缩、呼吸加快或暂停、出汗等反应。有人认为，产妇所受的是最强的痛楚。

癌症末期病人所受的痛楚也有人称是最强的刺激。不过医院大多能为病人注射止痛药，减少病者的痛苦。事实上，任何一个癌症病人都进入过痛耐受阈最大刺激的强度，那就是当医生宣布你患上癌症的时候。这种痛楚是非常强烈的，它一直在你的脑子咬噬，而且没有止痛剂。

* * *

伤口通过肉芽组织填补愈合，显出的产物叫做疤痕。疤痕由成熟的纤维性结缔组织组成，白色。疤痕越陈旧，质地越坚硬。因为旧疤痕中的胶原纤维会发生玻璃样变性。疤痕过度增生，会形成坚实的结节长条状肿物，在皮肤表面隆起来，就成为"疤痕疙瘩"。所以，有人认为，做了手术之后，不要吃生鱼，以免疤痕的肉芽过度增生。

* * *

疣足是一种环节蠕体的多足毛虫。不是长了疣疹。

瘿蜂是一种小小的蜂。不是要看医生的蜂。

瘤牛是鬐甲上生了瘤的牛，不是病牛。

瘭螈是四脚大爬虫，不是生病的蝾螈。

癞蛤蟆是大蟾蜍。

疙瘩菜是大头菜。

瘦金书是一种书法的风格。

病好了叫瘥。

病好了很多叫瘳。

病都好了叫痊愈。

愈字就和一切的病都无关了。

颜色好

　　杜甫的诗句："岂无青精饭，使我颜色好。"这一阵子，朋友见了我都说，脸色不错呀，朋友当然都是安慰我的，不过，脸面的颜色好不好，自己知道，身体的状况，也只有自己最明白。奇怪，今年过年以来，我的健康竟然不差，三、四月流行厉害的A型感冒，许多人都病了，我却一点事也没有，居然有意料不到的抵抗力，想想也许是用了最古老的方法来使自己颜色好：适量运动、充足睡眠、均衡营养以及保持愉快的心境。一位朋友教我静坐，下雨的日子，我不用再上小公园去练太极拳，就在家里静坐，不过是用横膈膜呼吸，非常容易。天天静坐一两次，感觉极好，因为是有氧运动，太极拳师傅只教招式，没教呼吸，所以，我早一阵的运动吸氧大概也不多。均衡的营养的确有益，多吃蔬果，人也清爽起来，晚上呼呼一觉睡到天亮；当然，保持心情轻松愉快最重要，如果一天到晚想着活不活得下去，能活多久，那么颜色只会更坏，世上有谁能确切知道自己可以活多久？还担心什么呢。还是珍惜存活的日子，快乐地生活。有人问那位正在浇花的阿西西城修士圣芳济：如果明天你要死了，你会做什么呢？他答，我继续浇花。

精神好的日子，我竟又可以到大街上去散步，带一架照相机，沿途拍摄一些有趣的、朴素的事物。这天，就沿上海街闲逛吧，这是一条长长的和弥敦道平行但却朴素的街道，有七百多间店铺呢，可以慢慢走。加士居道的天桥可以穿过多层大厦的停车场，从楼宇中延伸出来，真是奇异的风景。一座古典的红砖砌成的小屋，是博物馆么？不，是露宿者之家。漂亮的建筑，但流浪汉并不喜欢，因为房子并不就是家。那间旧书店已经有数十年的历史了，我们年轻的时候常常经过，整间店堆满旧书，由地面一直堆到门口的天花板，一碰就塌。主人长年站在门外、睡在门外，如今半关上了铁闸，门外另摆着小书摊。咔嚓、咔嚓，拍几张照片，这是模仿照片画的人像炭笔画，挂出来的画有孙中山、电影明星和不知名的老人。这是织补衣服的小摊子，一个木箱就是全部生财用具，生意显然不佳，师傅坐在小木箱上吸烟。这是卖刨花油、骨刷的摊子，还有用刨花油梳长辫子的妇女么？咔嚓、咔嚓，这是小小的休憩公园，流浪汉睡在帆布折床上，流浪狗睡在公园椅上。

走到亚皆老街，已经有点疲倦了，这条街的名字，使人想起钻石花纹的袜子，《老爷杂志》说过，配休闲鞋和灯草绒的

　　　　　　　　　　　　　　哀悼乳房

裤子最好看。这条街上可没有亚皆老袜子。一间老字号，卖的是木屐，年轻时，我们都穿木屐上街，的嗒的嗒；木屐店还有砧板和木饼印模。过几年，这条街会改名字么？改成皆老街？和一条街道偕老。

我试着到更远的地方，出外更长的时间，看看体力能不能支持。先上海洋公园，看海豚表演、看海狮海象游泳、看企鹅在冰雪的玻璃馆中站在岩石上伸张两手冥想。四个小时，疲倦了。趁搭电动运输带下山时，我不得不坐在楼梯上。管理员当然看见了，他从扩音器中说："不可以坐在电动梯级上。"我也不管，幸而不久到了地面，坐在石头上休息了很久。我又去了一次广州，这是病后到的最远的地方，因为有书展，十个朋友一起去，多么热闹，我们已经很久没有结队旅行。书展挤得水泄不通，空气不足，但我还是匆匆走了一圈，才回宾馆休息。朋友们晚上再去，第二天又去一次，都买了些书；好书不多，但我是快乐的。迟些，我说不定可以到再远一些的地方去，比如京都，印度；巴塞罗那，玻利维亚。生命是值得赞美的；活着，就有了可能。

* * *

乳腺癌是属于乳腺的病，哺乳动物才有乳腺，因此，乳腺癌是哺乳动物的病。地球有四十五亿年的历史，哺乳动物则有一亿八千万年，那时可是恐龙的盛世，巨大的爬虫类统治了地

颜色好

球，原始的哺乳动物，大概是形似蜥蜴的盘龙，人类真的可以称为龙的传人。哺乳动物的伟大时代却在七千万年前，那时候，恐龙都已绝迹，天气的变化、地质的改变，地球上产生了新的生物空间，能适应这空间的哺乳动物迅速繁殖起来。

研究地球历史的学者把哺乳动物时代称为"新生代"，把哺乳动物时代划分为七世：古新世、始新世、渐新世、中新世、鲜新世、更新世和现代。中新世是哺乳动物的黄金期；在更新世和现代之间，大约距离如今两百万年前开始，地球上出现了四次大冰河期，几次把地球上的生物全部冻死饿死，奇怪的是，不少哺乳动物凭借丰厚的皮毛和脂肪层，居然挨过了严寒，存活下来。大冰河时期导致许多种动物绝种，哺乳动物的始祖辈如高驼、角鼠、俾路支兽、四角鹿，都已绝迹，这是大自然残酷的现实。不过，哺乳动物中南非斑驴、斯氏海牛从地球上消失，并非受自然的淘汰，而是被哺乳动物中的人类所杀绝。人类一面绝灭其它动物，另一面也有意无意地残杀自己。癌症是二十世纪最嘹亮的警号。

哺乳动物的英文源自拉丁文，意思是乳房，哺乳动物用乳房喂饲幼儿。一胎只产一子的动物多数只有一对乳房，一胎多子的动物，乳房相对增多，狼有八个乳房，有袋的鼩则有十三个。许多动物的乳房，只是分泌乳汁的乳头，一个乳头决定一个新生命的存亡。比如鼩，十三个乳头可以哺育十三头小动物，如果一胎超过十三子，找不到乳头的幼鼩唯有饿死。初生的鼩，发育不全，必须在母袋哺育。雌性哺乳动物都有乳房和

　　　　　　　　　　　　　　　　　　哀悼乳房

乳头，但鸭嘴兽没有类似的产乳器官，乳液只从腹部的毛孔形小洞中渗出，幼儿并无乳头可以吸吮，只用舌头舐食乳液。鸭嘴兽是奇异的哺乳动物，既要舐乳汁，却是卵生的。澳洲的红大袋鼠有两个乳头，却能分泌出不同的乳汁，一个乳头分泌的乳汁供袋中的幼儿吃；另一个分泌的乳汁含蛋白质多三分之一，脂肪量高出四倍，则给离袋的小袋鼠吃。从这个例子来看，人类喂饲婴孩应否用高蛋白质的奶粉呢？

鲸鱼也没有外露的乳房，乳汁由小孔中渗出，射入幼鲸的口里，幼鲸是吃母乳最多的动物，每天要吃六百升，其中百分之五十是脂肪，所以一星期内，体重会加倍。成人每天喝的牛奶一杯才二百五十毫升而已，脂肪占百分之三十左右，脱脂奶的脂肪则低至百分一。鲸和海豚都是尾部先出生的，因为没有鳃，得用肺呼吸；小鲸降生时尾巴先离母体，可以避免被水溺毙，头部出生后，母鲸会把幼鲸托上水面呼吸第一口空气。

乳房是哺乳动物的第二性征，其实，哺乳动物中第二性征特别强烈的以雄性居多，如狒狒、狮子的鬃毛，鹿的叉角，海豹的长鼻，男人的胡须，山魈彩色斑斓的脸部。只有人类的女性，竟然发展出强烈的第二性征，乳房，而随着时代的演变，扮演不同的角色。

这许多年来，人类的进展神速，在地球上，已经把其他动物远远抛离，自成一种新动物。人类将发展到怎样的地步？也许，哺乳动物的灭亡，不是将要来临的另一次大冰河期，而是毁在人类的手中。

颜色好

埃及吉萨的金字塔，使你想起什么？我想起德国小说家格拉斯的《鲽鱼》：石器时代的女子，有三个乳房，那是母系社会的黄金时代。乳房是生命之源。埃及人相信人的离世，不是存在的终结，而是新生命的开始。埃及这些大大小小乳汁的房子，长久镇守在无垠的沙漠里，是人类文明诞生之初最深刻的形象。这毋宁是人类对母亲的颂歌。

印度是个钟爱母牛的国家。一位美术史家讨论印度的美术，起笔就说：印度从地图上看，正像一只下垂在印度洋上的牛的乳房，乳房如此肥大，里面仿佛膨胀着无穷的乳汁。其南端水滴形的锡兰，正好像是一滴牛乳。而印度河与恒河，像两条乳线，流贯在印度大平原中。从这样肥沃的国土中孕育出古代灿烂的文化艺术……印度的母神像，风姿婀娜，都有丰硕的乳房，是大地的母亲呢，这也是人类对自身不朽的追求。

颜色好

荷马曾在史诗《伊利亚特》里赞美繁殖女神阿尔忒弥斯。这是她的塑像，数数看，她有二十多个乳房，这是乳汁丰盛、子孙繁衍的征象。她平伸双手，凝神庄重，看来正在为子子孙孙祈福。一九八〇年间，中国辽宁牛河梁掘出了新石器时代红山文化的"女神庙"，有六个裸体女像，再加上稍早之前出土的东山嘴女群像，都是母系社会的遗物，距今五千多年。这些塑像都肥臀盛乳，似是孕妇，同样是人类祈求繁育，渴望丰收的崇拜。

罗马不是一日建成的。是的，罗马之母，是一头狼，它有八个乳房，哺育了两个弃婴，婴孩长大后奠建了永恒的罗马。这塑像是罗马人对母狼的纪念，即使是野狼，看到受遗弃的饿婴，也会心生怜爱，授以乳汁。乳汁可以哺人，可以建国。

颜色好

天使没有性别，也不裸露。他们自有吸引人的表征：强壮而美丽的大翅膀。今世也有一种女子，聪明能干，不卑不亢，能够自食其力；她们，其实也是天使。

颜色好

据说，耶稣只吮吸玛利亚的右乳，因为左乳靠近心脏。耶稣一面吮吸乳汁，另一面就聆听到母亲扑通扑通的生命的乐章。

过去的女神，总是坦荡荡地裸露，而思无邪。但这伊朗的女神为什么要用双手掩蔽胸膛？不少回教国家的女子要戴上头巾和面纱，连神也以半掩半遮的姿态出现了。是什么时候开始，女性的这里那里，这样那样，成为禁忌呢？中世纪时代，十字军把女子蒙头之风从东方传至西方。中世纪是诸多禁制的时代。

顔色好

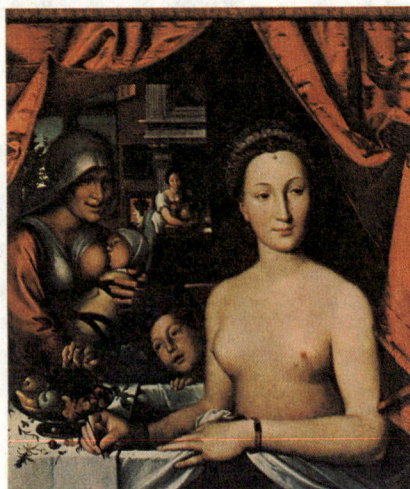

从这幅十六世纪的画看来，贵妇沐浴打扮，哺育的责任已经移交女佣了。乳房成为性的象征，哺婴的功能渐渐式微。到了十九世纪，法国画家雷诺阿说："如果世上的女性没有乳房和臀部，我也许不再绘画了。"乳房，招来了各种目光：审美、猥亵、羡慕、妒忌……就是失去了一样：哺育。

中国汉人一直自诩衣冠之族，认为这是文明与野蛮的区别，当然危坐正襟，怎能裸露。压抑之下，民间社会反而流行一些奇书，图文都很大胆，这且不说。明万历年间，陈实功的《外科正宗》，因是医书，才可以堂堂正正地绘画女子生病的乳房，此图大概是乳岩最早的绘画了。乳岩已进入明人的视野。

颜色好

二十世纪的女子，经过了工业改革，纷纷走出家庭，到社会上工作；重视事业，改用牛奶来喂饲婴孩，再加上人口过多的压力，难怪莱热绘画工业社会中的女子，地位好像是抬头了，却只有一个乳房，仿佛希腊神话中的亚马逊女战士，为了方便作战：御车、射箭，把自己左边的乳房割去。

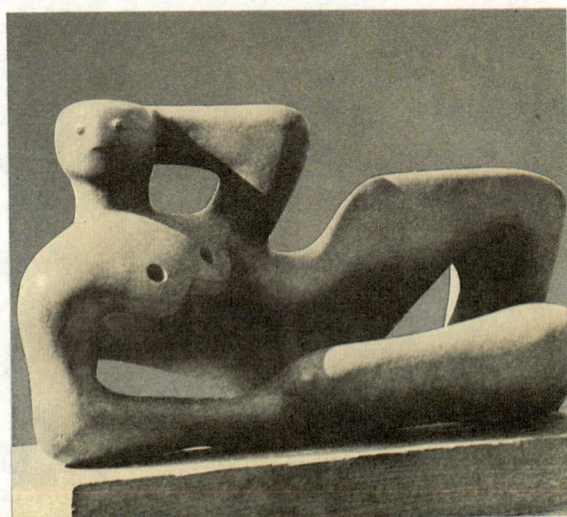

乳房溃陷成洞，那就是乳癌了。亨利·摩尔的预言：如果全世界的妇女都患上乳癌，人类会绝灭么？那将是试管婴儿、牛奶的时代？

颜色好

补救乳房缺憾的广告说：乳癌比断臂更令人伤心。你以为它的意思是断臂只是个人的不幸，乳癌则截断了生命的延续？不是的。它推销的其实是"义乳"。以假为义，于是真有好些女子理直气壮起来，嫌自己先天的乳房不好看，甘冒生命危险，另外移植一些什么加以改造。人一直以为自己可以颠覆自然。

颜色好

今日的妇女，都希望自己的乳房美丽好看，仿佛卢浮宫前的玻璃金字塔。从吉萨沙漠上的三座大金字塔，到法国皇宫前的一座金字塔，是否反映了人类这幢乳汁房子的变迁？前者牢靠、密实，跟自然环境切合，天地悠悠；后者轻盈、透视、开放，充满惑人的魅力，内部空间可以见证时间的流逝。哀哀乳房，我们如今的生命力，却明显相对地在萎缩呢。

颜色好